一切境

庆山 著

人民文学出版社

图书在版编目（CIP）数据

一切境/庆山著.—北京：人民文学出版社，2021（2024.1重印）
ISBN 978-7-02-016058-7

Ⅰ.①一… Ⅱ.①庆… Ⅲ.①散文集—中国—当代 Ⅳ.①I267

中国版本图书馆CIP数据核字（2021）第209698号

责任编辑　刘　稚　王昌改
责任校对　杨益民
责任印制　苏文强

出版发行　人民文学出版社
社　　址　北京市朝内大街166号
邮政编码　100705

印　　刷　北京盛通印刷股份有限公司
经　　销　全国新华书店等

字　　数　225千字
开　　本　880毫米×1230毫米　1/32
印　　张　11.25　插页3
版　　次　2021年11月北京第1版
印　　次　2024年1月第5次印刷

书　　号　978-7-02-016058-7
定　　价　66.00元

如有印装质量问题，请与本社图书销售中心调换。电话：010-65233595

自序

2002年，我出版了《蔷薇岛屿》。这是第一本散文集。之后陆续出版《清醒纪》《素年锦时》。早期创作阶段的散文，主要以行走、城市生活及情感的个人记录为主体。2013年，出版《眠空》，也许是新的散文阶段的开启。其间相隔十一年。

我从年轻女子进入中年，经历更多世事磨炼和生活变化，包括父亲去世、孩子出生、各种情感与旅途的交错与扩展。

从《眠空》开始，在散文创作中，进入一个更注重探索哲思与记录当下的阶段。结构上倾向于散漫，但也因此留出较为充足的灵性捕捉与意识思考的空间。之后，2016年出版《月童度河》继续深化。

这本2021年出版的《一切境》，归属于这条脉络，又有其崭新的生发和探究。散文中所有生长变化的经验均跟随我自身的实践与体验。

散文是我创作内容中重要的组成，比重与长篇小说同行并进。通常，长篇小说出版之后，我会整理与出版一本散文集。我一直保持这种节奏。也许，散文集更像创作上的调整与休息。长篇小说这种空中搭建宫殿的创作艺术，对作者来说，身心消耗剧烈。需要持续好几年。每次如同攀爬一座高山。散文是在这几年，以文字整理自己的思路与生活状态。也是深入的回顾与省察。

　　读者对这两种主要形式各有喜好。有些喜欢我的小说，有些更喜欢散文。散文是读者进入作者内心最快速的捷径。

　　这三本散文内容，素材大多来自于数年的日记、日常观察与心得。偶然三言两语的记录，当下灵光一现的直觉。形式上，内容彼此之间抽离，分散，思路跳跃性强，碎片化。但内在是一条绵延而持续的心流脉络，传递对我来说，极为真实而深刻的记忆、情绪、感情与观念。

　　这些文字为我的生命活动留下痕迹与标记。它们可以被当作是我的日记来阅读。书中言论与观点，均是一己之见。是个人的性情杂谈。

　　在日记中，表达的气质是私人的。任性、单纯而又坦诚，仿佛随心所欲说话。与看不见的暗中的心心相印之人。也像是对自己说话，给予自己倾听。在小说中，作者的这些个人部分被打散、隐藏。在日记中，它们简短，直接。有一句是一句。

　　我在《一切境》中亦提过，写作者在散文表达中通常一览无余。他所有的生命体验都在敞开，展示出内外，与一切读者分享。不管他在多远，是从未见过面的陌生人或任何人。在文字中，彼此的心流相融。这也是失去自我重要感的一种训练方式。把一切存在体验消融于大众之中。如同盐粒溶解于茫茫大海。

　　2019年出版长篇小说《夏摩山谷》之后，由于作品本身的重量，负重攀越山顶的过程，身心颇为透支。这一两年以中药调养身体，休息居多。此期间全球疫病横行，发生动荡。闭关静守的阶段也是之前从未有过的。之前的我，有很多旅行，与人交集。在《一切境》中，记录了写作和出版《夏摩山谷》期间的这几年生活。独自在家静闭，令人思考更多。对自身也有全方位的整体性回顾与检查。

写作二十余年，也许在一些读者的心目中，我始终是那个走在路上、情感充沛、意志强烈的人。有少女般的存在特质。似乎永远是年轻的，是不变的。也许在我的内心，这股能量始终存在并保持其热量。但在物质世界中，我的肉身在不可避免地老去。

当我们逐渐老去，会感受到，灵魂与肉身逐渐拉开距离。肉身有时追赶不上灵魂恒久的光亮与能量。

那光亮与能量还是如此真挚而强烈，而肉身如同花园里的花朵，经过风吹雨打，黯然失色，凋落消亡。要面对自然与无常的变故。前者不变，后者会变。

最近几年，在世界性传染疾病引发的变故浪潮的各种显现中，我们看到人类社会所被引发的死亡、恐惧、经济衰退、各种艰难与局限。个体既要应对外界的业力大潮，也要处理好微小身心所面临的困境。这种双重夹击，带给人真实而彻底的挑战和试炼。每个人都需要面对这些生命课题。

灵魂明了，它需要形成更高级的密度和强度，才能平衡与这一切之间的交会。

在叶芝的诗歌里，他写道：多少人爱你愉悦丰采的时光，爱你的美，以或真或假之情。只有一个人爱着你朝圣者的心灵。爱你变化的容颜里所蕴藏的忧伤。

当人逐渐老去，灵魂的功课让他得到更为纯净与深入的思辨力，对痛苦与孤独更为宁静的忍耐。以及承担的勇气。在内心，他得到一种沉默的透彻与洞察。

没有比净化身心、忏悔、思考反省、训练自心、面对生死更重要的事情了。

以后的路怎么去走。如何去抵达与面对此生旅程的终点。在那一刻，我们将会成为什么样的人，得到什么样的心境，去往什么样的道路。

在《夏摩山谷》之后，《一切境》之后，我仍想持续探索。

2021/9/26　北京

目录

壹
1　当作一个幻术

贰
89　曙光微起,安静极了

叁
173　简单和纯度

肆
253　佛前油灯

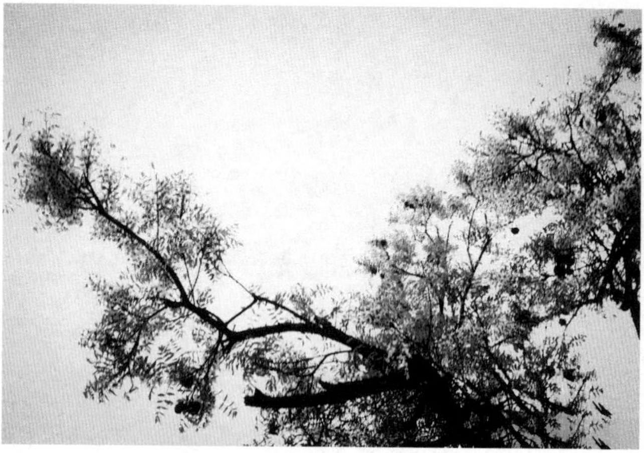

壹

当作一个幻术

有时需要寂静。如同我们在告别之后,才会确认一些发生。

※

重新写梗概的一天。觉得是庞大的故事。但我相信它以及里面的那些人，一种清净的虔信。晚上静坐，如在大海中漂浮。

也许是对无常显现生起的警惕和觉知，身边的生老病死，看到、听说的太多。俗世没有稳定和永久，如同浪潮起伏的海洋，始终动荡，也始终深沉。这一切并非与自身无关，一直如影相行。在变动中反复取得平衡。

而对人而言，无常之中，最重要的又应该是什么。

做事需及时，过了特定的时间点，就无可能。以目前的体力状况，再走一趟雅鲁藏布峡谷无疑很困难，未必成行。但十几年前各种因缘聚合，完成徒步墨脱，心愿就此了结。也再没有什么牵挂。

做过的事，一段一段地形成生命质地。这段记忆得以成为人生重要的部分。

需要做事，完成，并做好。心无杂念、一心一意地活。高空走钢索。

开春以后，忙碌，繁琐，有障碍。感受到压力与震荡。尘世事务层出不穷，旁观自己的任重负荷、极力忍耐、自我厘清以及——对应。虽然打扰工作，一再停顿，但也在发展出一种静观中的内在清明。

什么事来了都接着。尝试理解，以及由此产生更有深度的认知。之后或许出现开阔的局面。

在东京的同学问我，今年来看樱花吗。我说没有时间去，要工作。

※

今天整理三万六千字。早上醒来，喝会茶发会呆，磨磨蹭蹭，觉得可以开工。发现这一年多翻来覆去重写，终于进入正确的节奏。终于想得清楚明白。有几个点仍需要琢磨。这预热好长、好久。

十多年前那种迅速进入状态、迅速完成的力气，更多是一种激情。现在很慢地做一个东西，反复琢磨，反复思量。体会其中真味。

晚上给小姑娘做晚饭。意大利面、蔬菜汤。她很喜欢，吃完还道谢。对她说，妈妈要赶稿子，时间紧迫，不能总给你做饭。有时很想有间小屋，关起门来写。累了睡，醒了写，有人送三顿饭。跟闭关一样。

创作中的人尤其需要被照顾。

对我来说，日常生活并不是内心真正的源头。它们只是一种存在。

女性天命里需要承担的事情何其多。独立工作，妥当持家，养育孩童。还需要持续学习，发展灵性。算不算三头六臂。而大部分男人们似乎只需要工作就可以。闲暇热衷打游戏，在电视里看球赛。

年轻女性们妄想找到一位假性母亲般的男人照顾自己一生，渴望像个巨婴般被喂食，被护佑，免流离，无哀愁。怎么可能。

※

轮回之中没有真正的永恒不变的快乐。人们自以为的快乐，转眼变成苦。

我不爱享乐。能带来至深满足的，是求知、写作、体验、实践。维持简单生活，其目的是创造、给予，不是只为畅快尽情地活着。

身为女性，只以家庭日常事务或物质享乐度过一生，会有幻灭感吗。

如果二十几岁时，命运安排给予彼此深爱热恋的男人，一切都对，在一起天长地久，也有可能成为醉心于家庭生活的女人。生几个孩子，朝朝暮暮。事后看看，所有环节都有事先设计与安排。不属于自己的部分不会兑现。人各有使命。

目前对我而言，写长篇是漫漫攀山路，持续消耗大量精力与心血。需要保持稳定的身心状态。南师说，文字般若也是一种服务工具。

一旦开始写作，顿时万籁俱寂。日以继夜。起初订的计划是每天上午四个小时，但基本上持续六个小时。下午两点之后关上电脑。身体僵硬眼睛干涩，需要做一些事务活动身体。散步，看朋友，超市购物。晚上读书，做功课。

陷入一处巨大的有磁性的漩涡或深渊。无须额外闭关活动。写作深入意识，有甚深作用。

文字与观点的显现，需要有击碎对方的力量。以此碎裂对方心中的障碍与限制。此过程伴随令人不适的伤害感。伤害感是能够帮助人自我更新的动力。

但大部分人不接受，不知道，也不觉得是如此。

※

这一生，住过最多的是别人的家、别人的旅馆、别人的房间。人与人之间也不执着。不是不想执着，而是无法执着。只是一趟人间云游。

需要控制的是食物与言语，这两者稍稍不慎就伤人。前者伤自身，后者伤他人心。谨慎进食，少在生活中开口随意说话，必然有益。免去很多麻烦。在世俗交往中，说话需要越来越谨慎。

昨天梦见生活中相识的一位朋友。第一次梦中有他。在现实中接触不多，偶尔遇见几次觉得这个人熟悉。有说不完的话，彼此很亲。梦中看到与他发生过的一些事。醒来后想，大概是前世隐约的命运联结，以此了解那些果背后的因。人与人之间的相遇、发生、状态从来不是无缘无故。

人的情感关系有四种。第一等好的，在金字塔尖，志同道合的伴侣。这样生活即便朴素简单只是过得去，也是好的。第二等，独身。如果经济与精神有准备，独身是精简与有效的。第三等，有心意虽不能互通协调但对自己极为善待与照顾的伴侣。这也是人世间的一份福报。第四等，既不能心意互通又不能善待的伴侣。轻则分离、互伤。重则带来损耗、毁灭。

这个分类里，世间男女百分之八十都是金字塔底部。能秉持独身大概百分之十。金字塔尖百分之十。这些数字是我猜想的。

人越趋向经济独立与精神意识发展的金字塔尖，越会接受个体性。进行个人思考，保有个人权利。也更趋向孤独。反之，则会喜欢抱团取暖，互相依赖、需索。也格外强调对家族、父母、区域的服从与愚孝，对婚姻的占有与控制，对集体归属的渴求。以及获得个人权力与财富。

※

事情总是会自动变化。顺其自然就好。

明天我是否应该早起写作，安安静静写一天。感觉到它在催我。以前它不是那么急迫。

塔可夫斯基的书和日记，内心有引为知己的感受。与看完梵高书信之后相似。即，再找不到人，能把自己的想法如此深邃而精确地梳理出来。本质上他们是传教士，源头连接着神性。两人都早逝。塔氏生前还获得一些国际性声名。梵高一生潦倒。

日记一读放不下，太多认同。早上继续读三十来页。被感动的是，即便在日记这样私密的形式中，他一边被实际生活的困难、心情的抑郁和自我挣扎所折磨，一边却从未停止过思考信仰、本性、人类出路……这些宏大而重要的命题。

他摘抄托尔斯泰日记的句子。晚年托尔斯泰有明显抑郁症状，思考仍强有力。抑郁症没有得到治愈。黑塞也得过严重的抑郁症并且请荣格给予治疗。他们的作品提升很多人的精神意识，却不能治愈自己内心的冲突。

整体而言，天生倾向神性的人，不喜欢人世间，连带厌恶肉身存在。生活在这样一个无法如愿的世界，写作仿佛一条纽带，让他们的意识从大地回归神性故乡。如果没有写作，也许崩溃得很快。

写作者依靠写作而回忆起自己的神性。并让灵魂取得根源性的联系。

※

循着日记中的信息,陆续买了梭罗、卢梭、蒲宁、陀思妥耶夫斯基、黑塞、托尔斯泰的几本书。之前没有读过太多文学类经典的书。现在读,时间正好。如果二十几岁就读,有可能武功报废。

就像学打拳,先什么理论都不知道,上手就打。打一阵之后,再仔细琢磨理论,心领神会,领悟极深。不让阅读成为认知上的障碍,以致影响出拳。

组成塔氏的精神结构的这些人,他在日记中引用和提起过的人,于我来说也汲取到养料。这样的时代,再倒回去看这些人的著作,也许是过时而边缘的做法。没有与时俱进。但我始终觉得对写作者而言,需要保持内心的理想主义。保有精神与信念的见地。

这些作者,对于艺术的思考所到达的高度属于圣徒级别。是当之无愧的地球文艺创作者心目中的精神偶像。至于世间的一生过得如何已不重要。

重要的是灵魂的火光照亮他人的瞬间。

※

当人坐下来读书或写作,暂时脱离外境束缚,脱离自我需求,与清明的内在意识同在。这可以被保持成一种终生习惯。

从第一部长篇开始练习，到现在的新作，如何学习写作长篇，也是一个不断的自我训练与调校的过程。目前发展成三个时空四个平面互相交织的网状结构，比以往任何一部都繁复精巧。内心设想，以坛城结构布局，分为外、内、秘密、究竟。

重新把内容调整平衡。无数线头，密密麻麻，逐一梳理归整。提供暗藏的细节让不同人物之间扯上关系，如同游戏，埋下一条一条线索。逐渐揭开，最终呈现出一个哲学观的世界。没有比写长篇更吃力也更尽兴的事情。

如果一小部分真正能够识别的读者在最后看出门道……布局需要协调理性与感性。脑袋为此兴奋得失眠。

朋友说，别人或许看不懂。看看微博上，一个小明星吃碗面这样的照片转发十万人、点赞一百万人。而写得再好的文章，关注者寥寥。这样的时代氛围，即便挖掘精深表达真诚，都是虚耗。有什么用。我说，这是自己的事情。

写作意味着存活。当人写出文字，它们在时间里生长。当读者阅读并记在心里，文字在流动的载体之中实现能量的呈现。它不会熄灭。

写作行为，是在他人的心识中实现一种"不死"。

※

在阅读里，凭靠心的理解与相印，可以达成人与人之间的连接，不拘时空。

人类的情感、精神活动得以传承。

来信中最多的提问，关于应该如何净化和发展自己，如何靠近更有真实感的生活，如何看待肉身、意识、灵性、轮回与超越……一封回复说不清楚。写一篇万字长文也未必能够说清楚。通过长篇小说讲故事比较妥当。需要思考的，只是如何来编织与讲述这个故事。怎么写才能更入人心。

有人说，"我觉得自己无法从事写作，也许承受不了因为写作带来的误解、贬谪、攻击和谩骂。心理承受力不强，内心不够强大，承受不了这些。"

决定写一封坦陈心扉的信，当然需要很大的勇气与爱意。打开这封信的人没有一定内心力量，也没有勇气去读。如果有些人习惯回避和伪装自己，同样也接受不了别人的坦诚、不伪装。

大部分人穷其一生凭借各种手段，在回避写信与读信这两件事。在僵化封闭的环境里会缺乏能力去表达与感知鲜活的本性。这需要训练。

有些作家摆弄摆弄文字，动辄写上百本，也不难看，也有读者。说说肤浅的故事就度过一生。此生安好，不伤筋动骨。不过感觉总是缺少了什么。有些作家的生活是不完满的，甚至颇为艰辛。作品却成为一根结实筋骨。

发自内心的写作与阅读，是持续地写出和阅读一封长信。把生命敞开与他人共享。

我很少鼓励他人写作。包括对小姑娘。

写出长信,把它们传递给茫茫世间不相识的陌生人,心里不自私,也不牵挂。这需要付出代价。

※

如果时间逆行是为了回到过去纠错,通常意味着人并不满意生命行径的结果。为了避免结果去消灭那个因,一般果已经烂透。

这种偷懒想法不可取。自救不可能建立在未来者的视角,有因一定有果。

人很清楚并没有机会回到过去。只能摸黑过河,保持小心翼翼的觉知。即便可以有逆行纠错的轨道,我也不想回去。没什么错可以纠正。

所有发生过的都是既定的。是应该发生。只能发生。

黄昏,收到远方寄来的六个小茶饼。熟普洱混杂生野气。用炭火煮出来的滚水冲泡,把运化的时间泡开。茶气深入经络,舒服。还有一瓶自酿米酒,一大包红糖。时代围困于此,人依靠自力,也需要彼此更有情意地对待。

世界目前也许在朝着更加颠倒、肤浅、功利、信仰科技、放纵欲望的方向发展。但我总觉得地球具备整体平衡的智慧，会自然调节寄生在它载体上一切生灵的秩序。

"问题的根源来自对物质的贪婪，这实际上是对单一次元的过度迷恋。我们是地球背上的重担，但地球想要戒掉它自己的习性。它说，人类啊，妈妈就要甩动了，你最好小心点。否则你的背会被折断。"

※

古人的道移动到现在已很难复制。时代变迁，由众人心态组成的世间能量场正在发生变化。

如果古代的修道人离开他们的维度，来到这个现代世界，面对一个乌烟瘴气、雾霾弥漫、人心散乱、痴迷而执着的世间，他们会想说些什么。总结与提炼出来的真理体系并无错漏，只是存活于现世很难。众生心态无疑更为刚硬顽钝。

我认为禅理适宜隐藏在文艺、故事、有形相的背后。今人心思粗浅接应不了艰深真理。古代经典大多言简意赅，半隐半藏，各种分岔歧路。精妙的智慧不能生吞也不能硬服。让它溶解、稀释，以便被接受与吸收。

调成饮料，制作成雅俗共赏的可消化的食物，进行适合现代人审美与思维方式的包装。让更多人接受。至少让他们先服用。把智慧植入于艺术创作，是一种善巧方便。

查资料看到一些有趣的细节。比如一座古老的寺院被预言一再迁徙，而它果然也在时间的漩涡中艰难地移动。寺院全部倒塌，只有一尊强巴佛（弥勒佛）不倒。

每一种学习都在帮助我们回忆起过去。同时给灵魂喂食它需要的热能。

前几天老师说，希望这是你们在地球上的最后一生。如果不是，那也很好。继续坐着地球这艘大船，和它一起进入新的维度。

※

写作的人需要通过字词搭建路标，并清楚他试图指明的道路。阅读的人需要有能力识别与理解这些路标，才能找到作者心中的道路。但最终，写作与阅读是过河的石头。

如果你过了河，就可以把石头留在后面。

古老的书里充满密码、标记、符号、象征、欲言又止。甚至故意逆向而述。到处是迷宫、坑洞、陷阱、伪装、遮掩……如果没有真正走过各种道路、理清思路，会陷入蛛网般思维谜团。有些书读得不够好，让人迷路。或本来无明，读了之后还要加上癫狂。

读了真正好的书，把它当作秘密供奉起来。永久地保持与它的本性之间的合一连接。甚至不能说是亲密。而是无二。

有时失眠，对朋友说，也许潜意识里我不想睡觉，无法安心睡觉。觉得时间过得太快，睡一睡，醒来又是一天。听到时间唰唰而过。这是年少时不会产生的感受。生灭变幻的速度令人不安。舍不得睡。

时间太少，要做的事太多。如何能更加善用时间。

失眠时心念奋勇，如大海兴风作浪。冷眼旁观，体会什么是妄念如潮水，汹涌扑面。只是接受，被它们一波一波翻打，默默维持。等待它们自行解脱，逐一平息。

海水奔腾须弥舞。目前阶段，比爬珠穆朗玛峰困难。

※

想不到此生有机会体验到时代的魔幻与荒诞感。已入人生中年，可以旁观江湖而不勉强追随狂潮。辛苦的是当下身不由己没有选择的年轻人。

晚上出门吃饭。车堵在三环，看着窗外，恍若隔世。提醒自己，不可因为长时间闭门改稿不接触世间而中断净观。需要落地，把身心安顿在结实的大地上。

日本推崇的不持有生活，再过些年，能不能把自己的生活也改造成这般简洁。

对一个过了二十多年自由职业的人来说，没有集体规则可遵循，没有人给予指令或要求，若自身不持有自律与独立，会成为废人一个。在家里独自干活是培养自律的职业，它很难，并不轻松。但自由中产生的自律是最自觉的。

我们若给予他人期待，也会给予他人痛苦。

仁慈的人，不给予他人期待。同时也是低调而失去自我重要感的人。

※

长篇的问题是一口气提在那里，中间不能断。这意味着在很长一段时间里，人处于某个境地打转不能脱身。进入一处封闭凝聚的坛城，所有能量吸聚一处。故事框架、小说结构、人物塑造、前因后果，凭空搭造一座宫殿。格外需要创作者对文字持有一种虔信。

相信它是从自己的纯粹意识中流淌出来。而不是编造它们。

文字在庸俗的动机之下会失去其高贵性，这些动机包括取悦、哄骗、装扮、炒作，诸如此类。

不能过于注重编造故事。情节重要，但核心价值在于通过人物的命运与轨道来呈现哲学观。否则是对故事的浪费。没有哲学观的支撑，再才气迫人的作家，写出再繁复优美的句子或跌宕起伏的情节，最终不究竟，不彻底。不算完成。

人物需要展现性格。性格背后有个体与集体互相交织的背景历史。让书中的人物具有灵魂。小说的灵魂来自于人物的灵魂。作者如果塑造出具有深度生命力的人物，自己也可以从中得到滋养与启发。并以个体命运呈现时代。

只站在人世物质层面的文字表达，无法触及哲学。哲学思辨是为了触及实相。被坚定的真善美探索的价值观推动的文本，不会虚无。

以创造性的行为实践于人世。若能以写作为工具，为道途，先帮助自己一程，再以领悟帮助他人一程。这是一种服务。

※

千头万绪。每天抽出来一点点线索，慢慢梳理，逐渐成型。如果保持一起床就坐在电脑面前的自觉，即便当天只写出三千字，一个月也会有六万字。前三分之一，磨磨蹭蹭，好像百般试探试图推开一扇门。

偶然路过书店，文学柜里的书翻一翻，感觉值得一读的书很少。某人讲禅，仿佛是对外行人充内行，对内行人来说是个笑话。禅用来修，不尽然需要诠释。如果注重理论、资料却并不实修，讲禅何用。

看心理学家在书中解释"天上天下，唯我独尊"，南师也做过解释。俗世作者与修道人的理解境界天壤之别。看书宜谨慎。多闻多知才能分辨个人见解的高低程度。有些见解超前，对人有根本性的启示。有些很迂腐，不过是人云亦云。有些在根底上就是错误的。

这种觉察，必须经过阅读的海量积累与理解力的提升。

若人心有问题，何必投靠心理门诊。不如直接探取本源，阅读古老的哲学与经典。很多人懒惰，不愿主动而积极地读书、思考、自我教育，只希望别人直接给予答案，立竿见影。没有这种轻省而便宜的好事。

人生了病，通常一切希望只寄托在医生及其开出的药方之上。却不知道真正能起最终作用的，是自我的身心管理和调节。

心理学家不能只是技术当道，还需要具备一种神性特质。荣格有，海灵格有。

※

《英国病人》已是标准大片规模，但也拍不出人物之间那种纠结、深刻的心路。优秀的文字精于人性的表达与展现，镜像的视觉化却很难表达。在场景与审美上，也很难复原文字的阅读想象力。

因此小津安二郎说过，越是好看的小说越难拍。

当文字的力量太强，它的表达方式不可转换与替代，除非影像具有精确、稳定的风格。越是具有审美意识与人性深度的原著，越难改拍。但转换再糟糕，也不能说糟蹋原著。因为原著是原著，改编是改编，这是两个东西。

电影与文学是不同的载体。电影的呈现方式直接，不太容易被误解。书虽然开放给任何人，表达精密，解读相对复杂。如果被不同的心器吸收，理解程度也有差异。

书的表达更需要具备耐力。读者心静乃至内心清净，才能真正进入文字内核。

因为一部小说改编的电影上映，粉丝数上涨。《告别薇安》是第一本少作，销量提升。这说明什么，社会需要外显的煽动的表演，而缺少耐心去感受文字内在的隐秘与丰富。流星一般的流量感，使更多人只关注表面、肤浅、快速的利益。

书中那些人物是足够独特的灵魂，要找到合适的肉身呈现于世，并不容易。

※

当你和每个人在一起，却没有与我同在，你就没有和任何人在一起。

当你不和任何人在一起，而只与我同在，你就和每个人在一起。

不要和每一个人关系密切，而要成为每一个人。

当你变成那么多人，你就什么也不是。

摘自鲁米

心的一缕亮光会持续很久。

"我爱你。希望每个人都尽量爱你如初。因为爱一个人如初很难。"

※

大城市空气糟糕，水与食物的品质堪忧。医院人满为患。疾病的原因至少有一部分来自于环境的戾气与污染。以及放任、劣质、不健康的生活方式。心不清净，难以保持平衡与安宁。这样，即便吃得再丰盛，住得再舒适，每天跑步两个小时，健身房里挥汗如雨，又有什么用。

本质上我是个随波逐流的人。在哪里都可以生根开花，没有地域界限，也没有故乡与归宿感。在哪里都能够生活。什么样的生活都可以过。但我们的生活通常与缘分极深的人相关。爱人、孩子、朋友、工作，最终会决定人的生活范围。而不仅仅是空气优质、风景迷人之类的外观标准。内在的业力牵引更强有力。

世界混乱频率振动加强的时候，空性的寂静之美也愈加明显。

想住到冰岛那样荒无人烟的地方去。

塔可夫斯基在日记中写到，四十六岁时得知患心脏病。但写下时，他并不知道自己八年后即将死去。他仍在想着赚点钱还债以及修理乡下的房子。在那里种菜及陪伴家庭。是被外界孤立的现实生活，所能带来的唯一安慰。内心骄傲，在日记里痛骂看不上的同行。对工作信念狂热。随着年长，对宗教、信仰的认同笃实。因为遭受大量蔑视、批评、阻隔，观众热情洋溢的来信——记在日记里。

他看重自己的才华，同时认为才华是高级意识的工具。而自己不过是仓库保管员。

他在日记里摘录圣经、老子、禅宗、日本俳句、陀思妥耶夫斯基、叔本华、黑塞……

这个人活得坎坷，但是非凡。

尼采说喜爱别人用血写出的作品，血是精神。用血写箴言的人，不愿被人读，而是要人背出来。他在书写中试图成为一个修行者、圣者，却在四十六岁时精神失常。他反宗教，只是反对宗教形式，学说仍是从圣经本源而来。所谓超人，和佛性、神性、人之本性并无区别。只是表达时东西方不同的概念转换。

肉身、大地、生育、人的神圣性以及善恶不可分，真理要从恶中来，这都不是新鲜论点。如果他知道古老东方早有几位哲学家把这一切论题拆分干净，他会明白自己的思考离真理一步之遥。鲁米的表达优雅、幽深，尼采却执着于自我，进入某种癫狂。

区别也许在于，鲁米坚定地归宿于他的传统精神内涵，不被外在形式捆绑，深入真理。鲁米因其纯净的信念获得超然。而尼采在鄙视世俗概念的同时，没有放弃自我重要，也被神性抛弃。

尼采是如何在认知变化中发生这些致命的障碍，以至于自毁。二十几岁时我也阅读叔本华、康德、黑格尔，集中学习过一阵西方哲学，但现在我能够清楚地确认，对我的内心真正有效的绝对不会是这些。

一些西方哲学家甚至没有解决好自己的内心问题，无法自救。但这些人的思想发展轨迹值得探究。

※

所有国产电影唯一的噱头标准是票房到了多少个亿。这种强势力价值观会让一些有内涵有诚意的制作，遭受莫名的胁迫和侮辱。

塔氏即便在他所处的年代也备受排挤，如果来国内电影市场参观一下，不知道在日记里又会如何感想。同样，现在作家出版作品甚至需要靠流量明星、演员来提携，还要模仿电视购物导播做推销。精神领域被物化扼住咽喉。物化价值观遍地开花。

如果人不阅读，只是偶尔从网络、电视或其他载体形式获取新闻、信息、资讯，不会带来提升思辨能力的途径。相反形成头脑中更多引发焦虑与分辨的自我抗争。只有保持长期的、有主题性的、系统而深度的阅读，进行有序的整理与思考，才有可能形成某种思维突破。

思维突破之后，才会带来身语意整体层面的提升。

同理，人的成长不是通过碎片化的活动、团队训练或偶尔的激情。而是持续性对自己保持观察、整合、调节，与不同的外境与刺激点互相结合，所有发生才有可能成为助力。不管这发生是快乐的还是痛苦的。

昨天的梦。去一个书店开讲座,前面先是两个男人,他们讲得起劲,我探头一看,座位上只有五六个人。想,一会轮到我,即便人这么少也要认认真真讲。没有准备讲稿,打算开口就讲。他们结束之后,轮到我,门外却突然进来很多人。好像他们一直等在外面。我朝着那个方向看了一眼,排队的队伍很长。大多是年轻人。【2018/03/06】

回到南方观察世俗生活之后,有一种深切体会,人最重要的是自我改造、自我教育的能力。如果没有这种能力,就只能是环境、家族、集体、个人习性的产物,动弹不得,毫无余地。自我改造有两个因素是必要的:

一、深度阅读的能力。这种能力不是所有的人都具备,需要累积与增长。书带来超越时空的见解与观点,帮助我们更新意识。

二、遇见一些有精神修养并且比自己更有智慧的人。不管此人什么身份。围绕在身边关注物质层面的人占大多数。没有遇见良友或善知识的机会,只能被大多数人的低级意识绑架。

※

所谓交际应酬,除去世俗功利目的,大多是在打发时间。来自心与心、本性与本性之间的能量交换,珍贵而稀少。

不想浪费时间。把时间用在真正在乎的事情上。勤恳工作,照顾孩子与母亲,与喜欢的人旅行,跟有心灵交会的朋友来往。沟通分享,帮助陌生人。

即便有时只是独坐在阳光倾洒的茶桌边，烧水煮茶，默默无言。对我而言也是有深度的自我相处的方式。

年龄增长之后，很少交新朋友。留下几个老朋友。

有人对我说，你的一个优点是善于与人保持界限。但我并未故意跟人保持距离，只是不愿意去揣摩、讨好任何人。没有利用别人的贪求。也尽量不麻烦别人。当然有些事，实在没办法还是会麻烦。因为这种节制，别人也很少麻烦我。从而显得我并没有太多世俗使用的价值。

至今能够维持关系的朋友，大多以性情、修道相交。持续多年。年轻时喜欢在不同的人身上吸取能量、力气，以获得滋养。现在开始偿还，愿意付出更多。

交友切忌指望和需索别人雪中送炭，有目的，有期待。但见到困难时，即便对方是陌生人也随缘帮助。朋友也不必总在那里牵挂，可以各自安好。

塔氏书里写过一句话，再多的美好情感抵不上一个善行珍贵。

※

惠特曼的诗歌：我就照我自己的现状生存，这已经够了。即使世界上再无人意识到这一点，我仍满足地坐着。要是世上所有的人都意识到了，我也只是满足地坐着。

※

写作时无法避免抽烟。写字桌面上有烫痕。几本喜欢的书被烧了洞，再买不到相同的版本，只能去网站上买高价版本。有些就再也补不到。裙子上被烫出小洞，找出彩色棉线绣朵小花补上。这是发生过好几次的事情。事后看看，都是有趣的痕迹。

觉得一位女性年轻的时候，应该与年龄相近哪怕有些穷的男孩谈谈恋爱，感受物质之外的动荡和真情。没有这样的经历是可惜的。人至少要知道伙伴般天真赤诚发自内心的情感是什么感受。

简单的参照点，一种方法如果不是导引人明心见性，而是导向团体、神通、上师崇拜、形式主义、外力加持、物质利益，都是偏向。

宗萨举的例子，婚礼上你希望主持的人说百年好合，而佛陀只会告诉你，你们会生离死别更不用说中途种种无常。拆解人性弱点的见地被接受、被理解、被运用，都是艰难的。需要各种善巧方便的方式与途径。看起来轻松、舒服、你好我好大家都好的修法团体，像个快乐的大派对。但它无益。

如果每个人都能管理好身语意，世界会是另一种样子吧。无觉知、无节制正在带来人类进行中的艰难。个体尝试去发展的觉知与克制，至少可以平衡一部分加速的癫狂。

※

他说约中午一起吃饭。本来以为是谈工作，见面时聊的却都是家常。孩子、家庭、乡居生活、朋友们，闲散说话。他说自己喜欢吃、玩，上进心不够，还是渴望回去农村。在山野中长大的人懂得天地的情感，谁不想回归。只是现实与否的问题。

分开时送我一瓶法国红酒，我让他带回去。他爱喝酒，经常与一帮朋友饭局喝酒，喝醉了发微信写诗或打电话骚扰朋友。是个外表豪放但内心寂寞的人。那个餐厅大而离奇，我们点了笋干老鸭煲、清蒸黄鱼、笋。他想跟我喝酒，我说在咳嗽不能饮酒。他就点一瓶啤酒，自顾自唠叨，说了很久。

我们只是因为工作关系而相识，见面不多。我不善于发展友情，慢热，谨慎。而他是性情中人，带着鲁莽而单纯的热情。觉得对所遇见过的人应该更好些，尽量为对方带去愉悦与真情实感。人的一生，深浅不一的缘分都要珍惜。

真话与告诫只会发生在亲密的关系里，对方知道你能够承受。换言之，如果人听到的总是赞美与认可，说明不过是处于虚伪的社交圈。他无法认识到自己的真实层面。

我们并不缺乏听到恭维之词的机会，除满足虚荣心毫无意义。稀缺的是对方直接锐利的建议。

通常，没有一点脏乱差混不了江湖，大家不喜欢看起来干干净净的人。由此可见，可以不混的资格多么重要。保存元神比什么都重要。

有两类人是比较乏味的。憨厚无知的老好人,以及带邪性的聪明人,这两者让人无法产生兴趣。那种带点野性不羁的善良人,质朴而真诚的聪明人,却是极好玩的。

※

在年轻时需要吃很多食物,喜欢尝试各种滋味。吃是带来乐趣与存在感的重要方式。逐渐变老之后,新陈代谢变慢,体能变差,吃得多会导致消化不良。很多食物开始不适合吃,吃得少。也会短期斋戒,洁净身心。

通常人越是压力大、心力不足,越喜欢吃东西。能量饱足时,不吃东西也很舒服。食物是很好的麻醉和安慰品。若一个人能清楚自觉地控制饮食,说明心处于平衡,也比较健康。在疲惫、抑郁、压力大的时候,反而容易暴饮暴食。

少年壮年时应该吃饱。吃些好的食物。底子好,得到饱足,才有可能慢慢转向无欲。如果从年少到年老,一直关心吃,热衷吃,把吃东西当作人生最重要的满足与享乐,大概是心智还未深入开发。

基本欲望需要慢慢爬阶梯上升,转化成高级意识。不是始终为之所困。性与食物一样。

在三里屯见朋友,惊觉路上遍是年轻漂亮、打扮时髦的姑娘。女人打扮显然有生机。现在的物质生活比起我二十几岁的年代来说,提高显著。朋友说,但她们应该没有你年轻的时候开心。我想了想,也许如此。

我二十出头，在银行做第一份工作，每月薪水两千，而衣服、书、杂志、磁带，买起来绰绰有余。还能偶尔出门旅行。现在这一份薪水只够姑娘们买一件好衣服。

对我这样的人来说，能在超市里随心所欲买点需要的日用品，能够高兴地请人吃饭，给予他人力所能及的方便，已是很富有。

新闻或现实中，耳听目睹，动不动什么人赚了多少个亿，但很少听闻到真正有趣、深远并且有价值的事物。这些虚拟般的数字是否能够带给人真正的幸福。

真切而简单地做人、做事。

用深邃而朴实的智慧去生活。

※

还是觉得手工黑布鞋穿着轻软舒服。配什么衣服都和谐。若要遇见一个爱人，身心干净、端正善良的人是好的。

爱，使人经受考验，也使人完成。使人受难，也使人纯净。正向的关系需要尊重、照顾、原谅、接纳。缺乏智慧与慈悲的事物，都难以长久。

大部分男女关系陷于控制权、需索、赌气、争斗、互相伤害之中。遇见一个能够身心敞开的爱人多么不易。即便是带来痛苦的爱人，也可以因经过他们而生长。

当我们在爱，是在尝试突破身心的界限。但为什么经常最终以离别和逃跑告终。也许突破意味着需要有足够力气去接受一部分自我的死亡。

即便想对别人很好也是很困难的。有时只有冷漠、不相关才让彼此舒服。比起给予，更困难的是接受。

一般人没有能力去接受来自他人的纯然的爱。宁可用秩序、道德、自尊、偏见去扼杀它们。人类的本性是软弱和恐惧。爱需要我们做出放弃，觉得他人的福祉和喜悦更为重要。这是破除自我执着的一种方式。

我想爱是最精深的修行。

※

读者发来一些我以往旧书的照片。这些漂流世间的书大多被看得封面磨损，边缘擦伤，有些还掉页、褪色。这是它们在陌生人手中交会的模样。也许是带在旅途中反复看的原因。

自己从来没有把一本书看成这样。挺高兴。说明它们被需要，已物尽其用。

昨天偶然翻了翻《月童度河》《眠空》，看到很多以往的细节与回忆。书写留下生命活动的痕迹，记录人的生存，无形中增加生命的密度。写作者的自我开放而透明。他的内心及生活在文字中并无保留。

"散文比小说更迷人之处是，你得以由文字窥探到另外一个你感兴趣且有才华的人的生命轨迹。借由她的文字，你理解或者试图理解她的人生，那些疯狂生长、隐秘绽放、静静结果。你是旁观者，仿佛又一定程度介入到她的生活，这是有意思的一件事。当然作者也要笔力雄健，才能带你进入她的世界。"

散文袒露自己，一览无余。小说更具有虚拟与构架的空间。

现在很少阅读文艺、文学的书，看的大多是理性而客观的记录、论文性的文字。仍然觉得语言要美。语言戒急、戒躁、戒不知所云。语言审美与智性提炼需要并驾齐驱。书写应保持一定空间感和呼吸。

有些电影会出现突兀情节，或者在推进的过程中把观众跟丢，不知道在讲什么。在小说里更不允许。需要一根线紧紧地牵着，逻辑主线坚定并且合理，描述自然流畅。这是以觉知在控制走向的文字方式。

看一本书，注意到作者描述物体会精确描述它的属性。他不会含糊地写，一把椅子，而是写，一把刷漆直背椅子。我也喜欢这样，通常这意味着付出更多精力。为了查清楚具体的花、树、草、建筑、材质，必须仔细翻阅专业资料及做记录。但就书写层面而言，质感完全不同。

※

那些句子像杂草丛生,像月光流淌。诗意的节奏,令人心折的意象,在一段里出现不同的时间、空间、情绪与物质。丰富混乱而质感强烈,这也许是所谓的文本魅力。

这种过度浪漫有时略失理性,放荡不羁。他是我见过的最信仰情欲、能够把一切情欲写得很美的人。他描绘做爱,说,仿佛彼此交换了心脏。

以前有个朋友会与我长时间讨论这个作家。他的书中经常有象征性的建筑出现,男女以情爱为救赎试图逃避外界。他让我觉得有所鼓舞而不是孤立。

心里喜欢的作家还活着是件好事。不必一定相见。

作家的灵魂在文字中呈现出饱满和集中的精华,跟他的肉身已关系不大。既然已触及他的灵魂,便是最大满足。

※

"不是她写人物,而是所有的人物在写她。创造出不同的人物只写一个'自己',不知道还有谁是这样干的。这需要比较大的勇气。很多人是回避'自己',害怕'自己'的。大量的书评批判的都是些细枝末节的东西。她真正可贵的是勇气,诚实,永远地思索和对真理的渴望。

人啊,总是容易把虚假的当真,对真正的重点视而不见。

重新读《春宴》。再次阅读的感觉是作者力道之大,也可以间接体会到这种写作对作者的消耗必然是极其剧烈的。不记得是哪个访谈里,提到她在这一部里写尽了关于情爱这个主题。从我自己的感受来讲,确实如此。"

几段对《春宴》的评论。

在《春宴》里写过的地点,旧古都,上海,北京,廊桥,古镇,小城,老挝,岛屿,澳洲,瑞士。最后以京都告终。

今天翻几页,觉得它的氛围有些黏、涩,颇偏执,也有华美的闪光的细节,瞬间亮起难以捉摸。所谓好坏参半。但我内心对它感情极深。它的完成对我而言,是渡船离开码头,有些东西一去不复返。或者说已起航,是一次新旅程的开端。

写尽的意思是,以后不会再讨论,只会当作表达素材的积木,而不再是个需要解答的问题。这个问题已翻篇。

"死亡并不存在,人生最难的功课是学会去爱。"

※

他发给我很多照片,都很清净。不是地方有多美,目前乡镇都是可预料的衰败。而是他的心眼清净。也许应了那句话,心净则佛土净。

对他说，你的眼里都是灵光。在你的照片里，万事万物在展现真理。

回信一天。大概是心细微的原因，来信的读者如何感受我都知道。这些年，承担大量陌生人的倾诉、询问、苦楚、烦恼，介入他们的生命业力。而自己的内心负担，习惯于自我消化，好像连释放性的聊天也没有。

最近的感触是，人的生活需要有戒律。

尤其是住在城市、在家工作的自由职业，没有戒律会活成一盘浊重的散沙。这些戒律包括进食、购物、发脾气的频率、三毒生起的察觉、仪态打扮、清洁、简朴、克制……对待工作的态度，自觉学习的要求。

有时身体内部生起渴望，想吃垃圾食品补充体力，可乐、肉食、辛辣的、各种重口的，刺激疲惫劳作的大脑。在超市逛了逛，只是买了一根法棍便离开。一次严重的咳嗽起因，是妈妈寄来六只大白蟹，运送途中略有些不新鲜，家里没人吃，知道它们很贵，舍不得扔，吃了几只。结果生病持续近三个月。

人对食物需有自控。生病基本上与进食有关。

像我这样大好春天却为一本书磨碎心肝的人，是否也是一种持戒。这种每天一早就坐在书桌面前打开电脑的自律和克制，又是谁给我设下的开关。

在东京书店购买的浮世绘，画面中女郎着华服，雪夜撑伞，相会情郎于舟上。色调清雅，眼神空寂，情爱无常闪烁出澄明的冷光。黏糊糊湿答答所谓颓美的艺术感是低级的。

真正的颓废，刚性而清醒，带着穿透之后的无情与轻盈。

既不悲哀，也没有激越。而是包含一切。

※

"我越来越相信，一个学人，如果没有自觉地将自己融入某个传统中，他的所谓创新，不过是智力的纵欲而已。"艺术家们会有些个性清奇。但日本片桐禅师也指出，创造的源泉最好来自中正而平和的信念，否则自杀自残上瘾的人何其多。

佐藤康夫在关于尺八的纪录片中说，人生的不圆满才能够导向创作。痛苦对艺术来说是必要的。他提到自己距离父亲去世的年龄还有十年，经常思考这十年能够做什么。他的所思所想为自己提供演奏时的力量。

一生能够把一件事情做好，一心一意地坚持和钻研下去，已是不虚此生。

内心智慧应该成为最究竟的上师。意识的增进与重组最终驱动心的深化。

※

兰花是一种特别的花。山谷里野生的那种幽兰，根须粗长，有动人心魄的香气。朋友说挖到想寄来一棵，我说替我养着就好。越是美妙的事物，越不想成为现实的一部分。在记忆中也好。

闻过兰花的香气，如同尝过人间绝妙至顶的滋味，见过最高山峰俯瞰的风景，难以言喻。不是心醉神迷，而是心静神清。如三摩地般的芬芳。

世间没有比兰花更胜的花香。大概因为它极度的幽冷、洁净并且孤芳自赏。

※

好的书能够提供出一些简明有力的坐标。

如果没有书，我们的人生相当受限。书是与过去的和远处的不同时空的智慧相遇的唯一介质。一直在积极地囤书，买了很多高价书。担心这些书以后买不到或看不见。这种预感是有可能的。

前段时间看某位僧医的书。他在哈佛大学教授佛学，想必小时候受过训练，书中措辞优雅，描绘与阐释栩栩如生。看个开篇，被他折服。他谈论人生历程以及早年的故土回忆，心念真诚。这种内心魅力透过文字被阅读的人吸取。

以前在东京,经常晚上去书店闲逛。六本木有一家艺术书店,在里面购买过不少摄影集。虽然又贵又重,但我喜欢收集和欣赏。日本的摄影集出版,有些看起来不过是普通人拍的极为日常和平凡的照片,记录孩童、老人、爱人或家庭。如此出版真的很自信。也反映出社会阅读需求的成熟度和丰富性。

照片是审美与情感层面的表达,方式纯粹。比普通阅读又进一步。无用之美需要心性与敏感有所发展之后才能被接受。但人的趋向似乎在倒着走,越发被物质主义控制。

幸好在前几年出版了摄影册《仍然》。对我来说有特别的纪念意义,也是唯一的亲自买了五十本收藏起来的作品。格外珍视它。

※

朋友说,突然之间觉得自己老了。

我说,人变老就是突然之间,不是一点点循序渐进。很早之前,在小说里我就写过,变老,好像是突然被闪电击中。但那时其实我还不知道变老是怎么一回事。现在,我知道了。却又忘记闪电是何时发生的。

它更像是内心发生过的无数碎裂的总和。

暮色中,朋友帮我拍几张照。我说,我是这样的吗。现实中的我应该比照片略好看一些吧。朋友笑而不语。

只有在清晰地看见自己老去的容颜之后，才会明白年轻时，每一个人都曾这般美丽与丰足。只是那时的自己同样不会知道。人对自己的美是不自知的。

她在南方的花园里剪下栀子花苞寄给我，两天路程花朵已然绽放。自栽的栀子与绣球有拙朴野气，是喜欢的花朵。栀子花也是外婆与母亲钟爱的花，承载太多回忆。包装盒上用小花草叶点缀，透明胶带粘着。通常快递过来时，花草已干枯。

每次看到这认真粘上的已枯萎的小野花，心里深深感动。她这样温柔而真挚地活着。收到时有无法言表的感谢之心，又好像不是感谢两字所能包括。给予他人的温柔之心是滋养，滋养自己也滋养他人。

妈妈早上发微信，"我想你的时候，你一定要回复。"这是她的风格。其实我一直很认真地回复她的每一句家常闲聊。带着宠溺她的无言的深切。

※

男女之间应该互相分担、分工合作，把对方当人。

有些文章把男女当作性别符号，把关系看作一场交战。如果女性又要当感情的巨婴，又要控制金钱，还能够对应怎么样的男性。当然也只是爱钱、视女性为玩偶、感情麻木的男性。

身为女性，无论如何要有一份工作或收入来源。很多人偷懒而进入全职家庭妇女队伍，不提升自我，还自认为是牺牲，最后发现极为被动。在经济上全盘依靠对方是一种危险，会发展出独占对方的感情、金钱等各种贪婪而狭隘的念头。

有人说，现代人与古人相比婚姻容易失败，是因为现在的人在婚姻中注重爱欲、物质，而古人的婚姻以道义和传统作为大目标。觉得有道理。能维持的婚姻最后都是以性情、修为、涵养来支撑。

当下受热捧的一些连续剧，了解一下，大致知道其制造灌输的内容，女性从中得不到任何有利于情感训练的营养。只是增加现实的挫败感、内心各种负面计较。意淫、麻醉、情爱幻梦是无奈现世的麻醉剂和糖衣炮弹。

※

除去对彼此的不完美有一定程度的认知与理解之外，还须生发起同情。即，怜悯彼此的不完美。人无法完美，关系也无法完美。

只有修正自己的不完美，及不期望改变他人的不完美，自由才会产生。

有理性的恋爱不会分手，不仅仅只是为自己想的恋爱也不会分手，善良的不那么自私的愿意坦诚相见的恋爱不会分手，怜悯多过欲望的恋爱不会分手，体会到众生平等的恋爱也不会分手。凡是分手的恋爱，几乎都是与上面任何一条相悖。

如果通过恋爱有所了悟,修正自己,可以跟任何一个对方谈恋爱。跟整个世界谈恋爱。一心一意谈很久。

短暂的关系需要燃料,点亮,烧干净就行。长久的关系需要理性与克制,是一种运行,一种完成。

※

学过佛法,看过那么多大修行者写过的书,知道文学书籍是不究竟的。艺术创作除非突破无明,获得智慧,否则都是情绪、执念的产物。有些则是概念、理论的产物。最终,文字应是意识递进与升级的产物。

或许有人认为无情绪、无执念是无聊的人生,他们甘愿受苦。

人很微小,只能过某种被限定与设置的生活。这种限定与设置来自于轮回之中累计的身口意的选择。

※

昨天晚上陪小姑娘,十点多,她已酣然入睡。孩童的睡眠真实深沉。我本来有困意,渐渐一股火力上顶,越来越清醒,观想也不能深入。这种感觉经常有。这种警惕很像一次次练习死亡。

很多情况下是不想睡，觉得浪费时间。夜深人静，只愿多看看书，做功课。

起来在客厅坐了一会，想想还是尝试入睡。第二天需要早起写作。躺下时三五秒耳鸣。想起丹巴格西对我说过的话，他年轻时学习空性有一阵感觉肉身会消失。那种感觉一来，他就用僧衣紧紧裹住自己。入睡前一刻想起他的这些话。

梦中。看见一大棵如紫藤花的浓密花枝被折断，飘浮在半空。我想这是梦。一位僧人靠近我，说给我解梦。他年轻，温和，洁净，带我去他住的地方。色彩缤纷的宫殿，浅蓝绿色为主。他打开房间，左侧是一排矮柜，点着烛火，有经文、佛龛、杂物等，右侧靠窗有一张床，空着。他的床靠近入口。窗外开阔，有宫殿屋顶起伏。房间很大，有气势。

以及在路途中看见一种被称作大雁的鸟，成群结队在空中跳优美的舞蹈。翅膀有对称细密花纹，挥动时优雅有序。鸟很多，舞姿多种组合。我和几个人走在荒凉无尽的平原上，被偶遇的过路候鸟的舞蹈深深吸引。然后看见紫藤花簇被折断，升到空中。

一些从没见过我的人，有时写信告诉我，他们梦见我的梦境。脑袋是精妙深奥的信息处理器，堆积大量意识碎片，体现阿赖耶识的存在。梦中深藏的信息，需要去挖掘、感受。它们的力量在日常生活之外。

有人说写作是理性的技术活动。但它更需要依靠直觉、意识。人的脑袋最终只是一个载体，不过是"自性"妙用。真如自性是海水中的盐。持续深化的写作，最终会帮助确认"自性"而融解"自我"。写作可以成为一种途径。

最近深感好的文字、语言表达能带给无数人利益。想起一位狂僧的道歌，他说，有修行的人如果不著不述，那就像毒蛇脑袋上的宝珠，于众生何益。

※

"爱你。俗世纷扰喧嚣，你的作品是给予我安静的一罐良药。"

※

朋友问尼师，为何女人的情执这样重，总是需要感情，需要男人的爱。

尼师说，女人的情执重，和男人的自尊心过度、需要他人过多的尊重，是一样的弱处。要别人爱自己、对自己好，是感情的乞丐。要别人尊重自己，显得自己有面子，是尊严的乞丐。都是因为没有自我圆满，没有认知到本自具足。人只能自己有了、够了，才能分出去给别人。否则只能做一个乞丐。

她说，感情需要留白。没有空间、不给对方自由、不允许对方有自己的选择的感情是很可怕的。

在关系中，尊重他人的选择。允许别人变化、粗暴、无礼。人会变化。佛法其根本上是一套生命转化机制，需要选择、方法、操作。人在任何处境下都可以做出选择。用正确的方法，进行良性的操作。

这些话我觉得她总结得实际而清楚，完全撇开那些复杂冗长、晦涩模糊的理论。相比起男性出家人，女性修行者如果水平较高，表达的能量更柔软、流动、脚踏实地。

最近持续不断见到出家人，且都是正面形象。有许多促动。如果能完成长篇，得到时间，每一次相遇都可以从深处开始。

感触宗教有时会引人入偏道，大多在于人们的贪心与懒惰，试图借外力来回避与麻醉自身苦痛及烦恼。期待不存在的一味立即见效永不复发的安慰剂。不同背景下的实际世界的苦难、牺牲，仍在持续。人只能通过实践与行动去经历试炼。

再升一级，就是净化这些由心投射的幻化。

今天新写约六千字，重新整理章节。句词打磨删减很多。发现某种障碍被去除，在接近一种更为简洁、清晰、流动、有序的表达。不知道跟最近的阅读是否有关系。

"作家有两条命。他们平时过着寻常的日子，在蔬果杂货店里，过马路和早上更衣准备上班……还有受过训练的另一个部分，这一部分让他们得以再活一次，那就是坐下来，再次审视自己的生命，复习一遍，端详生命的机理和细节。"

※

晚上去看一场电影，主要观察它的时空结构，结果平淡无奇。与《云图》的结构比较是两回事。一些国产片再怎么较劲，总觉得哪里有问题，看着看着就觉得假，会抽离出来。到底是哪里不对，演员也都使劲了。仍缺少某种生命力。

如今很多年轻人聪明机智，见多识广。不像我们时晚熟，二十几岁谈恋爱还跟小动物一样，除了喜欢对方很少考虑其他。他们动不动就是"筹码""条件""资格"，这样用头脑去谈恋爱，个个自私又冷酷。

还是以前那种小动物一般的恋爱好玩。

在地铁上看到辛苦抱着男童下车的妈妈，心想，所谓母爱也是造物为人类生命繁衍设定的程序。它是一定要生效的。如同情欲、繁殖、恋爱，都是巧妙而精准的程序。愚孝、要求恋人绝对忠诚……则不是本能，只是一种自私的人为妄想。

无形造物的力量，把地球上的一切控制得滴水不漏。

那些二十几岁就能意识到男女情爱不可靠，并且对婚姻孩子无期待的人，是需要多少世的慧根。女人如果不为爱情颠三倒四蹉跎岁月，无法想象自己所能够创造出来的价值。事实也是如此。年轻时为情爱癫狂不息，耗费太多精力。现在看看，全是妄念。

希望以后小姑娘不是恋爱脑，节省这些宝贵精力。

※

公园散步,园丁修剪树枝后都堆在车上准备倒掉。我说,能不能捡几根,他说,随便拿。其实我想全部搬回家……最后取走一小束。插入清水后,干枯的树枝慢慢复活。开出洁白花朵。是海棠。

最近喜欢温润的缠丝玛瑙。物里有美,让人暂时忘却尘世喧嚣。我说玩物丧志,朋友说玩物养志。美物能够养神。美是滋养。

日本太鼓表演。剧目中场休息。在洗手间看见一位五六十岁的妇人,面容身材中等,穿一件暗橘红的细吊带长连衣裙。挂硕大的珍珠项链,头发盘发髻戴着黑色假花发夹,精细的化妆,右手戴金表,左手挂一串绿松石手链。黑色丝袜,白色高跟鞋。她的表情结实。我觉得她很特别,也许是个日本女人。不算漂亮,但这身打扮惹人注目。

买到几件真丝刺绣衣服,八十年代的出口衣服。遍布刺绣,做工雅致,气息复古。搭配半裙穿刚好。

今天问妈妈,一个人觉得孤独吗。她说,尽量安排好每天生活。有时也怕独自时身体不舒服,觉得软弱。父亲去世之后她独居,认为有情有义的男人稀少。但她与父亲的婚姻并不幸福,各种吵架、抱怨,持续到父亲去世。

他们的婚姻曾经带给我阴影。这是世间情爱的苦楚与无奈。

如今想起,心里有一种理解之后的悲凉。孤独是每个人年老以后必须面对的处境。有孩子,孩子会远走高飞。即便是感情深厚的恩爱伴侣，也总有一人会先走。

为母亲遗憾的，只是那一辈人大多热衷活在物质世界，信仰又多是一个心理安慰。若她有些信念，有心之所向，又会有所不同。

手织的深红色围巾，我说喜欢，让她再织一条墨绿或紫色的。这样她或许觉得是个寄托。妈妈说话的语调与神态，越来越相似于已故的外婆。问她过年可否去大理。

我的确是想她了。说，想你，晚安。

用相机在浴室里给小姑娘拍几张照片。她天真纯洁的模样，花朵盛开般的美丽与自然。我说，妈妈像你这么大的时候，没有人给我这样拍照。等你长大，回头再看看这些照片，会觉得珍贵。生命有些阶段稍纵即逝。肉身的美和花朵没有区别。

不管如何，我只有一个妈妈。就像对小姑娘来说，我也是她唯一的妈妈。

※

需要经常克服疑问。自我较量的疑问总会生起。我知道必须以某些无形的信念与尊重作为支撑，才能完成工作。这也是放弃凡态的观想。即，观想它是神圣的，坚定地去实现目标。

用文字把逝去的楼阁搭建起来，这个庞大的构架压得过于沉重。

虚拟一座城。复制与恢复一段人心以信念与净观为尊贵的时空。

某作家发新书,说也许是他最后一个长篇。这有可能。作者自己会有预感。

我认为写作的必要,是在于人类有责任也有义务去传承古老的真理与智慧,并通过书写、阅读进行传播及延续。只为眼前的实存的世界写作,是视野狭隘而受限的,也是一种轻浅。时空观需要被突破。这样的写作才能进入宇宙、人类的共同特质与高级意识之中,是深沉而恒久的。

"在得悉自己免职的消息后,今天凌晨老包在自己微博写了这样一段话:生活里的忧愁来源于我们的得与失,患得患失。也来源于我们对自己未来命运感觉到不可把握,难以预料。所以,算命术长盛不衰。而一颗禅心是彻底放下了忧愁的。"

看完最后一句觉得感人。

※

写作之道,攀爬山峰,争取进阶,有时备感艰辛。幸福的清闲不配享有。看到一人给我留言,说,看出来你特别想变老。在需要战斗的时候你想退出,这是输。

有人背后盯着,一点点心意变化都知道。是的。继续战斗。至少眼前长篇小说这一场要完成。

他干过很多事，卖矿泉水，开卡车，运原油，骑行新藏线，又从成都骑自行车到拉萨，陷车差点冻死，去佛学院想过出家，去缅甸短期出家，去南印度朝圣，航拍，学习拍纪录片。去各种地方。这是有野性与活力的人才能过的生活。

这样的人是存在的。我们有时说几句。主要是我在了解他的故事。他是个说话得体的人。

有限的生命因为无常而充满一种饱满的活力。这也是实现自我的一种动力。

如同工匠般专注而孤独地工作。不出去交际热闹，不热衷吃喝玩乐，经过这么多年的反复训练，心不产生出离也难。不觉得日常有什么乐趣所在。只是关在房间里做自己的东西，反复搓，反复捏，反复磨，反复思量。

下午两点前，客厅的阳光暖和得亮晃晃的。过于静好。令人心生感激。

※

朋友写的字，看看觉得心静。裱起来放在书架上。看出曾经下过功夫，节制而凝聚。字里有那个人。

有时放着大长老的开示录音，并没有认真听，只是喜欢翻译女声的声波频率。很慢，很温柔。可以当作音乐在听。声音的磁场是一种治愈。大长老说了什么已不重要。

这些日子,越发感觉到,真正深邃的法,也是表达起来格外简单的法。真正的道理朴实易懂,三言两语说得清。世间真相没有那么复杂难辨。只是单纯清晰。

禅师说自己,平时喜欢摆弄小庭院小盆景,但一看到壮丽的山川河流,就想还不如给大溪谷清理一下断树枝。说,写作的人表达直接经验,但有些强烈的直接经验只会让他哑口无言,再无什么可写。

又说,空去,代表一个人只以纯净的直接经验去面对事物原貌,而不试图给予任何修改。

禅师的书薄薄一本,尽悟真义。若一生能领悟与实践到三言两语,或可登船。

喜欢长篇大论讲的,都不算是心法。喜欢日复一日听闻的,也不是心子。大部分文字与语言都是在接应钝根。没有办法,只能反复来回地讲。

好的老师讲话简单直接。有时看起来也只是个普通人。

※

朋友说,想自己学习、摸索,如果暂时找不到合适的老师。这个想法暂时没有什么问题。但人不可认为修行靠自己就可以。即便慧根再深,脑袋再聪明,仍不免最终走入增上慢。这种我慢不被外界检验,自己是难以察觉的。

目前社会就修行而言,存在各种荒诞和虚伪的现实。时常冲击和考验人的判断力与内心觉知。

好老师不容易找。一个专业并且有修证的老师,还需要有慈悲心或使命感,愿意竭尽全力教育别人。职业修行人有一部分腐坏堕落,产生负面影响。而在家人依然有空间,有极为精进和专业的。不管师父是在家还是出家,遇见真实的不伪装不腐坏肚子里有干货还愿意教人的师父,是大福报。

感谢生命中出现的老师。面授是鲜活和深刻的,充满心心相印的生命力。还有虽然已故去且从未见过面的老师,用他们的著作带来极为重要的传授。

而与自己同在的一位究竟老师,是自己的心。

心之道只能给真正有勇气有信念的人走,没有智慧分辨,便走入歧途。需要一心一意。保留质朴与初心。

六字真言有各种解释。今天读到最简单的一句:好哇! 莲花湖的珍宝!

※

一则梦。在一间大宅子里,有很多孩子、猫狗、房间、仆人,一排柜子里放入各式绫罗绸缎的衣服。细细的沉香整理时被折断。一个男子与我相约，去见他，突然之间大雨滂沱。孤身去了一处大旅馆，也是老宅。

无数个前世里到底都发生过什么。

人真正的自由是拒绝。以前我经常滥用这个自由，现在开始谨慎。一个微小的拒绝都会给人带去一些伤害。尽量不拒绝，只要自己能做到。除非真的有害，不自益也不益人。不想什么事都以自我为出发点，随心所欲地拒绝别人。

能做到就做到。以此扩展接纳和理解的广度及深度。

就像对小姑娘说的，别人出于善意递给你吃的，不管你喜欢还是不喜欢，都先拿下来说谢谢。你说，不要，不要，这是不礼貌的。这也是在锻炼心的柔软度和接纳。

不知道什么时候开始，身边那些属于热闹、交际的人际关系已不存在。结识的人，有些在以余生争取最后一搏。早上与格西语音微信，他在那端对我说，现在我要去讲课，一个半小时里面没有时间。想起他因为反复讲课而发哑的嗓音，以及坐在众人面前始终不变的端正仪态。

人是应该倾尽全力。

生与死都是突然发生。无常不可测，人是被动的。一切积极努力目标远大之类的呼唤，都显得可疑。但这不代表消极退缩。而是在足够清醒地认识到"自己毫不重要"的前提下，去认真生活。

※

气场这个东西，挡都挡不住，是一股能量场。让人舒服的存在感，大多经过长期坚持的自我训练。

和朋友去餐厅吃午饭。旁边坐着黑衣肥胖大女，点两屉小笼包一盘蔬菜。一位出差的欧洲男，穿衬衣打领带，有金色睫毛。我在封闭的购物城里觉得窒息、不适。

人需要生活在大自然当中，城市是怪兽。电影院屏幕上做着各式名目的广告，看起来虚假、荒诞。因为写作，有时不清楚意识停留在哪个维度。觉得一切隔离而疏远。

朋友说，现在偶尔看十分钟电视连续剧，里面教的全是乱七八糟的东西，让人生气。这样下去，再过三十年，不知道整个社会素质会变成什么样。我说，某些电影、连续剧都一样。人们的精神意识都在被投喂什么样的食粮。

最近写作的两种状态。

一、不能分心。穿好衣服洗脸刷牙之后，立即坐到电脑前。持续到要休息为止。日常生活基本停顿。重心是一遍遍看文字。这样脑袋能连上，一些句子自动出现。这个连接的过程不能轻易断掉。某种程度是要进入定境。

二、写得太累，会倒在沙发上昏睡。真正的深入的昏睡。头脑一片寂静，外面不存在。让心神休息。写作伤心神、耗肝血，对人损伤很大。也是在训练不断地入定与出定。

岁月不饶人。离写《素年锦时》转眼将近十五年，人生有多少个十五年。现在白发滋生几根，肉身衰老，青春不再。这段时日更是疲劳。

超市收银员的工作都比写作健康。需要好好维修这具肉身。

※

艺术没有创新。所谓创新，不过是自慢。

所有的艺术方式，其最究竟的意义是传承与流动真理。这是它所服务的源头。

大部分文艺创作，文学的表达，是提出疑问而无解答。试图去解答，才是一种真正负责任的究竟的写作。但这需要写作者的自我探索与萃取。是更为艰难的道路。

最初开始写，是随意、轻松、愉快、任性的，越到后面，越会有敬畏心。越发觉得做得还不够好。走得深才知道此事不容易。是逐渐负重的过程。

有时也会有困难。即便有些停滞，也把句子先铺陈出来，按照情节往下拖。过几日重新修改。今天状态不甚好，脑袋有麻木感。这样当日应该差不多就宣布放弃。换一天再来。

朋友捎来三本书一封信。书是十几年前的老版本。这个读者今年三十五岁。在信里对我说，让妈妈把这三本书寄过来想要签名的时候，她哭了，她的妈妈也哭了。因为这些收藏了很多年的书，对她的人生有特别的意义。

差点拒绝这个签名的要求。如果拒绝，她一字一字手写的信也就白写了。好像又被上了一课。过于看重真情实感，我对签名一事总是比其他人苛刻。不随便给人签名，也不随便送书。除非特别必要。

尽量想把写作与日常分开，是觉得写作一事应该被尊重。保持与世俗的距离。在生活中，不写作的作者可以是个默默无闻的普通俗人。他也没有什么意义觉得自己与众不同。

※

朋友问我，你如何看待烦恼。我说，烦恼有什么益处吗。如果人能明白一些基本道理，通常很少自寻烦恼。

有些话好像对大部分人是说不通的。说了也不信。

看到锡金木代皇族白玛雀西的照片，感觉真正美丽的女性，其实什么事情都不必做。只要曾经存在于世就可以。美貌是多少世的福报成果。当然也不是现在一些整容小明星所能比拟的。

真正的美貌让人看到即净化。

日写五千。陪小姑娘打羽毛球。散步约五公里。

"你大概是男女都会喜爱的女性。一则你聪慧,二则你善良,三则你孩子气、女性恶劣不改。"

※

罗布是个修习者,英国人。二十岁左右,他初次体验到内在的召唤,觉得应该改变人生道路。之前他是一个工人,在机械而单调的生活中,感觉性格越来越郁闷和冷淡。于是辞去工作,开始远行。

一路搭便车横越加拿大。1973年,抵达尼泊尔。坐在高山之巅心却混乱不安。加入此地附近佛教中心举办的一个月打坐课程,初见两位西藏喇嘛老师。自此,觉得经过困惑、漂泊,有了"承担"。承担是奉献。他说,是向自己的真实本性或真实潜能奉献。

面对阴影的方式在于转化。他跟随上师学习,通过实现情绪管理与转化,得以健康地回应自己的感受和情绪,以此改变生活品质。"保持清晰、无杂念的觉察力,就能够愈来愈熟练地注意情绪和情绪的产生……在小云朵变成暴风雨之前,我们就会注意到。"

在尼泊尔停留四年。学习之余,参与禅修中心的建立,做电工、泥水匠。他的上师认为,人必须工作,工作是最好的修行。他的师父虽然才活了四十九岁,但做完大量工作。病危时他说,我已一生为仆服务他人,做得足够,所以毫无忧虑。

他结束尼泊尔的生活,回到英国。面对需要有收入维持生活的处境,也渴望进入大众,把知识用以奉献。开始工作,进入社会生活,成为一名把心理学和佛学结合治疗他人的心理医疗师。他的参照系是荣格。这个阶段他认为生命进入"仆人"。仆人是在拥有健康自我的前提下,为他人服务。

"如果能够为他人的福祉工作、服务,这可以成为大欢喜和无限精力的源头。"

通过自身经历和深刻的实践、总结,他把一个人的生命某种象征性的转化过程,称为"穿过荒原"。他认为有五个阶段。首先是,堕落。代表着内在的恐惧、无安全感、怀疑、攻击性、自我苛求和自我毁灭的情感。如同在痛苦以及孤绝的荒野游荡。然后是,崩溃。痛苦带来一种自我感的破裂或破碎,把僵硬的某种外在束缚和包裹打破。但潜藏着转化和解放的可能。如此,开始面对真相的第三个阶段。

灵魂的暗夜是一种挑战,信心在此时受到考验。到了自我臣服的阶段,如果能够真正放开,会发现一个前所未知、从未曾体验过的智慧深度。最终可以再生。

"探触到痛苦的深度,臣服,转化,我们才会得到解脱。"

这样的旅途,需要有勇气的坚定的人。试探和考验,质疑和否认一再发生。一场真正的灵魂之旅。

2005年,写作《莲花》,里面的人物所发生、经历的,符合这种心理历程。之后的《春宴》,也是这样一些追寻之人。这个英国人帮我书中的人物们做了心路总结。

回想以前接受采访，或者有人问到书中想表达的主题，自己也有过一些阐释。但都没有这本书的总结来得彻底。仔细想想，这条写作道路也是试图"穿过荒原"。书中人物即是"穿过荒原"的人。

痛苦深、问题严重的人，才会发大力以求解脱。

这些人物始于内心觉醒的召唤，决定脱离旧有生活，出发并开展流浪路途。这段旅程是试炼的道路。

我的写作一直在持续的主题，是这种个人转化。通过心灵与精神的转化，实现自我完成。

※

"表面上我本来应该属于最不会去看你的书的那一类。后来发现这种没有意义的定义完全来源于外界对你的误解。我在过去的一个月里感觉到生活的无聊，丧失光明。按照你的话说，我有一个很凶猛的灵魂，生活在现实里以胜利为食。可我最近突然厌烦了这种生活。我不想假装一个多么活泼的人，也终于不想再去努力做什么，提心吊胆担心什么。害怕丢失胜利的荣耀。

当我把这一切丢失，感觉生活更加索然无味。好像它的本质就是无聊。真的很害怕。一个机缘巧合在深夜里看了《莲花》，在北京的一个雨夜。它带给我很多共鸣。我感到一种生命中的平静。按照年龄你是我的长辈，但我更愿意把你当成朋友。谢谢你。"

※

写作者不怀有任何秘密。他所有的秘密最终会成为阅读者的体验。

※

愉快与舒适的事物,被人渴望。有时对人来说,最重要的自我存在感寄托在消费行为当中。消费代表对金钱的依赖与重视。这产生的等式是,金钱等于自我存在感。金钱等于快速的满足与喜乐。金钱等于个人价值的体现。这个等式不是好事。

欲望的另一个特点是,只有当它的最高值被触摸过,得到过充分满足,才有下降和消失的可能。充分的满足是困难的。征服欲望也很困难。

有一些人被取悦的阈值比较低,吃喝玩乐大抵能够满足。有些较高,需要通过高强度高挑战性的活动。根本上,人不寻求内心智慧很难得到内在的满足。

人生艰苦,需要很多意志去克服,这是生活的本质。在物质与娱乐至上的处境,个体的感受与价值观被集体冲击,享受与麻醉来得过于快捷和廉价。爱、自然、自我珍贵的部分被轻视与质疑。

最近看到的各种负面社会新闻,陌生人之间的伤害频频发生。社会公众气氛本该由社会、家庭、规则、主流价值观来约束及引导,现在发泄戾气的途径集中在弱小、无辜的陌生人身上。个人戾气受到集体意识的影响。

需要净化、提升、管理、克制身语意。我们的心在供养这个世界。心是什么样子，世界是什么样子。

保持精进是对自己的责任，也是对他人的责任。

朋友圈转发的一些国内作家的文学评论、创作谈、作品解读，偶尔也看几篇。越来越看不懂。有时觉得堆砌辞藻言之无物，不知道同行们追求的是什么。

类似"向伟大的作家靠拢""文学与道德"诸类的命题，鲁米说，在道德之外的田野让我们相见。一想到圈子充斥的一些陈词滥调，以及装饰艺术远胜过心智营养的内容，让人有时产生沮丧之感。

※

如果说每个人有不同阶段的临界点，最近我也在一个临界点上。但我习惯的方式通常不是表达，沟通。我认为处于临界点时，要保持对自己的观察。持续观察，并且发愿。

简单处理所发生的事，如果知道直接的核心在哪里。

现在的两个倾向，对别人产生一种柔软的体恤与怜悯的心情，以及对一些无聊的事情、方式及不具备益处的场景、状态，更加没有耐心。不想浪费时间与精力。

多余的杂念无用。没有智慧不会有平静的心绪。

※

一位记者朋友说，我在别的作家那里打听你，他们提到别人都能说几句。提到你几乎都没有下一句，对你一无所知。你真的与他们保持一定距离。

我说，我没有保持距离，而是几乎没有交集。一个不善于写东西吹捧恭维，不给他人写序、写推荐或去撑台面的作家，几乎不存在交际应酬或混圈子的价值。而对我来说，这些也的确没有价值。

人应该知足感恩。能用写作养活自己，有三五良友，这样就好。作品与他人的生命相互融汇，对他人有益，对自己有益，这是写作这件事唯一的价值。

写作本身已满足深度的表达欲，在生活中便成为一个不爱倾诉鸡毛蒜皮、也不高谈阔论的人。以聆听为主。观察到现实中没有被满足表达欲的人很多，尤其是男人。他们有时热衷说一些没什么用处的话。

朋友对我说，长篇差不多就可以，别再加了。但我知道该怎么改。脑袋先清空，再增加一到两个人物。他们自动浮现出来，要求参与。目前的人物是多线结构。

工作时会列一个文件，密密麻麻记录需要的细节提示和素材分类。完成一项，删除一项，直到文件彻底变成空白。表示最终完成。

人活着的过程是撒播种子。在田野上一把把挥撒种子。

能够学习和理解清楚要义并不容易。体证到，更不容易。把已体证的生动清晰地说出来，不容易。写下来，写得深浅合宜，让人心了知，同样不容易。这条道路是心之孤旅。

如果讲话希望清晰、抓住重点、有逻辑、有条理，长年的书面语训练有帮助。讲话的笃定，有信心，需要确认自己所表达的内容。有些人讲话，一听是混乱、自相矛盾的。即他并未验证自己所说的一切。而经由深切的体验与修证说出来的话才具有加持力。照搬理论只是狂风吹过。

这在写作中一样会有呈现。

※

半夜十二点，他在日喀则旅馆发来微信。迷迷糊糊我们说了十几分钟话。我问他，这是路过的景色吗。北京雾霾笼罩，看到这样的蓝天只能无语。他说开车去帮人拖车，晚上准备搭帐篷睡在露地。到处逛一逛。我问，吃饭了吗。他说，吃一点干粮就可以。

他开车，拍照片，去一些遗世独立的高海拔无人之境。带着一点野生动物般的生命力。朴实地生活。

我说，我要去大理，看看我花园里的花怎么样了。他说，把你的花拍照片发给我。

在内心，我喜欢这种类型的人。男女都一样。

那天问朋友，为什么现在觉得每一天过得如此快速。在年轻时根本没有这样的感受。朋友说，那时事情少，就是读书、玩耍、恋爱，但一个成年人，家庭、工作、孩子、朋友……一天要处理多少事。事情多当然觉得时间快。因为干不完。

这算是一个合理回答。世间事务消耗人，不能随便起心动念。有时产生的劳顿之感是以前从未有过的。

白色大月季花盛开。早上我对它说，你好美啊。然后亲了亲它的大脸庞。

※

去清华创作中心演讲两个小时。一个房间挤进四十个人，是不同系的热爱写作的学生。后半段主要解答提问。事先讲过不签名不合影不拍照不录音，大家有站有立认真交流，非常充分。事后他们觉得可惜没有录音，否则可以成稿让没来的人看到。我倒是觉得这样也好。一场聚会转眼成为梦幻，没有留下任何痕迹。只在心里放下记忆。

这也是活在当下的一种演示，燃烧充分。不留下灰烬。

如果活动总是能够这样安排，奉献一些微薄之力是很好的。

一位女孩在提问时，说到我以前小说中写的性，她为之印象深刻。觉得那些描写触及禁忌却很美。散会后去大学食堂吃饭。作家朋友对我说，现在应该尽量写长篇小说。这个阶段，人比较有经验，也有体力。其他体裁可以推后。我认为他说得对。

找到我的人尽量不拒绝他们。而我在等待的还没有出现的人，还要耐心等。各种聚合因素缺一不可。因果是重要的因素。

任何行为的最高境界是见众生，这与佛法说的菩提心一致。所谓感同身受、同理心、慈悲，最终是一种理解性的容纳。不带审判、主观偏见，不自我限制。消融二元对立的过程是思辨的重新洗牌。

佛陀说，以自心为岛，以法为岛。后来又翻译成以自心为灯，以法为灯。现在更喜欢前一段的原始翻译。自佛陀去世，修行其实是这样简单的一句话。

"那些说她低俗堕落的人很是幸运，因为他们看不懂，完全是两路人。所以躲过一劫。"

※

改写第四章，发现是极困难的部分。

第四章里的人是高等灵魂，他们的意识、见解是进化好的。我诚然掌握一些资料与细节，但好像有个关口还没打开。反复调整姿势，等它打开。倒有点像通灵的巫师。

同时想到，这人世间的乌烟瘴气容易写。各种细节、事件，看看层出不穷的社会新闻，都是荒诞，但专门写这些的已被验证是失败。比如某些自认为关心时事的作者。高级形态很难诉诸文字，也无法洋洋洒洒。它们无争议、分别、评断、对抗。它们透明、静寂。

我也感觉到，写此章节应该打破五官与心识的界限，而无法诉诸逻辑及理性。虽然在常规认知中，逻辑及理性这两点是书写的重要支撑。困难仍是要试图越过它们的边界。

朋友说的没有错，和我最近想的也相符。即，应该是跳出来大胆写的时候。是某种真正意义上的任性而为。

晚上睡一会，又自动爬起来看会书。这种日日夜夜睡了醒，醒了睡，快速的时间流动感让人有从骨头里冒出来的寒凛。这种感觉在以前从未这样强烈。体验到一种精神压力。

其实是在很用力地生活，只是自己不知道。体力随年龄略有下降。感觉像等待生下孩子的孕妇。但这一次不是打上麻药快速剖宫产，而是一阵阵挤压着颇感煎熬。是忽而喜悦忽而挫折的反复冲浪。

※

我认为自己也许不具备职业作家素质，他们的技巧、职业性、生活作息等，而且能编造故事写出与自身特质毫无关系的洋洋洒洒。我只能动用究竟的生命质地去写作。

这种写法无疑是大胆、裸露、危险、赤忱的，也容易招致是非。但也是我所能想到的最符合自身的方式。我需要写作这种工具。

如果正常写，写作者生产力每天大概二千、五六千、八千、一万字不等。过一万字就不可能。基本是五六千字。构思一部作品有极限，过二十万字也不容易。动不动几百万字的东西，我也许翻都不会翻一下。这是手工艺和机器化的区别。

有些作者是喷涌式的，文字中能体验到勇猛、充沛、自由、颠倒。有些是工笔，仔仔细细描，各种细节与情绪，一些欧洲作者乐于此道。但如果像我这般常年读经论，最终文字会趋向简洁节制。

正常理性的作品，能看到思维的痕迹纵向发展，并且有逻辑判断。致幻引起境界之后，一颗露珠被当成一个坛城，所有细微展示出它内部奥秘。句子出来的意象，是这个人彻底融化，与一切联通。这本身是禅定境界。只不过一些艺术家试图走捷径。

这好比坐索道直接抵达海拔五千多米的山顶和用肉体贴身攀爬的区别。

※

昨夜收到一封居住国外的华裔读者的来信，写得很长。

她好像被网络上搜到的针对我的攻击性言论惊着。自从朋友和我谈论某个男作家，我知道有些人遭受的处境沉重百倍。"你在这个圈子里被严重低估"倒还没什么要紧，可怕的是像那位同行激起主流和集体意识的嫉妒及仇恨情绪。针对写作者的公众暴力相当可怕。

事物会随着时间与社会价值观的变动而重新被评估。被高估又怎样，得到公开荣耀也不代表不会被骂。

你在文学里探讨的课题，爱、生、死、虚无，绝对不是人口中的无病呻吟。说出这一番话的人，我大胆地说他们根本没有思考过自己身为一个人在地球上存在的意义。如果他们对你持有这种评价，说实话我觉得称他们为肤浅不为过。所谓的建设性批评不应该是这样。这是赤裸裸的为了批评而批评。

也有很多人说你写的书题材重复而单一，我想让你知道的是，不要被这些声音而动摇。时下人人口中都说"工匠精神"难能可贵，做的却是在打击这种精神。反而正是从重复中你才能够进一步深入精炼想表达的核心，就像一把刀要磨得很锋利才能使用，而不是磨得七八分可以使用就行了。我们在讲的是十分满的探索。

这一点我觉得时下写书的人这个群体凤毛麟角。很多人一直鼓励往广发展，可是却没有人欣赏往深里挖的人。当你说在《春宴》的写作中已经将爱的所有角度呈现出来，有时我心里会觉得，最好你是真的写完写尽了，要不然如果有些角度现阶段你还没想起，不要担心会失信于大众读者。我相信我与其他读者非常欢迎你再继续往这一个命题挖深。

读者想安慰作者。但作者早就明白，所有作者的唯一道路，是一意孤行地写下去。

人没有一点倔强根本做不了事。

※

有时看到文坛一些荒谬的人事或庸作时,会觉得写作没有什么意思。似乎没有价值。但读到一本感人至深的作品时,对这件事却又充满敬意和动力。来自同行的高级意识能对人产生鼓励。但不包括那些技巧高超却思维病态的艺术工作者。

人生也是一样。大部分日常生活都只是日以继夜重复。只有一些微妙而珍贵的时刻,萃取生命的精华。让人深深感受到生而为人的可贵。

磨刀的确在七八分,剩下的两三分在余生慢慢磨。太快磨完没有事情做。这个安排是,前二十年快速磨七分,后面所有时间磨那个三分。走之前有一把磨完的刀可以带走。

地下室堆着很多出版社印刷出来之后赠送的作品,从不送人。不给任何人送书,避免增加对方负担。如果对方真是读者,未送之前自己会迫不及待去购买。有感情有能量的事情不能滥用。

人的语言和文字表达有时仍然有限。更深的表达尽在不言中。

杂念对人的消耗极大。能够安住正念是艰难的功课。走高空绳索不能有松懈。

尽力推进。在书里的高空绝壁停留太长时间。如果是脆弱的人也许都该精神轻微分裂了。

有人说，写本书，不只是为了读者。作者也有事情要完成。

间歇性的抑郁症状，表现为懒惰，什么事都不想做。甚至不洗头不剪指甲。封闭，不与任何人联络。发作一两天。不过现在可以旁观自己这种状态，知道发烧了，需要空出一两天等待。

状态总会有变化。如同冲浪，跟随着潮水的状态波动，不跟它对抗。旁观情绪是有趣的事情。只是我不太清楚这样的一两天为何总是一再轮回。仿佛是一种顽固性的创伤遗留。

※

《至爱梵高》看了两遍。

电影里各种英语发音最为迷人，极好听的有腔调的英语，一般英语电影少有。女导演是梵高粉丝。高级粉丝的目标，是使用各种艺术表达方式向偶像致敬。电影编导化身为穿黄色西服的送信人，想为梵高正名。即他并不是自杀，而是被人恶作剧枪击之后，隐瞒事实甘愿牺牲。

他至死没有说出死亡真相，也许因为不想伤及他人。据说还有一个原因，基督徒不能自杀，他一直想死，被成全也就顺便离开。明确的是被枪击之后他并不想求生。

过了那么久，还有很多人爱慕着传说中的画家。这大概是真正地爱着一个陌生人的灵魂。

十六年前，第一次去法国，到过乌拉旅馆。小阁楼房间摆着一张小单人床，说他在此度过弥留之际。坟墓和弟弟提奥在一起。手上没有鲜花，却特别想给他献花。走过春日田野，在田埂边摘下小束雏菊放在他的墓碑上，了结心愿。看到电影里出现一句台词，提到他很爱花。想当时是怎么猜到的，坚持去找花给他。

电影里说，他究竟怎么死不重要，重要的是知道他曾怎么活着。他留下的画作和洋洋洒洒的长卷书信集，便是他如何活过的永久的证明。他的画很美，而在文字中，他的内心世界更坦率。

那是一团深刻、柔情、赤诚而脆弱的灵魂。

他说：我认为一切真正美好、属于内潜的精神，以及人类和其作品里的升华之美，无不来自上帝；而人类和其作品里的一切恶质与错误，都不是属于上帝的，上帝也不赞同它们。我常想认识上帝的最佳途径，是去喜爱很多事物，去爱一位朋友、一个妻子、一件事情，任何你喜欢的东西，可是必须把崇高庄严的深密同情心、力量以及智慧灌注到这个爱里头去，而且应该经常了解得更深、更好、更多。这是导向上帝，导向坚定信仰的路。

这些书信文字，更具备艺术与精神价值。凡被梵高书信和传记打动的人，会成为他的信徒。他袒露出的真实自我，省思与追究的严肃态度，对照他在生活中所承担的苦痛，这是他受到热爱的原因。

梵高未到四十岁去世，一生穷困潦倒。在物质上处于赤贫处境。对众人来说是不归属世间、出离世俗的某种象征。贫穷煎熬的一生，为他死去之后升任精神偶像奠定了基础。而生前一幅画卖出巨额的画家，即使在现世中取得成功，却在人们的神性追求中未必获得认同。

那么，对一位艺术家而言，是现世的名利双收与物质、肉身的享乐重要，还是吞噬苦难并被众生投射以光明、获得永生般的缅怀和热爱重要。

※

书信中，梵高提起爱情：爱情正如自然万物，确有凋萎与萌发，但没有一样东西全然死灭。有退潮与涨潮，但海洋依然是海洋。不管是对一个女人或艺术的爱情，都有倦累虚弱的时候。我不仅把爱情当作是一种感觉，更是一种行动，因此它需求发挥与活动……人在恋爱之前与之后的差别，好比一盏未点燃的和一盏正在点燃的灯之间的不同。灯摆在那里而且是盏好灯，但如今它散发亮光，而这才是它的真正功能。

这种认知程度在一两百年之前或之后，也是属于灵性层面。

※

电影院洗手间里，一位整容美女，身材高挑衣着时髦，对着镜子打电话。她说，我就想多几个人恋爱，每天给我发微信，让我有个心灵寄托。原来一些女人的心灵寄托是男人的甜言蜜语。人工美女尚且如此，那些日常女人貌不惊人又该如何度日。

什么样的男人会喜欢此类女人。我想喜欢人工美女的男人一定在内心深处，对女性灵魂的真正能量及内心力量有畏惧感，而极力想回避、扼杀之。

一个社会如果男人们是乏味的、懦弱的、虚伪的、实用的，女人们是拜金的、物质的、贪婪的、匮乏的。精神不独立、情感不饱满、个性不平衡的男女们在一起会组成怎么样的关系。

某种程度上说，社会审美，尤其是主流的男性审美已极其荒诞和扭曲。一些男性喜欢整容脸，喜欢僵硬而完美的脸，这也是女性被物化的外在表现。但问题也许也在于女性使得男人把自己当作物品。想想一些女性对房子、豪车、奢侈品、金钱的迷恋和崇拜。

热衷整容、物欲强大、渴求安全感而缺乏个人力量的女性，会把身边的男性变成野心勃勃麻木不仁的人类。即便她也是受害者。

在法国、德国旅行，常见到街头有骑着自行车穿着球鞋棉衬衣的女性，清爽朴素，带着书包，面带笑容身轻如燕，不是几个而是一群。如果有能突破肉身执着而欣赏女性能量与心灵特质的男人，自然也会出现像欧洲所见的那种，即便到了中晚年也风韵独特的女人。

只有整体业力圈松绑和解套，女性才可能有别的活法。

描绘着完美无瑕情爱的任何形式的作品，对女性是否产生误导。并没有任何人可以永久地照顾爱惜另一个人，或为另一个人的黑暗处境托底。一、对方会变。二、对方会死。真正能够托底的，只能是自己洞明实相的心。

女性只有在情爱中抛弃需索、倚赖、脆弱、妄求的心境，才能享受到情感的珍贵。像大地一般质朴、强壮、喜悦、温柔的女性是很美的。

※

"只要有一个女人向自身的解放迈进一步，定有一个男人发现自己也更接近自由之路。"

对情感关系而言，修行之道是以爱欲、占有欲、自私为起点，逐渐突破，走到彼此补益、共同增进、付出承诺直到成全对方。这是我认为的高级的情感关系。

人与人之间不能快速逾越。除了一见钟情。

"远而近的东西是，极乐净土，船的路程，男女之间。"

※

以前上道家课，老师说，人在年轻时完成尘世责任，清理宿业进行归零，给自己挣分。中年以后则回归、养育内在根本，存蓄能量。我亦认同。如果年轻时实现财务自由，中年之后，人格可以保留一定独立空间。一些事做与不做可以选择。这是财务自由的重要价值。

朋友说，大部分人在时代中被冲进洪流身不由己。也有一些人刚好成为石头缝里的树，旁观于悬崖。

在慢慢结束家庭与社会事务的责任之后，人得以拥有更多时间。若有愿力，专注于灵性修持。修行在人老去之后，可以成为生活中有价值感的重心。

无信仰的人在老去之后，只能以打麻将、跳广场舞、逗弄儿孙、伺弄宠物、看电视……打发时间。在物质肉身持续衰亡的过程中，等待终结，逐渐长成奇形怪状的模样。虚弱或沉重，脸上横肉渐生，目光浑浊，神情呆滞。

太多可能性让人失去初心，扭曲变形，变得懦弱、匮乏或令人嫌恶。太多可能性。能渡过难关的人需要很强的自我控制的意志与清醒。

要在年老之后还能像个人样，需要很强的意志、不错的运气，才能抵抗得过生活与岁月的无情碾压。成为一个健康、干净、有精神、美丽的老去之人，需要努力。

在藏地能见到好看的老人，大多是修行者。除信念、健康、善意和宁静能保驾护航，没有其他。

"老化可以让我们有时间去用心调整自己、转向内在生命，而这内在生命是世上无与伦比、最为可靠的庇护。开启这些内在风景，意味着投入觉醒的修持，削弱一切烦恼根源的我执。于是我们可以有机会首先领悟到，依附我识的生活是一种狭隘、闭锁、紧张的生活方式。而后专心致志去摆脱那目光短浅的执着心。"

※

朋友说起某个人物，他招待总统或招待穷苦的人，态度从来是一个样。我说，这倒不难。难的是对待亲密的血缘，是否可以做到如同对待陌生人，始终保持礼貌尊重、不占有、不期待、不倚赖。

我们只有在相爱的人身边，才能变成小小的孩子。得到饱足安睡，焦躁时希望被抚慰。这种古老的关系来自与母亲的互动。只是真正的爱人，跟好的母亲一样，不是搭建可依赖的暖窝，而是驱动独立，带来心灵意识的升级。

真正的爱，为了最终的分离而存在。只有分离才能带来个体独立，获得自身的平衡与完整。

有些人对别人好的方式就是花钱，买各种东西提供各种物质享受。背后想想，大概也是孤独和无能。

给予精神的支持、情感的抚慰、智慧的启发、信念的扶植，这些是无形、高级、深远、有力量的。也是困难的。但一旦做到，给对方带来的是无法替代的馈赠。对孩子也是一样。

※

晚上十点多,她睡觉前我们的对话。我说,妈妈最近每天就是写作,从早到晚写个不停,独自一人。真是寂寞的生活。现在对吃喝玩乐也不感兴趣,没有什么可玩的,也没有乐趣。她很快接上我的话题,说,那你的修行就会好了。有时她的思路透明、直接、单纯,没有一丝丝成人的曲折和矛盾。

小姑娘说,你梳这个头发真像一个藏族人。你洗干净头发挺好看的,不洗头的时候好邋遢。惭愧,她小时候叫我"肮脏顽皮的妈妈"。作为一个只对着一台电脑工作的女人来说,在很少交际的前提下,要保持整洁美丽需要强大的自律。我唯一能自律的,是知道要把书写完。

这一生若说有些遗憾,是三十岁左右停止在集体中工作,基本隐居在家,没有观众不事打扮。身为女人,不够注重肉身装饰。在家里写作,有时忽略洗头、剪指甲,穿着旧衣服。跟在家工作脱离社会有关。

只有在出门或见客的时候,才会收拾干净,像个样子。做不到电影里的女性一样,无事也戴着钻戒穿着漂亮衣裙,既不出门也没人来看望。这种骨子里的爱美真的没有。但我知道什么是美的好的东西。

有时她会很冷静地说话。她什么都没有经历过,但那时眼神、表情、语调像一个知道全部的人。孩子需要跟陌生的人、远方的人相处交往,这对他们的生命有益处。

※

走进家门,习惯性叫她的名字,听到客厅茶桌那边传来她轻轻一声应答,哎。走进去一看,家里空空荡荡,她去上英语课了。但当时明明听见她柔软的童音回应我。有些愣住。

晚上睡觉前告诉她这件事,对她说,我可能太爱你了,空气中有你的声音。她听了笑一笑,满足地入睡。

她睡着之后,我还跟她小时候一般摸她的手、脚,小手小脚长大太快。有一次对朋友说,人毕竟还是太爱孩子,这种爱仿佛是从骨头里涌出来。但孩子成年之后会独立生活。她给予的让人能够爱她的时间,并不多。

她很快要出门去画画,坐飞机和小朋友们出去旅行。晚上带她去Gap买长裤,牛仔裤棉布裤子运动裤绒裤分别买一条。在香港餐厅吃猪油捞饭。走路回家。路上陪我进药房买药。晚上空气清冷,互相搂着,说着笑话。

我小时候没有和母亲这样亲密过。也许这是我一直想做的补偿。补偿给她,也补偿给少女时期那个与女性能量失联的孤独的自己。

※

写作的人需要很好的记忆力,需要对感情、情绪有深入而真实的认知与表达能力。单凭靠经验、技术、知识、理论之类,并不足够。他必须是赤诚的,保有赤子之心。纯真,并且真心实意。

创作者也会有一些其他毛病,性格反复无常,忽略人世规则,有时鲁莽冲动,对现实生活态度过于草率甚至有些幼稚,对人冷热无常。但不应该是野心勃勃的,热衷表演与投机。这些与写作相悖。

把塔氏日记全部读完。惺惺相惜,心领神会。

耶稣、佛陀、老子、印度一些瑜伽士等人或可以称作是老师,他们教授之前无所知却绝对重要的启示。塔可夫斯基、梵高这些人,书中并没有新的超出以往认知的观点,但可起到互相印证、心心相印的作用。

对方留下的思想告诉你,这些认知并不孤独,虽然边缘。少数人是同道。如果陌生人之间认知方式相同,或许可称作是知己。知己是一种意识与心神的确认。

有两种书,一种是老师,一种是知己。

日记停止于他去世前两个星期。他是否知道自己十四天之后就会死去。流亡国外,与儿子失散,没有合适居所,没有钱,经常焦虑、烦恼,最后重病而死。他的神性、人性与世俗处境反复交战。

他在日记里逐一确认轮回、无为、信念、不可知论。虽然从未提起过佛陀,但深受禅宗影响。最终把自己归属于上帝(所在环境的决定)。如果在东方,他会是个僧侣,在西方,便是个圣徒。促使他存在的唯一动力,是多做些事。他亦经常需要为维持生计而奔波。

塔可夫斯基在病床上剪辑完自己最后一部电影，然后死去。

对人来说，真诚而圣洁地表达过、创造过，生命化作火花在空中闪了闪，照过一些人的眼睛，远胜于一切长寿与日常生活。这是真正活过。

※

与朋友吃饭，聊起一本近期某作家的畅销书。大意是作者本人参与大量商业炒作，导致这本平庸之作销量猛增。做出版的朋友们出于好奇各自翻阅，想得到参考，事后承认确实无法在文本上定义它的成功。只是觉得这种畅销状态甚为诡异。

他们对我说，像你这种不会宣传和炒作自己的作者，依靠的是二十多年来一些忠实读者对你的感情。到了现在，还能如何再跟这些视频直播、花样炒作的作者比较。

我觉得自己不想比较。

写作对我而言，印证的是以前一位日本禅宗师父对我说的话，"用自己的双脚踏实地走下去，直到抵达目标"。

这是一条自我探寻的道路。坚定不移，没有中途转换方向，也没有停止。有些人在意有形的收获，有些人尊重无形的收获。是否得到外界公认名誉，有无鲜花掌声，或是被轻率评断，被高估或低估，有何重要。披上"忍辱的铠甲"，敞开心扉，对读者分享自己的生命质地。

写作的价值，在于文字被多少人真正读到心里，并对他们的生命产生转化。这是作者的使命，也是写作的生命力所在。作者与读者之间，由长年的互相认知与渗透，建立起真诚而深刻的连接，是灵魂与意识的交融。这种极为亲密的心灵关系，也许在亲友或爱人当中都有可能无法取得。

当下，形而上也会被搅拌成形而下。写作所代表着的心灵探索是珍贵的。

能够住在他人心里，这是文字的奖赏。

※

圆月下河边骑车，有人戴着头灯在暗路上跑步。一个孤独的老外在骑车。公园里看一会月亮，它在发生变化。

旁观年老的妇女跳广场舞，当作观想。觉得人生无常，时间有限，肉身衰败，应该精进。让灵魂提炼纯度，保持精纯。有生之年当具备坚定的心力，否则老去是一种惨淡与软弱。

晚上去河边烧掉一些以前的手写笔记、日记、照片、书信、卡片、旧书、旧日历、旧衣服和剪下的头发。定期烧掉过去的东西，心里干净。打算慢慢烧尽。

脑袋里突然涌起很多过去的事，平时一般不记，也不回忆。刚才这些记忆却突然像波涛往脑袋里灌输、震荡，轰然有声般。毕竟都已进入阿赖耶识。

以前见过又消失的人，应该让他们不再出现。

一只漂亮木碗裂开一道纹，虽然全新也不能再用。朋友说，真没有福报。想想也是，有时我们连使用一只漂亮木碗的福报都没有，谈何其他。遇见爱的人，生下健康聪明的孩子，在清净之地居住，很少生病，有智慧……哪一件事不需要有原因。

被同行嫉妒与敌视只说明一件事，还没有到真正拉开距离的时候。需要走得远些，再远一些。

想想网上很多人每天对别人各种批评、指责、猜测、断论，不知道有何收获。世间缺少的是去踏实、认真地做好每一件事情的人。

※

自由是守持某种戒律。即，你有许多选择，但不去尝试也不占有。因为知道需要的是什么。简朴生活，并非是指粗陋寒酸，而是心中清楚明白，最重要的方向是什么。

抽烟比较难以真正戒除。尤其写作长篇。能相伴的只有疲倦时的几根烟。

茫茫无边的文字把它们一一整理罗列清楚，持续地耐心编织。千头万绪归于中心，先需要自我消化的过程。写这本书经历太多干扰、影响。某些意义只有在它完成之后才会明白。

偏执狂是生活里一定要有承担的重量,大量看书、坐着不动长时间工作,觉得很累还是继续坚持。这是支撑生活的骨头。

写作的难度在于,自己的标准逐渐提高。但最终应突破。至今仍记得当时写《春宴》的来回煎熬,自我质疑。在安定心神之前需要一个穿越阶段。仿佛各种漩涡电流互相交织嘶鸣。

很多人认为生命无意义,我却觉得生命是被意义所支撑的。任何一件事,如果找不到它的意义,大部分人会选择不做。生命如果无意义,待在这样的人世,众人又在为何而忍受。

大部分人的生活是在无意识和自动化中消耗精力。所以有人说,节约精力,不生发内在顾虑,提高浓度可以结晶,也相当于延长生命力。更多人的消耗在于变化多端的情绪和脾气,这是极大的污染。克制及认清情绪,是必要的清洁工作。

朋友来家坐,说再怎么样,五星级酒店、飞机头等舱、一流餐厅之类的享受对她来说还是需要的。觉得生活里应该有这些享受。但这些享受是粗重的。世间乏味,在于我们很少有机会遇见能够让灵魂产生热度的人与事物。

有人对我提起以前写的散文集《眠空》,说国内作家都应写写这种一段式文体的书,因为欧洲作家有此传统。他说,这类文体格式随心所欲,但要写得好看、精确并且能够凝聚读者的注意力也并不容易。

我则以为写散文忌全情投入。因为关于自己的素材敞开无余,最好保持客观与某种无情。

文学是个人表达,充满个人特性,没有统一标准。不读书光靠基本的才情支撑,走的路有限。不管是用头脑写还是用直觉写,能写出人性与心灵活动是必要的基础。

有些书之所以好看,是精通人性。现在的平庸之作,大多因为作者的关注力被时代与外界拖着走,自己的心都看不见。写作是从心流出,再流到心。

※

赏花之事,不必在盛期力求尽兴,也可以在想象意趣之中与其心心相印。后者也是一种内涵与心得。如同"含苞待放之树梢,落花满地之庭院,可观赏之处正多"。

在京都,盐渍樱花价格便宜,街头到处可见。但做法应季,不浪费花朵。带回家之后放在冰箱里,早上取一朵用水泡开,用白碗盛着。水中的花婀娜清淡,花瓣微微漂浮。夏日晨起之后,喝一口,心神清爽。除盐味之外仍有酸涩清香。

古都街头的点心铺,春日制作各种式样的樱花食品。背后是对事物的珍惜和欣赏之情。

北京现在有些公园也栽种樱花树,开花时人山人海热闹。只是这种爱慕,不像日本人与樱花的关系,具备传统性的长久的精神联结,是渗透入血肉的互相依恋。内在的情感需要建立在深入的理解与认同之上。

和她几次去赏樱,带上毯子、茶杯、点心。台湾高山茶事先泡好,芳香的金黄色茶水盛在保温壶里。在公园避开大多数人群,找到花朵繁茂的幽僻树林,在草地上铺开毯子。仍有清寒,阳光洒在背上热融融。她拿出画板画画,我在旁边喝茶。

花朵簇簇就在头顶上方晃动,风吹过时花瓣凋落在草地上、毯子中、茶杯里面。人置身于大自然的时节,心与万物融为一体。这种身心的和谐与放松,平常的日子不能相比。

看到一对中年男女也找到此地,铺开一块小棉毯。两个人相对而坐,喝茶,吃瓜子,也不说话,只是静静晒太阳。过一会,他们收拾好毯子和杂物,干干净净地起身离开。

※

没有完美的小说,只有行进中的小说。当我故意搁置它,把它放在暗黑的角落发酵,听到它咕嘟咕嘟鼓动的声音。它发出召唤。它的生命力涌动。

早上凌晨醒来时经历一分钟左右头脑失控。一股能量汹涌顶出,感觉头脑无法控制肉体和理性,是混杂而叫嚣的金属感、电流感。当时有些恐惧,觉得疯狂的人可能是这种状态。头脑失去界限感速度很快,人的言行会失控。

幸好它很快离开。能量被唤醒的感受有些可怕。

人总是想跳出残酷的生活轨迹，但有时仍是铜墙铁壁。需要在意识与心灵上去自我更新。

回程地铁。神情呆滞的女子，痴痴拿着手机看国产连续剧。无聊的人生，以虚拟的戏剧化故事做消遣。成人们少有勇气面对自己的真相，也没有获得机会去强壮和完整生命。

人间生活不只无聊，有时还透露出魔幻及荒谬感。现实残酷。每个人都需要认清生活的本质。最近刷屏的新闻是跳楼的孕妇。

身边发生联系、交往至深的，不论男女，大多是边缘化的性格逆反的人。有一些不参与社会建设甚至懒怠于自我成就。即便有混得不错的，敞开内心之后也是同样性格。

从来没有人积极地鼓励或推动我追求名利，反而都会对我泼些冷水，劝我更清醒一些。

当人能够控制食欲、情欲，才有可能得到莫大的自由。这两个凡俗的束缚如果出自无明，会成为人很大的烦恼。

如果一切外境都是自心显现，人与人之间的情感关系也属于投射范围。自私、苛责、吝于付出，总是渴望得到，这样的心很难得到伴侣。温柔、赤诚、抱有善意、愿意付出承诺与牺牲的人，可以与任何人相爱。

如同有人说的，真正的爱是自身散发出来的香气。花朵怎能不传播它的芬芳。

※

梦见抵达一座印度神庙。不大,古老,很多人。仿佛刚好有个庆祝仪式。照例是肮脏,嘈杂,不时有陌生人接近。我独自一人,也没行李,观察他们做完几个详细的祭拜仪轨。顺时针绕神殿一圈。四面有不同的神像,其中一具是双人像,在其背后凹陷处有某种神力。祭拜的人都用物品或手去那里摩擦,我跟随同行。窗口,光线,烟雾,人影,一切栩栩如生。然后我从神殿里走出来。

几天前做梦,路过一座桥。桥上一只狗被烈火焚烧,火焰透明。我分四次舀起清水,把火焰熄灭。

在梦中知道这些都是幻境。

※

与知识太多的人交谈,以及与懂得智慧的人交谈,感受不同。

知识的累积如果无法经过个人思想体系的消化与精炼,最后不过是自我限制的牢笼。有些人讲话的方式,一交锋马上显出高下。这是内力发功。知识分子读书多,不代表内力够。

适当整理书架上的书,准备把聊斋志异、唐人小说、宋代笔记……一些书在休息时陆续看起来。那天午后,读了一篇《王六郎》,很是感动。人物风流洒脱。在古人的世界里,为了一句诺言,步行几百公里去会友，哪怕阴阳两隔。女子性格率真刚烈，说一不二，遇见喜欢的人立即投怀送抱。根本不考虑多余的事。

古代的人和我们不同，他们的智慧高。现在精神哲学的高度仍还是古人所传。现代人已弱化到所有存在感只依托于一部手机。

和一个宋朝的男人谈恋爱不知道什么感受。

收到远方寄来的绣球花和西藏草药。

茶罐里被遗忘的剩余茶叶，早上泡的，清香扑鼻，一股兰花和药香混杂的芬芳。想不起这是什么茶，来自哪里，放了多久。喝完也不知道再去哪里找。潮州手拉壶出水利落，小容量，适合一到两个人饮。

身体需要新鲜空气、干净的水、食物、劳作、步行、睡眠、表达、能量流动、爱与性合一，简单，自然。头脑的需求则很多，权力、自尊、妄想、虚荣、各种物质满足……这些获取比较困难，也容易带来苦乐的变化。

重要的不是手里有了地图，而是真正踏上旅程出发。更重要的是时间有限，要去的只能是目标明确的地方。有些人看了太长时间的地图做了太长时间的准备，好像感觉未出发已抵达。有些人稍微了解一下，即刻行动。

用彩沙制作坛城图案，如此细微长久的劳作，最后做完，就把它清除和抛洒了。即便知道结局，也要一个全然的过程。既然有了过程，也就无惧于任何结局。

当人能够与自己相处的时候,他其实是找到一种与万物相处的方式。如果不能够,就需要被各式内容填充。相处的前提,是容纳,开放,是温柔和悠长。如此,一两个灵魂,几片叶子,都可喜悦。

春日的花那么美,也容易死去。仿佛提示当下是多么值得我们充分享受。终结时才能无所留恋。

不是轻易放弃。而是全然地完成一切。

※

有时需要寂静。如同我们在告别之后,才会确认一些发生。彼此冷酷对待过的,更加清楚,无法遮掩。给予过真心实意的,也更令人怀念。彼此做过一些什么,是了知的。

※

房间临江,黄昏时听到窗外远山的寺庙钟声,过一会一声,立时就歇。那声音仿佛是世间之外。躺在床上倾听,心神归一。

夜色漆黑时拉上窗帘,插在矿泉水瓶子的古树白梅被清水滋养,花枝舒展。香气本来时隐时显,此时阵阵扑鼻而来。

如果一位作者的创作是如实表达自己,更需要其生命质地具备足够的浓度。在作品中，生命如何存在一览无余。以前有人说我只会朝着更加离经叛道的边缘道路走，剑走偏锋、惹人非议。貌似也是如此。随着年岁增长，看到无常与苦，心态反而豁达，无所顾虑。总之，要写尽。

思虑自己从二十五岁起开始写作，一直都在做这事。上天也没有安排任何可以尝试做点别的的机会，只帮助我创造专心写作、只能写作的处境。我想，这一定是它愿意让我做的事。

文字书写，不是用来供人消遣和娱乐，而是表达内在灵魂的追求与本质。视写作为一件神圣的事。否则它做不好，只会流于庸俗。

写作是在无聊而贫瘠的现实世界，以神圣净观建造一座云中宫殿。这是极乐的含义。写长篇对作者来说始终是正经事。即便越往深处走越容易起误解与争议。对作者来说，重要的是那些能够把书真正消化下去的人。写作是为知己，念念不忘，必有回响。

把世间喧嚣、变动的一切，当作一个幻术。

一个安静而开放地去观察生命的游戏。

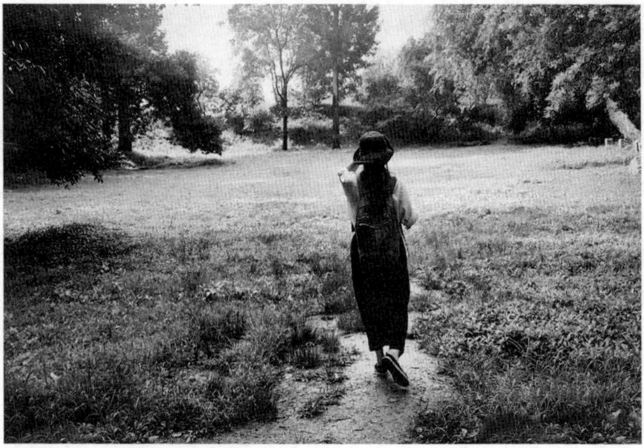

贰

曙光微起,安静极了

炎炎夏日,宜读禅、闻香、赏荷、与自然近。

※

书中的人物，写的时候觉得他们是有灵魂的。住在我身体里，说着他们想说的话，用他们的记忆流经我。这些幽僻而强烈的人。把句子一行行抹平，拉顺，修剪枝叶，整理有序。让它们舒展、柔软、单纯、有弹性。如此周而复始。

渐渐有些舍不得书中的他们将逐渐离我而去。

写作需要接上源头。"源头变了，就成为活泉清流"。流出来很快，文字源源不断，散乱小线头也自动回归。浩浩荡荡一片。

遨游于这个奇幻而边缘的长篇，越往后越感觉方向是对的。灵感深沉，状态佳美，神采奕奕，渐入佳境。

写到十五万字时,还在想有无可能把三条线,重新归纳成两条线。还是干脆把三条线分裂成很多条线。这说明小说本身是开放性,有各种变化的空间。这也是反复写了三遍的原因。每次写着写着就觉得可以重新来过。

可写、想写的太多。时空感没有限制。尽力完成它,而不是被它反过来控制。

下午一场暴雨。朋友说,你这个小说是罗睺罗,在母胎里时间太久。作品的确像胎儿,它等待成熟的时间,携带着时间的基因。不生下来消耗身心能量,需要一直滋养它。写作是与心里特别深的一根脉搭在一起。

※

没有比大雨天喝茶、读书、点香、睡觉更值得珍惜的愉悦。也没有比平心静气、怀着淡淡喜悦地活着更重要的事情。

※

阿巴斯最后一部电影,由他拍摄的照片组合排列。他癌症去世。如果没有相应的心境,恐怕无法进入这些长时间静止沉默的画面。窗外一棵树,风中舞动,云影慢慢变幻。领会那些瞬间他对事物的观察和体悟。

以前没有看过他的作品。这部黑白片中，两头狮子在闪电震撼的荒野上亲热。一阵轰雷，雄狮惊吓，母狮却若无其事躺下来打滚。

也许是晚年阿巴斯心中的如其所示，如其所是。冷静、简洁、对称、理性。一意孤行，旁若无人。

早晨在花园见到一位女子，头发蓬松，穿着时髦的白长裙，慢悠悠无限慵懒和柔软地走过花园。不像是这里住户，倒像是过来一夜欢爱后独自离开的过客。

小姑娘最近想读诗集。帮她订了但丁、莎士比亚、惠特曼、泰戈尔、叶芝，以后再推荐我喜欢的鲁米、里尔克。阅读的书和吃进去的食物一样，影响人的身心组成。需要小心谨慎地选择，吸收。

读书可以没什么目的，只是在信息库里下载资料。或者说持续恢复过去的记忆。一本书如果写得太好，阅读且入精髓，会令人坐立不安，心里激荡。没有办法放手。睡前读，醒来读，做不了其他事。

什么都要尝尝，都要试一下，但不要执着于这些。活着是为了在体验的河流里游戏，摸索，获得真知。无所谓结果怎么样。这是生活。喜欢优雅的器物，美好的男女，有智慧的书，或许是一种贪心。

朋友赠一支香奈儿唇膏。颜色美妙，尤其是在涂抹得不太均匀的时候。一些些颓废与脏，喜欢的颜色。

昨天见到的人突然给予我强烈的灵感，以至于长篇的某处细节要改动。作者需要能带来灵感的人物。

※

有人问，赶稿时是不是感觉像被无形的鞭子抽打着。我说是的，不做完就觉得寝食难安，六神无主。仿佛被人安装了一个开关。

独自长期创作，最后的问题是，看不到自己的优点，也看不到缺点。

在空荡荡的屋子里写作，好像鱼在水中。困了抽几根烟，疲惫至极在旁边的沙发上小睡数分钟。睁开眼，立刻又起来写。闭门不出，有时憔悴肮脏邋遢不成人形，有时却脸如净月神定气凝。也许是欲望少、无杂念、与世隔绝的原因。

有时郁闷而压抑，有时平静而流畅，有时感觉在真空中飘浮，有时被埋在土里。有时窒息，有时飞升。有时穿过隧道，有时眺望旷野。真是一段段跌宕起伏的旅程。也不觉得孤独。有太多无形的意识在陪伴我。吃得少，喝茶多，睡觉前心平气和读几页龙钦巴。

休息时，交替阅读尼采与宋史，买了一些辐射性资料。讲谈社的整套中华史，先看宋朝部分。想了解一些现实之成住坏空的全局资料。历史回顾性的思考，不仅是在数据库里储存信息，也使人对浩瀚时空及个体性之间的定位，产生整体层面的认识。

宋徽宗的传记写得好看。细节精湛，态度客观，引证大量史料，但作者本人不表现预设与立场。看到描绘宋朝元宵节灯会盛况，心底不由涌起一股悲哀。再精美绝伦的瓷器，都有可能在眼前被扫落在地，跌落粉碎。世上哪有永垂不朽。

书里描写开封战败时的大雪,民众等候在南门、等待皇帝从敌营回归。徽宗退位后穿上道袍仍被迫远走异乡。曾经有过的繁华盛世,在终结性的至暗时分仍无法拖延。

历史告诉人明白的一句话,一切是因果循环,过眼云烟。最终大梦一场。

十年前去开封探访旧地,后来写入长篇小说《春宴》。虽然物质形式被摧毁,荡然无存,觉得场域中记忆的哀思还在。古老的信息并未消失,只是飘浮在时空中等待被寻找与重新连接。

如果想写一个宋朝故事,需要筹备和整理很多资料。一次在梦中与它相会。

※

中年的艰辛是,越来越希望得到简单、有规律、有重心的生活。但经常需要照顾身边几个人的情绪、状态,为他们挪出时间,做一些明显是浪费的事情。在俗世中,一些精力需要用于分担别人的业力。不但管理自己,还要管理别人。

最好每个人能够管好自己,照顾自己,这是真正的个体成长。

现在对母亲讲话的方式慢慢与对小姑娘一样,需要解释、安慰。年老的人像孩子。我以前尝试过对别人耍脾气、任性、为所欲为,后来再没有机会。成为默默的成年人。

抚慰一位生病的朋友,我说,命运是上天给安排好的。不存在自发努力这个事。只能成为一颗棋子被摆布着走。要接受命运的安排,这些最终是业力的果实。

在电脑里偶然浏览这些年的一些有限照片,除了偶尔自拍及很少的几次工作照,几乎没有被认真地拍过照片。从随意的留影中能看到至少十年,我度过非常沉重而有压力的阶段。如果不是生命力天生强悍,并且持续求知与探索,估计早被碾压变形。

心的负担在脸上暴露无遗。虽然上天护佑很多,回头看看,依然是备受考验的此生。

清理电脑看到2011、2012年的日记,真是惊心动魄。这一生有活得足够的感觉。改造成现在的样子已不容易。

目前存在的困惑以后也都会解决。这是时间与忍耐力的问题。

※

有臭味的事物,很多人一起赞叹说这是香的、美的,它仿佛真的是香的、美的了。芳香而安静的事物,很多人一起说这是臭的、不美的,它也仿佛真的是那样了。

这世间有许多颠倒、无明、偏激、被挟持和利用的言论与判断。大多数人选择的态度是从众。不思考,不辨析,被淹没于集体狂欢及麻醉。

在网络社交平台上说话需要克制，没必要消耗精力跟不对应的人干架。如果发言者没有足够坚定和明确的个人意志力，容易被庸众卷走。要清楚自己是谁，在说什么。

人若缺乏思考力，害怕孤独，无独立意识，也无法做出自我的明智判断。因为匮乏与贪婪，导致欺骗与被欺骗不断上演。做事的人，尤其是强者，更需要善德与人品。对他人缺乏慈悲心的胜利者，会剥削大部分软弱与无知的人。

社会的大部分组成是茫茫无边的高加索老头认为的"自动化反应的机器人"。需要头脑清楚，真正找到和面对自己。

朋友说，一些人断食，到了晚上就不是很开心。也并不觉得饿，只是觉得心里有件事情放不下。这是人的习气过于执着、强烈。并不是身体的原因，而是心的惯性所致，即便不饿也觉得应该进食。以他的经验，克服一下，五天以上就可以习惯。

大多数人的心境，上班挣钱糊里糊涂过活，空闲看电视打游戏刷手机吃吃喝喝度日。我看塔氏、托尔斯泰的日记，他们几乎每天都在自发地思考信仰、社会、人类、信念……没有停歇。如果人思考严肃的问题，在有些人看来，也许不过是矫揉造作。

托尔斯泰日记里有一处比喻，他说，有宗教感的人和非宗教感的人在一起，就像人跟动物在一起般无法交流。虽然言论有些刻薄过分，但大致能懂得他所指。

比如我和猫，我善待它，它也喜欢我，对彼此都有好感。有时彼此呼应。但我知道绝无可能影响它一丝一毫的意识升级。

※

编辑对我说，你的读者很多，而且一直很有争议，最好保持谦虚与低调的态度。我说，其实我还真的不是一个谦虚的作者。但我的确也从不骄傲。

对现实社会、世俗生活、人际往来、权力制衡诸如此类的内容，我没有什么兴趣，创作中也很少涉及。我更关心一些也许看起来遥不可及的价值与观念。那是因为我相信，尘世的日常，即便我们明白物质世界的所有运作方式，仍应该按照自己灵魂的质地行事。与自己的本性并进。

物质世界是一时的停留站。而灵魂的质地是永恒的。

一部想说点什么的电影或一本书，如果表述得当，会引起人的共鸣，激发出情感与心理反应。不必耍弄技巧。技巧需要建立在充沛而明确的核心价值之上。

有时喜欢读某个人的文章，不是他的观点有多新颖。而是喜欢对方说话的方式。

自认为重要的人，他们容易被冒犯，爱争辩，喜欢贬低和苛求他人。并且永远认为自己正确。如果某天见到一个宁静的人，几乎把自我完全隐去，碰到任何事情都在接受，对他人怀有平等和关照，他们会令人心怀尊敬。

一湖莲叶，花苞有一小部分早开，还未到花期盛况。而风中满是荷花荷叶的芬芳，令人心旷神怡。和朋友早起，背着双肩包去看荷花，选一处草坡，在古老大柳树下面铺开毯子，吃糍粑，喝茶小坐。远离城中喧嚣，清幽宜人。

我说，大概等不到一朵花苞在眼前突然打开，它们喜欢悄悄地开放。又说，觉得现在这样就是幸福。

朋友问，什么是幸福。我说，大概是心中没有任何念头却觉得宁静与喜悦的时候。他说，你的幸福原来这样简单。

※

"在生活中，没有好或不好，也没有更好或更不好的。只有正在发生的和当下需要承担的。"

※

所谓中年危机，大概是发现自己与变化的社会价值观慢慢拉开距离。有些人不甘心，极力想追赶、迎合、不脱节。这是一种选择。也可以把更多精力用于关照生命深处真正的根系。这也是一种选择。

年轻时尽力开花散叶，结出果实。中年后的生活应回归本源，寻找到根，持续滋养。如果继续为这个花花绿绿的世间拼斗挣扎，试图追逐和迎合社会不断变化的潮流及风向，会很辛苦。理想的是中间道路，一边做力所能及的事情，一边训练心性的成熟和稳定。不是只剩下虚荣名利。

青春期是挑战，人面对裂变。中年也有抉择性决定。这个节点涉及人如何面对死亡。最大的挑战是死前的心态和修为。对有信仰的人来说，一生都在为此做准备。

一些人热衷在现实生活中寻找心理期待与想象的依赖者，依靠外界之力，却对自己的身心状态无法负责。真正的转化只能发生在内心。

先行者们的力量，来自他们的洞见，对真理的探索，以及真正的对人类内在的关心。这些人即便没有见过面，也是真正的老师。

社会提供了过多的物质、科技、娱乐选择，让人以为可以有捷径回避问题，沉沦其中，但这一切只会让自我力量更加弱小。

提升是从承担困难、对自己与他人负责开始。

无法长久地用力地对一件事或一个人生气。有漠然或无视的可能，燃不起嗔恨之火焰。一想到已不会像少年时倔强地发脾气，与人冷战，决绝出走，与人结仇生怨，思维的转化导致能够接纳与化解更多。这种解缚有时也有点人生无味的感受。

戏剧性总是与愤怒、自我存在感紧紧联系。无戏剧性的人生，也失去某种热烘烘的兴味。无冲突，不矛盾，失去执着之后，只留下素白原貌。

还是希望心能够再柔软、有弹性一些。

※

入夏午后浊闷，无法头脑清醒地干活。只能小睡一会，醒来读书。古人说，天热，手心里捏着玉凉快。玉仿佛是活的能够与人应和。喜欢白玉。

朋友说，一次有人在机场遇见一对母女，飞机上母亲一路滔滔不绝说话，让人厌烦，女儿让其休息也不见效。唠叨一路，落地后他们告别。没想到，那个不幸的人第二天起床后生病了。可见废话对人的毒害。

他说自己会把干洗的衣服熏香，因为在干洗店里，衣服都是与别人的混杂一起，穿之前需要净化。我说，以前看南开诺布的书，提到秋天应该用兰花、檀香熏衣服。比国王还讲究。这是真优雅。

幽居着把纸稿改完，又回到电脑上改。再打印出来改纸稿……累了是昏睡状态。把身心的一部分脱离出去，过程极为负重、漫长，巨大的耐心……散步时但见邻家院子亲朋聚会欢声笑语，人世的粗浅乐趣不过尔尔。

有些事情比世界的存在更重要。"你这样美"，"当我们在一起的时候，时间仿佛改变了轨道，它成为一个圆形"，"等我长大来照顾你"，"我爱你脸上每一根皱纹"……

小姑娘陪我去雍和宫，到燕莎买蛋糕，喝杯花茶。订了栀子花和晚香玉。她送我一张自己创作的绘画，黑底色，紫色闪烁银光的鸢尾花。生日一切完美。

西红柿笋干赞岐面条，盐水煮罗汉豆，烫生菜浇酱油和藤椒油。

清爽的午餐。

思维死亡与无常让人有巨大动力。从来没有这样积极努力过。

※

八十多岁的日本夫妇,和亲友、子女很少来往,两个人耕种一个大菜园,种食物做食物,做各种家事。不生病,活到九十多在家里无疾而终。男人喜欢开帆船,女人会织布。

人要有多大的福报才能这样生活。情投意合的伴侣,价值观一致,共同劳作,互相陪伴,这才是极为奢侈的生活。吉祥善美的人是有的。

有节制的饮食,维护身、语、意的清净,不去制造更多的贪嗔痴,行事有益自己,有益他人。这是微小个体能够为他人、为地球做的最基本的事。

把世间诸事当作是磨炼,修己心,体会到其他人的痛苦,尽力去扩展认知边界。没有困惑可以得到现成答案,良师益友的建议也仅是劝勉。在磨炼中去背负困惑,进行调校、反省,有可能完成个体化过程。

学习佛法是为了身心解脱,但很多人最后心甘情愿掉入各种圈套。圈套没有穷尽,轮回没有止尽。佛陀临终前说,以自心为依靠,以法为依靠。说了也是白说。人是没有自信的动物,也许比野生动物还不自信。

把自己交付于整体意识的循环与平衡。由它引领。

※

修改部分比较多。男女主角又被加上一万公里的旅程。陆续有美不胜收的细节与场景出现。

文体在微妙地自动调整,人物也自动变化,跟之前预设并不一样。这是作品的自主性,有它发展中的生命。写到她去恒河撒骨灰梦见母亲,心里也生起深深的悲哀和感动。

之所以感觉疲倦,不在于身体姿势的僵硬或缺少活动。最大的负担是脑袋没有办法空寂。每天被这二十万字撑得满满,一句句修,一章章调。脑袋无法清空。让脑袋空下来是最好的休息。背着这一大袋文字爬山,骑虎难下。如同攀登山峰。

完成一件事需要强大的信念。也需要猛烈的祈请。

一整天看稿子。路过韩国料理餐厅,点一份鱿鱼沙拉,一份大酱汤。热汤带来抚慰。餐桌边闪过一念,人应该尽情地洒脱地活着,哪怕早早死了……

北方夏天是麻辣小龙虾、羊肉串、冰可乐、啤酒、冰激凌的季节,但这些需要克制。正念跳出来告诉我,粗茶淡饭是正道。身体已不能承担以往认为的美味。人容易得意忘形,烟、酒、辣、甜食、海鲜、肉,随心所欲。还有性、金钱、权力、各种欲望……

情绪与念头需要管理,每一个日常活动的发生与心念,都是粮食,都在组成自己。

听闻一些黑暗暴烈的故事。生活的深渊隐藏于日光之下,远比电影或小说精彩万分。一些读者来信透露生命深处的隐藏记忆,让人为之心颤。鲜活、深沉、严酷、真实的世间素材,也许会选出一二当作小说的故事。

人世无明与苦痛如同污泥。本质上人有隐藏的邪恶部分,也有脆弱而真实的纯洁。邪恶与纯洁相依,究竟上是一味。它们让我知道众生平等,再不可思议的事情也无须大惊小怪。

任何发生是存在本身的一种无情却客观的显示与呈现。

对创作者来说,反复污泥里打滚和控诉并无太大意义,用文字写出灵魂的明光才不容易。电影或书的创作源自生活,但应该高于生活,趋向高处,否则无意义。生活本身是个烂泥塘,不能指望依靠生活本身去解决内心处境。

我们试图去了解世间所谓大量的常识、信息、知识、经验,却并不了解人的心灵与本性。后者是至关重要的。

有时,仿佛有一种难以言语的温柔的悲伤涌起。为自己,也为别人。人的愿望是微弱的,一厢情愿的。接受处境,里面有极细微的因缘。

人类的痛苦不能够只是凭靠回忆、追问、悼念、记录得到解决。如果没有被引起真正的重视,或者说能够基于广大他人的利益与福祉进行思考与改进,悲剧只会一再发生。重复发生。

※

小时候有夜游灯会。小孩子提着灯笼，走过家门口，排着队去街上走。有没有点火倒是忘记了。昨天睡觉闭上眼睛见到小学校区，回忆起周围的巷子，以及小学同学住的大宅中的房间（同学经常互相走动、串门，小孩独自出行没有问题。那时社会很安全）。旧日宁波有很多青石板巷子，狭长弄堂。我们住在以前大户人家留下的大宅中，分很多户一起住着，公用厨房，花园种满花草，还有大水缸养着金鱼。房间是木结构，密密麻麻。

一眨眼，一切被铲除一空。想想也不过是度过这些年。怎么感觉像上一世的事情。梦境一场。

有时觉得离幼年记忆越来越近。闭上眼睛想起少年时夏季午睡，蓖麻大叶子上明晃晃的阳光跳跃，开满蔷薇花的高墙。村庄里的夏天，山野开阔，溪水清澈，一双翠鸟微微拍打翅膀从溪涧之上滑行而过。

记忆开始离得近了。也许是人正在老去的标志。

※

人心之不净，造成自己不开心，也给别人带去莫名其妙的干扰与困惑。大部分的情绪反应本能而低级。互相碰撞时，解释也是多余。

辩论、说服、解释、批判、争执，各执一词，不如沉默。

成人的情绪大多是彼此投射,暗藏羞耻、匮乏、不安全,甚至一种不成熟的幼稚的爱意。孩子的情绪没有这些投射,他们也会波动,像水波一掠而过,但质地清澈直接。没有创伤的累积与压抑。

情绪像泥沼,黏稠,不被自己透视,有污染性,并且不易剔除。改变习气很难,需要反省和调整。需要清洗它们。

能够觉知与控制情绪是一种极大的自由。

相比年轻时与情绪、妄念对抗,中年以后,试图解决肉身局限与灵魂挣脱的困惑,显然比残酷青春更有分量。

痛苦是巨大的净化的熔炉。如果曾经在其中被煎熬之火焰熊熊燃烧。

※

他说,以前爱吹箫笛,拿起来就开心,现在兴味寡然。更不用说打麻将、唱歌跳舞这些世俗之乐。有四年完全不用手机,现在也鲜少电话。不和亲戚、同学、世俗关系互动,只与几个道友来往。不看电视。有时一星期都不下楼。

我说,那你现在还有什么乐趣。他说,练功就是乐趣。凌晨两三点,别人睡觉,我练功。饿了吃,困了睡,醒来喝茶,继续练功。白天给人讲课传道,要积阴德,晚上练功,是炼阳神。这就是功德。

他说，去餐厅吃饭不用餐厅的酒杯喝酒，因为闻到虽然被清洗了但还是残留着的各种人的气味。凡是养殖场饲养的家禽也能闻出味道，那是不能吃的食物。孩子八岁之前最好喝井水、泉水，而不是自来水。抽过石油、有地震的地方风水坏了，不能居住。这都是他讲课时兴之所至穿插的。

他说，只怕这条路走着走着，之前的世界回不去，之后的世界又还没够着。但若果证显前，会知道古人所言真实不虚，没有欺诳。

善知识不是那些所谓在圈子里德高望重、身份显著或被各种包装的人，而是带给过自己感动、启发、帮助、提升的人。出现过几次没有所谓。重要的是出现过，在心中留下标记。

看古老的寺院壁画，觉得墙上画出那些脸有些极为熟悉。仿佛见到前世的相识，甚至看到自己。我想这大概是照见自性。是所谓的加持。

不能认识和对治自身缺陷的人，终究只能被自身背负的业力洪流卷走。真正的勇者是叛逆者，逆自己的人性、业力而行。

在世间应略保持一些冷酷感。

※

孤独这种粗重的感受很少干扰到我。

关于禅修,"要像一位头颅炸裂的人,随时随地小心翼翼。唯恐别人碰到他。"

※

有强大气流。云团从山上向海面缓慢移动,仿佛在广阔的天空中舞蹈。

又白又香的重瓣茉莉花,虎头虎脑,欢喜热闹。折下初开的第一朵大白花,插在茶桌小瓶上,相对喝茶。生机勃勃的花株陪着度过炎夏,生出感激之心。

妈妈从浙江寄来一大包羊尾笋,粗盐烤制的新鲜海虾。是宁波人夏季常吃的食物,大量的盐腌制,不会腐坏。适合夏天补充因炎热流汗所需要的盐分。如果烹饪妥当,菜式更有鲜味。

羊尾笋百吃不厌。用清水泡干净,撕成细条,洒上少许清香的芝麻油凉拌。或与西红柿、土豆一起做成汤。配上这样的食物能吃下很多米饭。

很久没回去南方。如果三五个月没有出门走动,大都市让人觉得停滞。住一阵必须出去换气。与人造物紧密相处,得不到身心滋养。人的小磁场与所处环境的大磁场互相作用。大磁场负面,小磁场也深感无力。小磁场组合在一起又影响大磁场。

小姑娘想吃鸭肉乌冬面，进厨房做出两碗面，出一身热微汗。走到露台看着黄昏的花园，连抽两支烟，觉得快活。

继续读《宗镜录》。此书境界太高，禅宗会让人把持不住掉下高空，理论可以远大，小事还是从克服各种小妄念、小脾气、小情绪开始。

问朋友，为什么很多人看起来都是很起劲地享受着生活，而我好像不能做到。朋友说，也许很多人心里其实是抑郁的。只要不是很严重大家会装作无事。

当下这种物质主义、荒诞魔幻、网络泡沫、混乱浮躁，正是观照、磨炼心性的养料。人世是道场。

日本禅师说，要有一颗暖热的心去禅修。他所有的话我都受用。

※

古代印度人正经地研究过情欲之事。只是《爱经》的描写方式，颇似神俯瞰人间。想起道家老师说，现在很多男人根本不懂得什么是性爱艺术，却热衷欲望。就像爱打架的人，根本不会打架，却专爱找人打架。找不同的人打架。这是自不量力，害人害己。他真会比喻。

情欲此事，一遍洗刷下来才能真正进入性冷淡。不适合生生压抑。奥修说，充分满足才能真正无欲。这句话的意思是不是说，一个东西彻底被认知被拆解你才会知道它究竟是什么。

什么是道德。我认为不是独占，而是不剥削他人。但在某些男女关系上，已无欢愉可言。只是彼此剥削金钱与肉体。

情感剥削的前提是，把对方当作物而不是有灵魂的个体。

一则社会新闻。一对夫妻，两个名校高才生去美国读书，相处不睦，女人把男人枪击且肢解抛尸。女人事后说，他离开之后很快能找到人。而我只剩下自己郁郁过完一生。男子去世时二十八岁。女人其貌不扬，专业成绩好，来自离异家庭，心理阴影重。这是来自于恐惧、仇恨各种负面情绪夹杂的选择。

人如果从小没有接受过心性的指导与训练，那么其他的一切都派不上用处。此事例可见，身份、学历、知识，诸如此类，抵不上心性教育这条根系。原生家庭、社会大环境纵然有各种原因没有提供，自己必须进行自我教育。

否则可以说毫无出路。

※

终结业力关系最好的方式是仁至义尽，而不损害丢弃。

我们比较容易离开为对方付出过多的人，因为没有什么内疚。付出多于那么一点点。一点点就是平衡点。朋友说，他人是佛。为他人付出，才有所得。他人在成全我们。供养他人是供养佛。

女人有自身的障碍。她们的欲望、执念有时大于男人。男人也许是好色，女人却是真正的情爱贪婪过度。如果本能地去依赖与需索太多，会失去如大地般养育付出的强度。

美好的男女身上带着一股山野气。是自然、拙朴、有劲道的气。

幻想完美的伴侣不可能。只能取其最重要的一点，而忽略其他。

※

俄国人写的书带来不少触动。他的记录方式和观点陈述，是崭新的冲击。人与一本书互通需要时机、因缘。通过阅读，与早已不存于世的个体建立联结与输送，这也正说明灵魂与意识不死。

他的宝贵之处在于切实以工作与团体的方式改造与重组个人。只是一些人付出这么多努力，这个世界可曾变得好起来。

人如果博览群书，对各种流派、宗门有了解，不会产生偏见，也不僵化头脑，不限制心地。独占一处、鄙视他人肯定不行。但最终，人需要专注而单纯的一两种方式。坐什么样的船过河，是机缘和相应的问题。

如果清净持戒、洞晓因果，哪怕只是修习单纯的内观法门，都可以获得净化。一些人越绕越远、越绕越复杂，损耗精力与时间，最终一无所获。一心一意是关键。

以前老师反复讲过,需要真心诚意,以做事积累福德。不做事,无法成道。这个事必须是对他人产生益处。

问朋友,如果并没有轮回怎么办。朋友笑着说,那我们这般学习、精进、小心地生活,似乎就亏了。但我相信一定存在轮回。

荷花已开满三分之一。不知今年夏天是否能够看完整个过程,从含苞欲放到满湖沉寂。

没有看到花在眼前打开,倒是清晰看到一朵完满的大花突然掉落花瓣,簌簌有声,迅疾洒落在湖水中。一丝犹豫与软弱都无。千姿百态高高低低各个角度的荷花,每一朵都不一样。此刻内心静定。

吃早餐,爬上一个僻静山坡。朋友裸背晒太阳读经,我趴在另一边。因为昨晚吃了抗过敏药,昏昏欲睡。晒着大太阳,头枕着阴凉树荫,睡了一觉。睡中,听见朋友读经的嗡嗡声响,大风刮过树林,土地微微震动。醒来之后坐起身,看到快到中午的蓝天白云。

之后卷好铺盖打车各自回家。

※

日常交往,喜欢心念清净而单纯的人。有时说几句,即便平淡无味坐一会,也是休息与滋养。

为什么每次都会着急想早点恢复感冒或咳嗽。而没有尝试等待身体逐渐复原的过程。

朋友寄来手做的沉香红茶、沉香线香、香囊，桂花面油、珍珠耳环、茶染手绢、白色瓷器、手写书信。线香品质极好，沉香味混合着暖风中的栀子花香，让人有迷醉之感。惴惴不安。

对女性来说，心中常怀有温柔情意，脉脉含情，才会活得像个永久的少女。

我在生活中有男人般的粗糙、漠然。小时候没有学习如何去爱人。天性中的细腻情思、深切幽微的情感与热情则在书中释放完毕。现实中像被榨干了汁液，没什么可表达。是个寡淡无味的人。来自他人的温柔总让我有些自惭形秽。

记录一个梦。大概六个人，两个僧人，两个小僧人，两个女尼，六人站在一个木制移动车上。不知道是马车还是什么设备，总之它是旅行工具。我也在里面，以正前方视角看到绝美景色，山谷，草坡，色彩丰富明艳不可思议。不是平常经验的色彩感受，有一种可融解的质地。景色变化，从山野到村镇。此时路边几个顽童突然捡起路边小石子，戏要地扔过来。【2018/08/05】

※

偶然路过的茶店，布置简洁，东西不多。但件件清雅大气，带着古意，眼光独到。标价昂贵。还有手工绢丝，细麻茶席，竹席，碧玉勺子，有凸影的手工杯碟，均放在老木柜里。这样的店得有底气，恐怕东西平时也卖不出几件。若有识货的人真心喜爱，就会再来。

店主是位清高的人,品味高雅,不差钱。开一个小店若有若无,只等有缘人自投罗网。

选两只白杯,两只极为古雅的小白碗,一只日本古式小白壶,四枚造型特别的青花日本小碟。杯子质感温润古朴,使用后也许会日益暴出优美纹路。时间将在自然的物质体上呈现出转化印记。

冲泡前两年买的老六堡,味道清醇有甘甜余味。越存越有滋味。可想象它日久天长之后的沧桑模样。

※

读××等人的作品时,深觉诡异的是,不仅看不到永恒的普遍性的人性,连当代的人性特点及活动都看不到。这些书也许故事、情节、人物精巧高明,但与读者产生不了关系。如同看起来闪闪发亮但与之产生不了情感的陌生人。

人早年出名,招来的诽谤、嫉妒、嘲讽、挖苦种种口舌之争不会少。经历过那一出,可以甘愿沉寂。晚年那种功利心猛增,渴望被尊重,生怕被遗忘的,也许因为没有被猛烈地爱过、憎恶过。只有如此才会懂得世间荣辱的虚无。

最近发生的事,感觉自己又突破一关。心需要一处一处通关。通过之后回转的可能性几乎没有。不退转只能建立在自证上。

"写作即写心。有情无情,万物圆通,自在无碍,至繁即至简,纸上星空，此为经典世界的写作。至于量子世界的写作，不可思议，非人力可为。来自佛的加持，与佛相应，汉字真言力。"

"般若女海。笔名即是你的归宿。"

此人经常留言给我，但我并不认识对方。说的都是电报一样的话。

※

无常猛然回头一击，迅速就能把我们打落原形。死亡的威力显示，肉身消亡不过一瞬间。而人在短暂的一生中却试图控制、占有那么多远远超过所需的事物。

※

智慧的真味通常是质朴的，也是节制的。

有人写邮件来提出建议：一、你的写作需放开思路大胆用平铺直叙方式写作无顾虑，你已经在慢慢放开，需更彻底。二、旅行太粗糙，你需要长久生活在别处的经历。三、晚上做事白天休息。日久必能静下心来。四、你已给予儿女很大影响，他有能力理解您生活边界与他进入的深浅。他是您的心灵之镜，可以放手任其肆意成长。五、关闭杂事。

※

写作一天。想喝苏打水兑梅子酒,冰冻过的白葡萄酒搭配手工干酪。出门去超市,在购物中心看到琳琅满目的物品,搂搂抱抱的男女,觉得世界在此刻清楚呈现出荒诞、魔幻、不真、陌生的质地。

黄昏,暮色深沉的桥洞,有个男人对着肮脏污浊的河流吹笛子。他在练习,还不是很熟练。运气不算流畅。只是独自站在路灯幽光之下,认真吹奏。一些野鸟在水面上盘旋,酷暑中蚊蝇飞舞,头顶桥面车流隆隆。他的笛声断断续续飘散。

这也是一种净观修习。

1964年拍摄的电影《怪谈》。小林正树的场景、美术设计、运镜方式力量凝聚。

一共四个故事,比较精彩的是"无耳的芳一""雪女"。"黑发"以拍摄技法取胜。最后一个"茶碗里"则相对较弱。"无耳的芳一"是为鬼魂夜宴弹奏琵琶,"雪女"关于诺言。有些奇怪女妖或女仙为何痴迷于与凡俗男子恋爱,过粗鄙贫困潦倒的人间生活,并且乐此不疲。她们明明已修炼成精,突破物质层面。《聊斋志异》里的人也是差不多的情况。

《聊斋志异》没有被认认真真拍过。这种题材的拍摄必须注入对传统文化的高度审美与情怀,否则只能沦落为庸俗的"迷信故事"。它是大宝藏,有空再仔细读一下。

电影中布置的空间是真正的断舍离。早上一念,如果有还算奢侈的欲望,一座老宅木屋可以居住,多好。庭院幽深无言,除必需品空无一物。

※

我说,人都不知道自己会以什么样的方式死去。朋友说,也许可能会梦见。我说,但很多人是稀里糊涂突然死去的。

尽量保持健康可以避免添加他人麻烦和负担。有时觉得长寿无必要。有了健康,才能做点力所能及的事。像柴一样,充分燃烧干净可以成灰。只需要纯度高一些。

做事、学习、修行、功课、健身,都是为了提供纯度,不是为了长寿。一具长寿但意识混沌、尽添他人麻烦的身躯,看不出有什么好处。

一些人在年老时受到挑战,呈现出与前半生不同的行为举止。越到晚年心态越虚弱、恐惧。如果不增加灵魂内在的密度与强度,无法抗衡时间的残酷、肉身与意志的衰败。

若早年游走江湖无所畏惧,多谈恋爱饱览情爱,努力工作积极精进,不会后悔以前该做的没做。到了年老开始返璞归真,修身养性,为最后一关做好身心准备。有了底气可以不妄动、不急躁。

老去应像真正的沉香木,经年散发出幽深香气。不靠近不知晓。

※

有些人关心的都是虚幻游离的时代大事。以此逃避自己真实而严酷的小命。

※

忌讳以情感为借口向对方施展控制、评判与压力。

即便有过深切交会,人与人之间始终有一个节点。跨过那个节点再不能纠缠。所有的告别看起来突如其来,背后都有漫长的过程。

对我来说,内心会有一个仪式,默默告诉自己,结束了。做出这个决定并不容易。告别意味着彼此即便还在世上,缘分在此世已告终。我并不善于与人交往。年少时暴戾,与亲密的人经常爆发强烈冲突。现在又过于理性,知道有些事毫无益处,即刻终止。

一开始感觉很好的人未必能够做朋友。最后留下来的是心念干净、不骄傲也不自卑的人。大部分人的模式是,黏稠纠缠或者销声匿迹。懂得恰到好处地出现、问候以及维系的人,应该被珍惜。

"早年投资挣了钱,现在不教书了,闭门生活研究传统文化那些,有时讲讲指点一下,恐怕死去也是没有一个朋友在床边的决绝。"

不用解释、说服。兵来将挡,水来土掩,随顺因缘幻化。什么事都是高兴最重要。

※

中午在沙发上小睡半小时,小姑娘悄悄走到书桌边,在我打开的电脑上读稿子。发现后马上制止,里面的确有不适合她现在读的内容。我说,这是大人看的书。给你看的书我以后再写。她笑嘻嘻地走开了。

一两个小时之后,她对我说,妈妈,读你写的小说感觉心里好平静。有一段我读得很感动,眼泪流下来。

一次,她对我说,"我"在哪里,这大概是她初次意识到灵魂与肉身的分离。她拧自己的脸,说,这是"我"吗。然后她看英语电影很快忘记了疑问。

她在房间里安安静静地写作业、画画、做手工、写故事或读书,练习吹笛子。我们不看电视,有时放点音乐,有时电台里听人读书。她做手工,把废弃的快递箱子又剪又画,做出一些美丽的装饰物。这时候的她安静、忙碌而充实,一边描绘一边给自己录视频。

我确实觉得她心灵手巧,并且怡然自得。下午做饼干,两个人一样样准备,做了两屉,好吃。糖放少了不够甜。下一次会更好。给她做牛油果热三明治配南非茶,让她吃完。她带着小饼干去上三个小时的素描课。

画了一幅红色的画。我说那是什么,她说中间是一颗开满花朵的心脏。

一位父亲说,女孩都是把妈妈当成姐姐,利用妈妈对她们的爱胡搅蛮缠。不用对女孩讲太多道理。怪不得我在小姑娘那里没有威严，经常沦落成两个女孩之间的对掐。她有时把我当成姐姐。但我也并不想成为权威的妈妈。

以前遇见的一位小学校长说，他的女儿，不要求她多出色多能干，上什么大学做什么事业，首要是各种性情品格足以成为好的妻子和母亲。这话估计会让一些女性生起戾气，但我可以理解。这是从社会大格局角度出发的、符合人类利益的观点。

小时候父母工作忙碌，对我采取放任不管的态度，这种孤独感后来侵蚀到骨子里。也使我过分敏感，对她产生一种强烈的责任感，即不想让她过我小时候的那种生活。经常带她出门旅行，她细微琐碎的事情都亲自照顾，这无疑消耗很多精力、时间。

希望她日后顺利读完学校，工作，自己安身立命。

那样，我就可以养花，养猫，转塔绕寺，烹煮简单饭食，诵经打坐度日。有时给她写信。

※

也许我一直担任着心理医生、旅伴、精神辅导老师、交流伙伴的角色。我们去公园散步，持续而密集地交流各种话题。令我欣慰的是她都能吸收，并对我很信任。今天她对我说，你还有另外一个身份，你是我的朋友。又说，我和你交谈得到的信息量和收获远远超过自己读一天的书。你说的都是经过亲自咀嚼和消化过的。

她现在还经常缠着我一起睡觉。睡觉时长腿长手臂摊开,手指纤细。有时我把头靠在她的肩上,让她抱着我,仿佛我是她的孩子。有时在她睡着时偷偷亲她。看到她小时候的照片,知道时间一刻也不停留。忘记在她那么小的时候,有没有好好陪伴过她。好像那时我不停地在旅行。

早上醒来,如果是周末,我们就躺在一起拿出手机听歌。一起听很多首再起床。我们有过的那些旅行,两个人在异国他乡,走在离奇的街道上,一起吃饭,一起喝茶,睡在天南海北的旅馆。隐约知道她给我的时间不会太多。以后她会有自己的生活。也许我会有时才能见到她。

但是她已给了我很多时间。我很感激。

和一位母亲聊天,她说即便是女孩,在十二三岁时也一心向外,再不愿意和父母一起玩,互相陪伴。他们更喜欢同学、朋友、外面的世界。假期她问孩子可否一起旅行,女孩答,我想和同学一起玩。我听了觉得也是正常。

养育孩子,并非是让她承担、容纳自己的感情,受控制,被倚靠。而是把她照顾、养大,送她远行。

关键是教会她积累和准备远行的行李,上进、善良、有勇气。这情感所包含的一切,最终是为了离别。养大孩子,让她有益,这是一个善行。

※

"我在读《月童度河》，看到《石榴》那一章 page 189，禁不住在最后那句话上吻了她一下……"

※

要快速写完不太可能。仿佛可以一直写下去。但出于现实目标考虑，我还是要尽快完成，而不是被它控制。重中之重，仍是保持管道通畅。

负重前行需要保持稳定情绪，持之以恒的信心并且均衡发力。伴随身心消耗，却有着极大的快感与深沉的满足。闭门如入深山。焦虑、压抑、抑郁……这些消极情绪也会交替出现。可被察觉。是可控的。可承担。

有一种庸俗是，我痛苦，你也必须痛苦，最好一直都在表达或表演痛苦，而不去探究痛苦的起因或解决方式。有些艺术家屈服于这种大众的庸俗。

以前问格西关于写作的事，格西给予指导，说了四个比喻：像大鹏鸟飞在空中，像老虎跳过山石，像乌龟爬行，像菩萨身上的璎珞。分别做了讲解，优美、深入而贴切。深感古老的藏人传统充满智慧。

我又问询慈悲心的问题。他说，慈悲心无比珍贵。如果一位尊贵的国王要来你的家里做客，想一想我们应该先做些什么。

格西以前评价一位朋友，说，这个人一直都一个样子。这是很大的褒奖。好像以前我也对朋友说过，格西不管在什么地方什么时间从来都只有一个样子。这是令我觉得最欣赏的地方。这种清净恒定的状态要保持并不容易。

※

"对于世道的坎坷、人心的险恶，也都渐渐地忘却了。"

想想人只有在一种情况下应该退隐，后退并且隐藏。那是世间与人心癫狂时。

※

过于注重饮食（喜欢吃痴迷吃）、过于贪婪情欲（需要很多不同的伴侣）、过于看重名气（总在经营自己的形象）、过于耽溺某种爱好的人，即便有身份有钱有地位，也感觉他们一直处于饥渴与焦灼。

相反，当人能够内心轻盈、洁净、无所求，就显得自由自在。并且端庄。

我认为，人还是应该及时、充分、全心全意地去生活。一种当下就走到尽头的柔情。

朋友约我吃午餐，说她养猫的趣事。分别时她说，你还真算不上是个作家。职业作家是像某某那样什么题材都写兢兢业业按计划写作还给别人定制。我说，我只是以写作为工具做点事。

如果不是因为一股愿力，谁愿意傻坐电脑前面损坏健康。专注时被摁在电脑面前从日到夜，消耗心血。工作都有艰辛。

优秀的人有骨子里的无情、冷淡，智性上也许得到启发。但人们也需要看起来平常、有琐碎情意的朋友。这些朋友的角色类似女性，把人拉回母亲大地，防止灵魂在半空中过于吃力。把女性定为"物质的，阴性的"，很准确。

成熟的情感会为对方考虑，因为它来自成熟的人格。我们对他人生命的成长与完善需要提供责任心。让他人趋向完整与解脱。而不是仅以对方为工具，填塞内在空洞与不安。

能够和一个人在一起度过十年或以上，会懂得牺牲的含义。但对恋爱而言，短暂的交会也算是完成全部。

她发来消息，说"我应该忙完这一周就能稍微休息一下。院子里的花开好了，想着剪些玫瑰给你寄一些去插在花瓶，这样你和我就能欣赏同一棵花了……"

※

早晨晒太阳，阳光洒入，满室寂静，身心愉悦融化。上午在发呆中过完。对自己说，算了吧。这样虚度半日也有必要。

有人说，山谷中野生萱草的花蕊，当地女子常用来涂抹脸颊和嘴唇，因为颜色特别红。我说，还以为那两团红是太阳晒的。他说，有些是太阳晒的，有些是花粉涂的。

觉得这个细节美极了。一定要补在小说里面。

在熟悉的服装店，选中一件微发黄的纯色丝质薄上衣。这个款式不同颜色一共买了四件，其他三件分别是浅紫、米白、蓝白圆点。搭配长裙简单大方。白色生丝长裙，略硬，有质感。两只布包。真正纯实的丝、棉、麻，一次次洗了也不变形。穿上几年还是一个样子。

今早读的经感觉比鸠摩罗什翻译得更美。言简意赅，幽深微妙，雅致端正，不可思议，都在经中。

不读华丽但无究竟智慧的文字。不读棉花糖一般甜腻软弱的文字。读像水般清凉、解渴，能流动在身心之中洗涤、滋养的文字。读像剑一般劈开界限的文字。读药一般治愈苦痛的文字。读灯光般照着路的文字。

文字是般若。

※

在我睡觉时，一次，她过来轻轻亲我的脸。是模仿我的举动。这些时光会成为日后的记忆。

能让我们原形毕露、内疚软弱、反省和修改自己的,只有三类人:父母、爱人、孩子。他们是值得感恩的上师。

※

"那本书封面是一树美丽梨花压着,被磨损得看不见书名。无法猜测被翻阅过几次。书中书页脱落,画满不同颜色的笔记,留着不知谁何时写下的话。一些部分被撕走,已完全不成形。一本书能够被翻阅到如此程度,着实让人吃惊。它得到了最为完满的生命过程。

今年夏初时我梦见和你一起在藏区旅行。在一座极大的寺庙中,长长檐廊下我们发现一朵盛开的野花,不断地开出红、紫、蓝、青的花瓣,花朵围绕一圈光环。非常之奇妙。瞬间我被吸引住。你在旁边轻轻说,这是佛陀的花。等我从那奇妙的五光十色中晃过神来,你已不见。我问旁边泥墙上木窗棂里探出头来看我的三个小喇嘛,是否看见一个穿藏青布裙的女子经过。他们说,她已提前上路。这个梦给我无比殊胜之感。醒来后我用手机立刻记录下来。

你如何看待在梦中与一个从未谋面的人相见。"

※

凌晨四点突然醒来。无法入睡。听一会《圆觉经》,不知为何,万籁俱寂时句句入心。

※

"我们有责任善待自己,然后以同样的方式善待这个世界。提笔写作前应有这样的理解,这样一来,处理细节时,不会把它们当成是个别的物体,而是对万事万物的反映观照。"

在直播视频、物质倾销占主流的时候,书籍、阅读、精神生活、归于本性的表达离人越发遥远,也是作者分流的时候。有些会慌、乱、心意失守。有些愈发冷静,进入更深层的体验。

只有对写作持有明确的信念,以本心自处,变动中才能得到来自文字的传承与力量。更能理解这些恒久的价值。

生活的深度与纯度需要被压榨、提炼,重新呈现与表达。这是艺术创作的意义所在。艺术让生活供奉出深度和纯度。

不是每个人都必须按照社会约定俗成的成功标准来规范其人生之路。人生之路最重要的意义是心识之完善提升,完成个体进阶。实现天赋价值,进行对他人的服务。

※

如果和健谈并且思路清晰、谈吐不俗的人在一起,情不自禁就集中起所有的注意力。对方也许会感应到我的专注,所以语言也能源源不断。这是相会的意义的完成。

人们经常分不清楚重点，见面时走神，一会儿打电话看手机，一会儿拍照，心浮气躁，得不到谈话中的精髓。习气扩散在生活中各个层面。凝气定神，才能吸取到来自外力的能量。

人之天性喜欢听好话。想想这是一种人性的软弱。需要足够有力，才能经受得起真话、直接有效的话。

有些人身上的频率是舒服的，尤其是克制了欲望与情绪的修行人。

说到底伤害是自造。心澄定，很少起反应。不分别，世界也不动。

※

作家应该说真话，真话是指真理的话。

但凡一些作品特立独行，往内走得深，表达审美高，带些神性，一定会被羞辱。不同流合污，是矫情。这实在是很诡异的两个字。

重置结构，觉得这本小说也许会遭受比《春宴》更剧烈的非议。但有何惧。人们一般不愿意正视活着的作者。要承受多少爱意，就要承受相应的损伤。

所有创造出来的美感，都在融入宇宙大秩序。它们从未消失，包括微小生命的热能。

雨后深夜，独自花园里走半小时。路上有被大风折断的树枝，空气中槐花的香味，各种高高低低盛开的鲜花，白色月季在黑暗中熠熠闪光。一只孤零零的小野猫在湖边探望，蛙鸣躁动，加入秘而不宣的万物行列。感觉与它们互为一体。

小心地享受某一刻特定的完满，维持净观与平衡感。是优雅的技巧。

炎炎夏日，宜读禅、闻香、赏荷、与自然近。

※

在电脑上修订《素年锦时》，离初版过去将近十三年。这本书是怀着小姑娘的时候写的，想告诉她一些过去的事。现在看到点点滴滴关于故乡、童年、亲人的回忆，心里有不一样的温润情感。大概到了回归根部的阶段，对于此生的源头产生真正的敬意。

朋友从拉萨寄来一种藏药野生植物，说有调节气血、强身健体的作用。今天拆开冲泡，有野性气息。喜欢。装在罐子里塞进行李，带去拉萨。

小姑娘盼望去西藏，但我这次工作在身不能带上她。

父母习惯性觉得自己比孩子高明，大多数时候是被自己的期望与恐惧所控制。孩子有其自身的生命能量和业力轨道，只会按照其自身秩序而发展。不必增加多余的干扰和压力给他们，但思想上的沟通、协商有其必要，他们能从中体会到父母对自己的支持。

想想父母如果有对我做对的地方，是他们在那时从不试图给予我任何东西。我曾经觉得自己收到的爱不够，现在觉得这恰好是可以野蛮生长的空间。

并不需要额外对她叮嘱什么。她需要的也不过是我的耐心与宁静。

海拔三千六百米，空气清冷。盛开白色山梅，一树树白花。窗外正对大雪山，空阔纯净。青稞田在风中晃动的频率和节奏，让人融化。这些景象用文字描绘很难，或者也很容易。它展示我所不了解的西藏的另一面，纯净而无畏。自然的力量。

长时间凝望雪白和微微透蓝的冰川湖泊，冰块突然碎裂和坠落的声音令人警觉。这种美是我以前不知道的，遥远，冷僻，仿佛世界尽头。一切展示都是法身。包括偶然邂逅的牛头颅骨、一闪而过的流星、雪水河流的声音。

这次进藏的长路线让我产生更深远的了解。之前为了转山、朝圣，目的性太强，也有地域局限，这次从东南往西北行移，一路转换不同地貌。这片土地的广阔、雄浑、神性、纯净令人感动。也看到各种被利益驱动的破坏，难以言述。

清晨和晚上，在房间窗口见到的布达拉宫是美的。还没有时间和房间好好相处。

※

冒雨去小昭寺，与老人、孩子、男女混杂一起。绕行、诵经、磕长头的队伍，众人清净的虔诚心所汇聚的能量场，循环不息。这是回归到自己的真实层面。拉萨的老人们看起来不会寂寞。

三四个孩童在店铺与转经筒之间吹肥皂泡，奔跑，吹起彩色的大泡沫。天真，流动，衬着深蓝夜空。在小店铺吃凉粉与土豆条，走一大圈。拍下宫殿尽头的闪电。

同伴说，到了拉萨不知为何十分喜悦，洗头都开心。感觉这是可以回归的地方。我说，这是你心里本来就有的种子。有种子的人才会产生这种感受。拉萨虽然面目破损，但亘古的气氛仍然在。

晚上大雨。清晨站在露台上，眺望山上云雾以及远处的布达拉宫。一只牛慢慢走过路口，发出叫声。围绕这片谷地的古老山脉清冷壮阔。

※

"任何时候当我们活在不安、散乱或是自我热衷的泡沫中，意味着已孤立于自己的生命之外。这个孤立得到希望、恐惧以及幻想所添加的燃料，阻止我们存在于当下并且直接体验事情本身。"

精确的一段总结。关于热衷表演与物质的无爱的时代。

人们试图回避如何死去，如何再生，在以为自己会不死的软弱与傲慢之中，向往取得成功、荣耀、奢侈、富有。以为可以借此永垂不朽。

要珍惜还能读到喜欢的作家出版新作的机会。

每一位作家只能用他的方式写作。这是他感受与想象的唯一方式，由他独特的生命质地所决定。无人可以复制或替代。

他的书从来都是第一遍读不顺，再读一遍大致厘清。诗意与敏锐无与伦比，呈现出小说的艺术。如果说小说最终是为了什么，其中一个重要内容，是让人感受到文字描绘之美。

每次当我有些走偏，看一看，他就把我拉回来一些。读书可当作一个标尺。脑力与意识的理解与重组，最终驱动心的升级。

对着越发庞大起来的长篇，有时会想，真的需要写出一个已被推到时间深处的世界吗，为谁而写，还是真的如人所言"抱持执念反复磨剑"。这执念未免过于强大。必须屏住气做完，浮现的也许都是前世的记忆……

写困了，却没有烟抽。一顿乱找，希望抽屉角落剩着半盒。不想顶烈日出门买烟，暑日炎热渐起。暗想，终有人读到会懂。不可被浊世搞得气馁。屏息静气，好好写。这是修行之道。

※

为什么会有秘密的法。

有些话说出来会激起人群强烈的误会、扭曲、困惑，甚至生出愤怒。一些话要有保留地说，象征性地说，含糊不清拐弯抹角地说，一边观察一边留意地说。这是避免伤害别人，伤害到真理。

接应需要金器。不是有人吝啬或故作神秘。

古人、圣人们的真知灼见，从来没有消失于世，也并未有任何保留。所有密钥都如实朴素说出，但人们不实践、不运用，有时还认为是谬论。缺的只不过是实证。渴的时候，不是说一句这里有水喝就可以止渴。

再多的修行人，也没有修补好这个世间。不能被修补的世间，或许正是我们来到这里的原因。去深入地体验一切，过关斩将，以此增进功力。

佛陀说，妙境只能出现于清净心。这个时代各种汹涌，人缺少一点点自我觉知就被卷入洪涛，或无头苍蝇般跟随集体的意识闹哄哄。

好的状态是可进可退、可攻可守。以不变应万变。

※

人一生只爱一个人是可以做到的。前提是能够心里静定。

把一件穿过十年的男式小号外套替换下来。再贵的衣服穿上十年也值回来了。

他说，第一次见到你的时候，觉得你有傲骨但没有傲气。

身体恢复活力的标志是，开始抽烟，喝酒，吃一点海鲜。劣根性难除。

※

沙拉的做法：红苹果片，绿苹果片，橙肉条，核桃仁，葡萄干，蔓越莓干，西芹薄片，紫甘蓝丝，芝麻菜，细菊生菜。沙拉酱汁。面包。

北京如此热浊，收到朋友寄来的大扇子。喜欢。生清凉。

分两天把这本阿姜查美国弟子的书看完。他出家五年之后还俗。南传佛教接近佛陀的原始教义，这些西方人在学习几年之后回到自己的国家，有些终生保持学习而不退转。

晚上看得不舍得睡。想一口气看完。

书写有一种特殊的节奏，不知道是不是由于他出家所受的训练造就，一气呵成，如实而自然。他说，美国是一个病态的不能生活的社会，他仍喜欢泰国。书中，阿姜查说，不要和没有慧根的人争辩，"那就好像一个有钱人要去说服一个穷人。"

读书一贯只要读得进去，接连几天一口气读完，喝水一般。有时很快，即刻看到即刻吞入，也不多想。日后会有慢慢的回味。吸收内在知识，像宝瓶般储存、填满自己。

真正的学习者接受一切发生。敞开一切可能性。

生命成长的可贵之处是可以进行自我教育，探索和调整心灵体系和格局。是某种程度上让自己重活一次。

读过很多经书以后，纠结在文艺层面的文字就无法入眼。人过于依赖文字的功能，以至于忽略文字背后的目的。有些人的故事，一大堆描写看下来，拖沓冗长，却没有核心意义，与人无交集。有的写作者，短短两三句里面有迎头棒喝。

在技术上，有些作家大量借鉴西方文学技巧，但文字的内在有一些传承性的精神与信念不可照搬。一些年轻作者通常小说形式感强但内容空洞，最终来自于故事内在精神与信念的匮乏。

文章由形式和心力组成。形式要美，但最终凭靠的是心力。一本好的书可以成为他人心灵的休憩处。

有时书店里看到一些乱七八糟的书，觉得写作这个事情不被尊重，没有显示出价值。如果看了一本很好的书，又觉得这件事的确值得探索和认真对待，生起很多信心。方向与标准很重要，它们起着灯塔的作用。差的那些应该保持无视。

一本有高级感的作品，没有善恶、美丑、新旧、对错的评价，只是记录。盘旋式样的迷宫，作者在其中放置情思而不是结论，也不做评价。二元对立的消失，使超越而客观的视角得以成立。

※

他说,高兴的反面是什么。我说是悲伤吗。他说,大概就是这种感觉,有时觉得悲伤经常有。

但我感觉好像也不是悲伤,应该是另外一种情绪,是知道事物最后的本质才会产生的一种接受。

最后总是会说到死亡、疾病。能坦然交流这种话题的人是很少的。

即便是顶好的茶,也不过五泡左右。最甘醇的滋味在中间部分。茶能够被提取的真味有限,此生的生命也是如此,终有从浓到淡直至结束的时候。

及时榨取生命所蕴藏的真味,取尽它,饮用它,共享它。而不是忽略与浪费它。

※

飞机停下时,邻座年轻女子开始打电话。你女朋友给我打电话,你能再考虑一下吗,我们在一起很开心的啊。你以前同意现在为什么又变了,你今天送我的时候还哭了……她伤心得旁若无人,几近不能下飞机。一直电话里恳求渣男。

我想她心里很痛苦。但这是必须经历的过程。

年轻时的恋爱带有原始性,想和过去世的自己会合。包括在母亲子宫里还没有被剥除的原始信息,纯洁、自然的情感,没有世俗味道,带有强烈的个人习气和业力的痕迹,有许多伤害受损。并要求一种完美的相互结合。

经历过时间洗礼,这种初恋式情感不会再出现。成年之后的爱,是为了去学习面对分离,得到解脱。

感情无罪,无特性,是自然存在。但我们的心会被感情激发出潜在的美德或罪恶。驯服别人心中的野兽,也是驯服自己心中的野兽。在沮丧、挫败、受辱、挣扎、伤痛中成长。和猛兽相处过并且驯服之的人,也驯服了自己。

所谓初恋、一生只爱一人,不见得有多珍贵。未经历波折,很难产生有觉知与慈悲的感情。有价值的往往是最后波澜壮阔攀山越岭的那几程。

带来启发、帮助、推动的关系只能建立在爱与被爱之上。重要的工具是从心底流出的爱。一切靠爱完成。没有爱与被爱,不可能有意识升级。

人有究竟的孤独性。最终能够彼此结合的是自性明净。当内心阴阳一体,浑然平和,可以做好孤身脱离肉体的准备。

男女若以单纯的情爱关系在一起,结局无非是日渐无聊或矛盾频频。成为同修,有共同的价值观,付出牺牲与承诺,可以让情爱晋级。

这次在长篇中写到这些主题。从来没有写过这样纯粹、深情、强烈、光亮的情感关系，以前或许自己也不相信。

现在我相信了。是因为净观吗。

爱人的最高境界是发现以及看到自己心里的佛性（或神性）。

※

李沧东的《燃烧》值得看第二遍。

基本上探讨的还是生命本质问题，小饥饿（生存），大饥饿（人生意义），同时存在自然法则（深层哲学），愤怒感（失业、父亲被控诉、母亲离家出走），挫败（失业、理想很远），情欲（对被接纳被信任的痴迷），消失（对存在的质疑），罪恶（愤怒与无聊的释放方式）。

钟秀在惠美朝北的阴寒简陋的租住房里，两个人唯一一次做爱的场景时间很长。典型的李沧东特色，真切、辛酸、敏锐、纯洁，觉得这是他偏好的一种情感模式。也是整部电影的闪光点。惠美是我喜欢的女子类型，像以前写在小说里的一位女性朋友的原型，是那种自由自在的聪慧而带着落魄感的人。

烧塑料棚是个隐喻，代表底层社会这些孤独、边缘的年轻女孩。惠美最终还是被保时捷接走。钟秀问她，你想过吗，他（指有钱人）为什么要跟你在一起。她说，他觉得我这样的人很有意思。她毕竟还是天真。阶层有时的确是不能逾越。

这次主题集中在阶级矛盾上面。大学创作系毕业想成为作家的年轻男人,只能做劳工、农夫,最终成为罪犯。富裕阶层把空虚的杀人游戏当作隐秘的享受。他们之间唯一一次平等的对谈,是黄昏时女主抽大麻对着夕阳裸舞,后来倒头睡了,两个男人看着夜色吐露心事。

钟秀一直有些奇怪,背影看起来整洁有希望的人,正面总是带着些痴傻。后来看影评说,是要表现底层青年的颓废和猥琐感。言行举止有些失调,有时魂不守舍。他清楚自己生活的局限。

少年时期、家庭处境也是一塌糊涂,经常对人说想当个作家。但除了给父亲写请愿书,没有写过作品。他的世界里唯一发出亮光的事物是惠美。这个亮光惠美一开始就说了,平时根本看不到,它靠反射稍纵即逝。

不管《薄荷糖》《密阳》还是现在这部,李沧东关心的始终是人性赤裸、直接的部分。如果看不到这一点,很难成为他的观众。据说他的电影在韩国本土票房不好。他经常拉不到资金拍电影。

《燃烧》带来的启发是,细节重要,是一堆大米里面的黄金粒。人们需要记得那几颗黄金粒,米只是背景。小说也是这样。打磨好这几粒黄金粒,把大米铺均匀显得背景平衡,这就 OK。

※

曙光微起,安静极了。

厨房的面包也做好了。一早起来开始干活。

"没有比一心一意地工作更不伤害自己的方式。"

※

有两位朋友先后对我说，写过东西才知道写作不容易。如果不是真的对这件事情感兴趣实在无法坚持。今天修改一天。烟草伤身，但提神。有时写困了，没办法吃了几块巧克力。本来决定把甜食戒掉。

仍然都没有戒掉。现在看来，写作良伴就是香烟以及各种垃圾食品，可乐、薯片，各种零食……不管怎么说，它们让人疲倦时有活力。

觉得辛苦。如果还在写，那一定是出于爱。被人爱着，也爱他们。

朋友相聚。拍几张宝丽来照片，彼此玩耍，煮白茶野生古树芽苞。从淡黄最后煮成金红色，香气袭人。最后留下一人，与我絮絮叨叨说话，直到屋子暗黑一片。我打开灯，然后她起身告辞。

※

如果创作者们没有信仰，不知道要传什么道，自己也不相信，那么一些电影会总是处于物质原始积累阶段，票房、观众是永恒的第一位。被市场的商业奴役，却无法建设市场的心灵。

低下趣味，美男俊女，奢侈浮夸，离奇情节，把观众弱智化。认为观众是一群可诱骗的傻瓜。一些低质庸俗的国产电影暴露出来的是才华、格局、意志与思考的匮乏。最后呈现出来的效果是一锅混乱而污染的糨糊。

宗教、艺术等高级精神意识的觉醒与启示，会让人们想起来自己是谁，在生命中处于什么境地，面对何种真相。这也许令人心生恐惧。

大理柴烧朋友的视频每次带来的感受是，安于环境自拓天地，这是简朴富足的某种显示。也是混乱时期基本的生活哲学。经历的体验全部接受。体验是为了生长。

不带有煽动、引诱动机的事物已很稀少。无动机、单纯、鲜活、自然的情感与意识让人不安。他们失去途径品尝这一切本性俱有的真正的滋味。

人们被引导失去对自己本性的正视、感受与联结，并对被自己放弃的一切，采取轻蔑、嘲笑、讥讽、嗤之以鼻的态度。

※

有些古代人的文字好像会把人对半劈开。其豪迈与锋利前后无踪迹，望过去茫茫无边。他们终究不一样。

浪子安顿下来之后是感情最稳定的人。败金的到了尽头也朴实无华。最怕死灰复燃，哪怕只有一点点星火。有那么一点点也会再轮回一遍。

他说，一个人二十多岁不相信命运很正常，因为傻。三十多岁以后，通常半信半疑。如果四十多岁之后仍不相信命运，那也是因为傻。

人生进退有度，怎么老去是个大学问。

个体的能量可以通过近距离身体接触进行测试。疲惫或轻盈振奋的感受，由对方的能量场质地所决定。对方的心念、欲望程度、智慧及思想层级，决定辐射出来的无形粒子流。有些人哪怕不怎么说话，默默在旁边存在一会都是补给。

上次跟针灸医生讨论此事，他亦有此明确感受。说，遇见气浊的人几乎不想给对方看病，怕浊气通过金属导引进入自己身体。跟有些人相处之后，觉得很累，说不出来的透支，严重一些会觉得胸闷、憋气、头痛，不适感明显。跟有些人在一起，则感觉清净、舒服。对方的气场带来洗涤感并给予滋养，让人只想多待一会。

突然想到，阳气足的人，倒不在于有多活泼。而是心清净，情绪少，念头善良。

※

所有问题的起源都可以反照及检查自心。一切显现来自于心。我们接受过的教育以及外界提供的纷杂信息，没有正式提示过该如何去面对、检查、调整、训练自心。

提供这种智慧与正见的电影、文学、艺术作品也很少。心灵意识被忽略与轻视。

在真正以心修行的人身上，会看到简单、沉静、清晰、理性、洁净、温柔。这些特质很难表述但能感应。

※

"我只是想告诉你，能把文字写得如此美且能使人宁静的人，担得起如此的赞美和诋毁。"

※

老师以前说的话，女人是大地，承载、滋养万物，男人是往天上去的阳气，带着女人上升（接近灵性）。女人则带着男人落地（回归物质层面）。早上想，这也许是对的。男人狂野、纯真，女人坚韧、沉静，这是正向模式的阴阳能量。

上午收到朋友没有打招呼快递过来的一幅书画，"法本无法，贵乎会通。"空间挂上朋友们送来的字画，只为欣赏与自勉。字画里性情流露无余，好像对方就坐在面前。

学习一个地方的语言，吃他们的食物，接受宗教与文明的传承，同时也是在进入他们的轮回。

微博上那么多人，印象深刻的有几个，两个年轻男孩，一个持续给我寄东西写书信的女子，一个不时会跳出来说一些中肯言语的人（貌似修道会占卜），一位灵隐寺僧人。他们一直在，有交谈，互寄过礼物。但没有见过面。

有些人在现实中时时以谈论显示聪明，但同时刻薄而自傲。有些人野心过大、欲望过剩，因此他们的世界受限而狭小。有些人单纯，质朴，懂得了苦难而能够温柔善待他人。有些人适时微笑，适时沉默。有些人看起来普通而平凡，却小心翼翼守护着心中的无价宝珠。

※

好几年前，在瑞士小镇。一个嬉皮士打扮的白头发老头摆小摊，卖各种古老的珠子、水晶。他一定要我买下这串拙朴的老珠子。最近拿出来戴几天，很快变得光润。

奥修怎么说的，当你爱一个人，最好不要把他塞到婚姻里面。

一个以前见过的女性这几天剃头了。剃头后人显得精神又干净。不过我剃过一次之后目前不打算再剃头。想把头发留长。梳长长的辫子。感受过剃头以后连口红都不习惯抹的连锁反应，觉得女人即便是为自己也要美丽地打扮。

这两年发生的变化，心里有了喜悦。我认为这个阶段是对苦行的奖赏。应该收下这笔奖赏。

能够让时间相对固定不动,以至让时间密度发生变化,一般是无事而心生喜悦的独处时,创作时,在某个场景或瞬间入定时。相爱时。

要挣脱圈套有难度。物质世界像黏稠无比的沼泽或熔浆,一层又一层地裹住。佛陀说,这是欲望(各种粗重或细微的欲望)。

母亲生育孩子之后,生命力及精华被分散,至少意识能量会减弱一些。比如未生育前,大量的奇幻梦境,之后几乎都不再出现或很少出现。一辈子不生育的女性,还是能保全她们比较完整和专一的灵性。

人能健康平安地活着的时间不可捉摸,应该珍惜并去享受。但真正的快乐是从克制和清醒的认识当中来的。

买了一些六七十年代风格的鱼尾裙与喇叭长裤。事实上觉得自己不太有机会穿它们。还买了希腊式褶皱连衣裙、绿色丝绒凉鞋。一股奇怪的力量推着我,说,买些美丽的衣服,想怎么穿就怎么穿。认认真真体会欲望,充分满足。于是决定再不生起。安心劳作。

带小姑娘去打了耳洞,她很高兴。

※

我想过自己不会成为关怀备至无微不至的母亲。经常对她说的话是:自己的事情自己做。帮我洗碗。把自己的东西收拾好。以后你长大结婚了我不会帮你看孩子。读书是你自己的事,谁也帮不了忙。爱漂亮没有用,人要帮助别人,对别人有用处……

我对她讲话的方式，有些像以前我爷爷、爸爸对我说话的方式。孩子小时候从大人那里听到的严肃话语其实会记住很久。一个只关心衣食住行的母亲相当被动。母亲需要具备精神价值。

陪她去观赏《奇迹男孩》。一部好电影能教给孩子很多道理。

有些人的待人处事是这样的，他给予的、所包容和接受的，总是比你期待的多那么一些。这很可贵。

禅僧说的，动不动就说要爱护大自然、环保的人，其实不懂得什么是真正的自然，不懂自然本身冷酷而不可捉摸的规则。自然不需要你的爱护。你只需要看看在现存问题之下，自己能做些什么。

觉得可惜的是，人们觉得心灵孤独，不知道能够为什么而努力，同时仍紧抱着对自己和他人的恶意。

※

不管进度快或者慢，只要没有额外的事，保持早上八点开始的六个小时写作。如同攀山，不急不躁的稳定心态。不以物喜，不为己悲，仿佛练习"心静就是禅定"。要写的实在太多。有时很是煎熬，不过是忍耐着继续。保持韧性。

游泳课时实践的理论，心里不要有妄念，不起恐惧，心足够专注。外面蓝天暖阳，仍需闭起门来写作。人的生活背面都有自己所需要付出的代价。只要觉得值得，就安安心心去做。弱水三千，只取一瓢饮。

"她写得很冒险,没有刻意迎合年轻女性读者。没有七八年的婚姻、没有经历过透凉的孤独与绝望的人看不懂、也无法理解这里的自我成长和救赎的深意。"看到一段读《春宴》的感受。这本备受争议的长篇小说极为选择读者,但我并不介意它所遭受的肤浅理解。

这恰好是一种遮挡,使它能够经得起时间。

世间是一个倒影。凝望自己的心湖,看其中所显。除此无他。

※

三十年前喜欢一个人,没有手机,公用电话可以打到对方在外地大学宿舍的门卫,但一般不打。每三四天给对方手写一封信,写三页,说说听过的音乐看过的书想过的事这几天的心情。对方也是这样。打开信箱发现有信,就是欣喜。

现在人与人之间可以随时发微信,此刻的心情马上以图片、语音告知,反而显得交往肤浅。登门喝茶说话才是亲切。禅师说,古人用一生的时间去思念一个人,这是静定。现代人办不到。

静定与戒律有关。现在一切都太容易,即刻满足,充分满足。培养静定需要更多力气。

暮色降临,小姑娘听维摩诘经在画画。我点了一支沉香,走到露台抽一支烟。沉静下来的山峦很美,远处层层叠叠如同水墨晕染,湖面波光粼粼。如果明月出现,另一种意境。这浑然的完美如同入定。令人放下头脑的磁力。

凌晨打雷下雨。早晨山顶升腾白雾，湖面雨点击碎无数波纹。点香，泡古树生普，开始工作。今天我们说好，除吃饭不离开这个房间。

提醒自己要觉知在当下。体会每一刻的不可复制。

※

在印度阿萨姆邦小村庄里买的红茶就剩最后一点，存了好多年。现在还记得那个小村庄的样子，街道，老式茶铺，落魄集市，餐厅的咖喱饭，一切都乱糟糟，却包含奇特的宁静。怎么一直走到了那里，自己也不太清楚。只是在那个陌生村庄里产生一种强烈的刺激感，仿佛走到世界尽头。再没有比这一切更陌生的感觉。

当时和我在一起的人，如今彼此音信全无。此生相见也许是为了完成这一趟旅途。

生命是一段跋涉的过程，每一座山峰都被我插上一处标志，以此知道自己的来路。某种程度上说，这一生虽然颠沛动荡，超乎常规的事很多，但它整体的进程有条不紊，并不混乱。

我知道在走一条怎样的路。并在持续的写作里留下标记。

有些花提早开，提早结束。寒冷的时候它就开了，而别的花都开的时候它却销声匿迹。以前在《莲花》里写过这段话，今天早上才明白它的意思。安然于本命很好。

很少回头看过去写的书。它们远走，与我失去关系。有时想想，虽然我与书中那些人物再无瓜葛,但她们活在陌生人的心中,命比我的长。

留下书,以后即便死了,还有人知道你曾经怎样活过。

※

她说花园里新开的百合很特别,想寄给我。我说,期待。喜欢院子里野生的花,花市里大棚养殖的花少很多灵气。四株百合,五株绣球,用纸包扎好再用大红色毛线捆束。

她对我说,物质生活都已不差,只是现在想修行的心更为急迫。为她高兴。

※

一些艺术工作者已失去信仰,或根本就未曾建立起任何信仰。利益是唯一摸得着看得见的东西,不管传递的是否有毒的垃圾,是否会污染与毒害他人的心志。一切以利益为标准。

社会目前泛滥的汹涌洪流,若没有定力,没有一定的内心依傍,人会被推来搡去,摁下头强迫服从。活得狼狈而毫无尊严。没有认定的人生观,无法选择存在的自由。

※

我总是第一个来到教室的好学生。

这两天过得很好,主要是封闭环境,隔绝外面一切烦杂和喧闹。生活单纯,每天坐、行,中间两次茶歇。中午食堂素食,同学们止语,互不聊天。没有寒暄、废话。上课时手机放在外面。

法师讲授禅坐六要点,以及临济宗的猛虎出山般的行禅、曹洞宗如虚脱病人般的行禅,带领禅坐。感觉对心的清理很有好处。应该参加寺院长时间的闭关禅修,脱离外境封闭起来。比日常生活中效率强烈。

平时没有这样密集的禅坐,这两天总共十二座。上午三次坐、行,下午三次坐、行。眼睛里泪水无缘无故流下来。下午有时昏沉,妄觉生起,内心深处有噪音翻上来。再看周围,好几个人瞌睡打得前俯后仰。黄昏时,身体里疲惫的能量终于平息。清醒。清凉。

法师此时讲了很美的一小段。唐代两位禅师,初见面对坐五个时辰,一言不发,这是高手过招。

发现他与道家老师一样,从早到晚不露疲态。正坐,坐下来直接讲,没有半句寒暄、客套、跑题、多余。直截了当,干净利落。关于如何讲课也学习了很多。今天他说,禅宗纯粹,因为禅是佛心。

"见法如幻,以道自娱",上午讲课、坐禅、行禅环环相扣,法师威武,控制全场有条不紊。整场鸦雀无声。中午有问答,下午继续。

来了一些好看而精神的男人,不似以往女性是大部分。禅堂能量比较均衡,共修进入迅速。男人的阳性气场明显。即便对一个场地来说,男性力量都是重要的。不应该阴盛阳衰。打坐时感觉很稳定。

早起迎着初升的太阳去上课。这几年主要精力都用在学习上,是自然的安排。如果有什么事情需要去做,有时无形中会提供各种因缘与安排。以前有人跟我说,多少岁之后才会知道自己的真正任务,以前经历的所有都只是准备。如果他所说属实,这个准备有些漫长和隆重。

对讲经说法而言,不仅仅是通达实意,更需要运用简洁、优美、直截了当、不留余地的语言。核心只能来自修证而不是储存知识。讲法需要极深的智慧和领悟。即便是高级的法门,如果有修证,可以用质朴的语言来讲。

凌晨的梦。一座古老的寺院,不是很大,结构是外面一圈四方形木廊走道,围绕中间的老殿。我和几个人一起,他们在后面,我独自走在前面,来到下楼道处,看见精美的层层叠叠的木雕版,以及主殿露出来的暗黑色青石地面。我举手抚摸一下木雕版,想着下楼道之后就要进大殿里面。手机的闹钟此刻响起来。

※

坐火车,像躺在大地中间移动。一路广袤无人苍凉天地。土地其实都是地球的。生命是只属于自己的一趟孤旅。渐渐失去表达的欲望。

只是因为你还在爱着我发出的声音。

像动物那样本能地生活在大自然之中恐怕最符合健康之道，一切情绪、心流、思考、偏见都是对自然存在的袭击。在一个湖边静静地晒着赤诚天真的太阳，或者闻到喜欢的人身上的味道，这是天然的事情。

所有的艺术创作如果能连结人类的普遍经验，也是一种自我疗愈及疗愈他人的方式。

衰败脆弱的肉身之中有神性碎片。

知识与智慧之间不是高下或冲突关系，而是能否转化与提升的关系。要听懂智慧不是那么容易。蔑视它倒更能显得得意洋洋。

有人谈论创造性的工作，说，要珍惜这个命运给你的福利，可以任性地活着。居然还能活下去。

※

女朋友回去拉萨。自她第一次来我家喝茶之后，彼此微信里讨论艺术、阅读、诗歌、学习，互相推荐书籍。从我家离开之前，她高兴地抽了几根烟。很久没有感受过这种纯真而开放的同性友情，好像两个大学女生般相处。懂得对方说的话。

善知识与同修道友是这样的人。告别时她说，很高兴有你这样一个持明女伴。

临走前她发来微信认真告别。这使我确认，友情并不在乎自己是否一个孤僻或羞涩的人，只要遇见合适的人，会互相打开。但这绝非世俗的闺蜜之类的女性关系。真正的女性友谊也需要建立在同道和同修的基础上。

《廊桥遗梦》畅销大约在二十多年前，我还在学校。一位女同学从外地给我写信，顺便寄来这本薄薄的小说。我当时粗读几页，却无感也读不进去。不知道它到底要说什么。是在十年之后才能读懂它。

后来这本书被认为是肤浅而流行的，遭受各种讥讽。但它的情感层面建立在灵性认知基础之上，是一本意识高级且笔法优美的书。也许表达深切真挚的情感，会被人蔑视和忽略。

海灵格曾说，女人要尊重男人，男人要为女人服务，这是会产生良性循环的模式。但谁会听他的话。以现在这架势，女人不甘愿在家庭里做饭、洗衣服，把共同生活中彼此付出的意义贬损为斤斤计较。生孩子都需要被感恩戴德。

花钱能实现的服务方式和工具很多，人若不能动手做些事，用心去关怀与照顾对方，尊重与服务该如何体现。

不管如何变老，在感情关系中，所有的陈年旧伤、童年匮乏与创痛、爱的压制与无明都会被往外扯拉。那是用再多的土都埋葬不了的东西。这是奇怪而有趣的事情，也是最本质的生命现象。

爱是最好的疗愈。这种疗愈分两种，抚慰、填塞、给予、满足。以及粉碎、痛苦、自我反思。不管哪一类方式，爱人是直接有效的医疗者，持续让迷途的人复返。

人的记忆体饱含无限可能。这枚灵魂承载了那么多记忆，穿越重重旅途，足够强悍。这也是净化与卸载的必要。

※

平时买书范围广泛，发现可长时间留存的大多是自然科学、地理、社会学、人类学、古代类图书、图册等。被淘汰的是当代小说。大多小说（无论中外）真的一翻生厌，钟爱的小说家只有可数的几个。说明虚构作品更需要作者付出力度与技巧，也更考验作者的水准。

有些作品如果二十岁读，估计会有惊艳，现在读，觉得都是荷尔蒙的混沌发作。时间残酷，不管是对读的人还是写的人。人只能在什么阶段做什么事。

翻翻书架，大部分书对我来说已没有意义。但我不确定对小姑娘来说是否具备意义。也许可以选择一些捐赠出去。文字跟桥梁一样，走过去不再需要身后的这座桥。但也许其他人仍需要。

很多人想以写作为职业。此事孤独而需要巨大意志，写日记或杂文给朋友看看也无妨。动不动都要出版、成书，对他人没有意义。也无法养活自己。

写作需要被选择。它是条艰辛而孤独的道路。

※

今天看的书里提到两处意象,水晶莲花的灵魂本体结构,开放、清凉、透明。以及在对外付出时,菱形珍珠结构里面是玄体奥秘的深黑色,智慧是浆形的。我觉得他体会到的应该准确。他说在肚子及骨盆区域会感受到极为肮脏沉重的部分,通常是匮乏和依恋所造成。

不执着形式、宗教感,取一切法门的精髓,抛弃它们所负载的糟粕。奥修、葛吉夫、海灵格、阿玛斯,大多是这样在做。他们的体系融合西方心理学、禅宗、密续、苏菲派、基督教……各类体系的理论,但有自己的思考与排列。比起某些类型的教徒,思考与排列者减少被奴役、蒙蔽和捆绑的可能。成长的速度也更快。

"当人感觉自己已经回到家里,驱除野心和杂念之后,会觉得有大量的时间、空间,愿意对他人开放,并且不吝付出自己的能力。"

某种程度上,他可以被共享。共享的智慧是一切创造力的最终来源。书中说,神秘主义者是深感人生与物质世界受限因此愿意去探索的人们。

什么事都要沉住气。否则修行是为了什么。以后面对的是更大的事,这件事是我们在逐渐告别这个世界。

※

朋友邀请去西班牙餐厅聚会，喝一杯白葡萄酒，吃一盏椰子冰淇淋，喜欢墨鱼汁海鲜饭，心满意足。大概写作时间久，有些木讷。很久没有锻炼，长坐加上精力消耗，人不是很轻快。

仔细想想，生活中享乐的时间很少。夏天深夜的三里屯挤满寻欢作乐的时髦人儿，人人都得过且过求个轻松。而我是个干苦力的。还需要忍耐很长一段时间。

日坛公园的荷花今年不好看，营养不良，周围一圈大柳树被砍，有点丧心病狂。仍喝茶赏荷，草地上被驱赶一次，转到山上僻静处。铺开垫子倒头就睡。现在有在野地小睡的习惯，补地气。凉风习习、树荫晃动，午时觉甚美妙。

中午去一家熟悉的餐厅，点莴笋丝、半斤基围虾、一碗海参小米粥、一小碗乌鱼蛋汤。这样吃完觉得刚好。

下午写作。订的杨梅和青蟹送到。吃一碗杨梅，与小姑娘分吃一只青蟹，出门去看戏剧。今天是非常热的一天。下周应去圆明园。闻一闻荷花香气，那蜜糖一般的芳香。

做的梦：一处陌生地方，有粗绳索做的梯子，很高，悬空，有人健步如飞，我也要被迫一试。仍觉得有些害怕，试图另走捷径。遇见两位男子，均俊美。其中有位白皙的男子说他想拍电影。我说我有故事，剧本还未写，但所有人物、情节已了然于心。两个题目，一个是海中捕食，一个是云之出离。他说，喜欢海中捕食。

※

到最后要活得没有敌对面。心安静。挣扎过的人更容易风平浪静。未受过动荡之苦的人期待骚动。

诺贝尔文学奖给予鲍勃仿佛是严肃的游戏。说明，大家不必要把文学或自己的作品看得太重要，那只是自以为是的重要。比起野心勃勃、处心积虑的圈内行家，鲍勃的收获是给予他们的一记当头棒喝。

前几天，出版社编辑谈到有名作家的一部长篇，说是探索性题材，我表示有兴趣一阅。收到快递之后翻了十来页，无法继续阅读。一些人写的东西好像根本走不到读者的心里。让人忍不住疑问，这种写作到底有何目的，有何意义。我想对方也一定不相信自己的文字，只是想操控它们。

一位相识的不怎么熟的朋友约我见面，说起一堆俗世之事，政事、移民、房产、经济……结束之后我去超市买甜食，买包烟驱除负面能量。有钱人、有权人的世界并不安全，他们的心态可以用惊慌、惶恐不安来形容。欲望让人惊怖，如同刀刃舔蜜。

晚饭吃得略多，与浑浊的环境、不够清净的人接触之后，需要补充能量，也需要做自我清理，排出一些毒素。觉得又累又饿，身体产生堵塞。

赶工期间，早上醒来洗漱完毕，喝一杯柠檬盐水，意识到必须马上打开电脑开工。这是头脑最清晰的时候。还未进食前它清亮如镜。写几段后再吃少量早餐。

※

一整天大雨。在房间读书、写作,感受难得的清凉与宁静。

黄昏时雨转小,下楼散步一圈。抽烟五根,放松疲累的大脑。

感受到久坐不动身体浮肿。我想这一生,自己大概就是做这个孤独的工作,没有同事、老板、同伴,需要一个人严谨的自律、全部的控制力,负全责。如同洞穴闭关般的独处。这是有难度的工作。但我应该完成任务。

晚上朋友约看电影,说是年度佳片。夜色霓虹闪耀,到处是年轻漂亮打扮时髦的男女。觉得恍如隔世,仿佛活在另外一个维度里。看完电影,与朋友在深夜的街头上犹豫一会,决定还是坐地铁各自回家。我说,我还是回家干活去吧,很多活没干完。

回到家,朋友发来微信,说,还是回家好,外面燥热喧杂,回到家人就清凉。我说,生活有时真的是没有乐趣。大街上各种好吃好喝以及能够花钱换取乐趣的项目,但对我们来说已毫无意义。

控制或减少食欲、性欲,可以免去大部分的烦恼和困扰。这两者是牢固的深根,也是轮回的重要维系。不贪婪口腹之欲,只吃健康自然的维持肉身的适量食物,没有牵挂和饥渴感,逐渐摆脱依赖、渴求,这是好的方向。

天人不吃粗糙的食物,也不执着粗浅的快乐。滋养来自禅定的喜悦,相对一笑就是至深的爱意。

※

如果人在起心动念,做出选择与行动之前,能够考虑到他人、集体,也顾及人类与地球的未来,能够有些更广阔、深远与仁慈的计划,我们在对自己、他人、环境、不同生命的处理方式上,会有些变化。

时空观如果是单一、短暂、线性、孤立的,不仅仅画地为牢,还会伤害自他。只有清楚地知道自己需要的是什么,才能得到某种戒律。

※

昨天她深夜航班回家,一推门看到我摆设的欢迎仪式小桌子,上面陈放着荷花、她喜欢的巴黎水玫瑰露、海苔和新书,以及写着欢迎回家的小卡片,她很高兴。

晚上的月亮很美,周围有一圈彩虹般的光晕,右下侧一颗明亮的星。是木星吗。她说,我们今天晚一点睡吧。在顶层榻榻米露台上关掉灯,看着这一轮被彩虹圆圈包裹的月亮。

群山围绕,万籁俱寂。远处灯火闪耀。

熟悉的静定,心里喜乐回荡、源源不断,忘记时空何在。以前问过禅师,这种感受是否需要注意。他说,不要贪于乐,苦更能让人精进。喜乐平稳的人生会在时间中成为一个泡沫。但是有过这样的一些时刻是好的。知道究竟的快乐只能内求,而不依托任何外界外物。

不需要多说话、多思虑。只是感受这一种恰如其分,恰如其是。

身体与精神的清洁。平凡事物之中所隐藏的神性。平等。

她提议,妈妈和我跳舞吧。我们就跳舞。

※

学习是一个不断回忆的过程。不断回忆。即便一开始免不了绕行兜转,经历之后,开始专心走路。不断回忆起来的东西越来越深。知道自己从哪里来,到哪里去,是一件好事。

在荷花湖中,能分明地感受到过去、现在、未来的形态。这是一个众生相显示。和朋友开玩笑,紧紧的小花苞是五六岁,含苞欲放是十六岁。而我这样的年龄,是已经开满了摇摇欲坠。朋友说,有句经文这样说的,没有比被无云团遮挡的阳光照耀而打开的莲花更纯洁的事物。

在这个夏天看荷花直至尾声,整整一湖的生灭变幻。朋友诵经的时候我小睡一会。摸了摸湖边一朵触手可及的大荷花,凛然安宁,它让我产生敬畏之心。

希望完稿之后回归自然,用泥土沾满双手、双足,劳作生息,这是一种内在净化。用对天地万物的感激之心净化自己。

去看占卜的朋友,带了茶和酒。他吃素、打太极拳、静坐,夫妇两个都学佛。给小姑娘卜一卦,有个有趣的词,叫青龙入庙。他说指一个人很有才华但他不想动,想安稳。他说,有些人是智商高能读书,而有些人是智慧高。说小姑娘性情仁厚,能退让但有底线。

那些看起来普通而朴素、平平淡淡、心有绝技但隐藏锋芒的人。混在人群中,苦乐悲喜都接受。温柔而安静地微笑,该说直接地说,不该说就沉默是金。什么都容纳,什么都明白。

喜欢清清爽爽的克制而开放的人。

※

人不可能活在过去,或在回忆中度日。再好的或再差的时代,都会过去。面对现实,活在当下,这是客观态度。只要心神清明,知道怎么在狂潮中冷静,方向明确。

高处的会跌,低落的会动,世事一场大梦,游戏之。

有人问我,你有后悔的事情吗。我不需要思考,说,没有。

上午看了一些资料。有时候挺烦知识分子、学者类型的文章,总在思辨上兜来兜去绕圈子,明明核心就在面前,仍陶醉在句式和思维局限里面。读这样的文章,让人着急。如果都是以这样的长篇大论来树立观点,可见心性都不敏锐、勇猛。

一些不究竟的论著玩的是字词与概念游戏,而对世上早有的一些真理避之不谈、视若无睹。对得道的人来说，是一句两句的事。读过古书、经论，还再怎么回去读这些当代论述。浪费时间。

黄昏时给女朋友打了半个小时的电话，像高中女生一样热烈而认真地讨论。这是一位可以谈论修行、志同道合的朋友，甚至彼此读过、感兴趣的书都一模一样。听到藏在心里的名字被对方一个一个提到，高兴的事。彼此讨论厘清许多观点和见地。

对方聪慧，眼明心亮，没有被智识障碍。而我越往前，越觉得自己智商不够用，比如记忆力有些差，不能博闻强记。但理解力和悟性可以，读过的能吸收。有时发给女朋友一篇文章，她会迅速写出一篇感想发回来回应我。

遇见有证量的前辈，能互相参考的同修，都很重要。即便最终，学习只能自证自悟，谁也帮不上忙。有水平的人不能把他的水平掏出来填到别人的身体里。很多善知识存在于著作中，需要亲自去阅读、领会。而同修可以彼此参考促进学习。

※

"作品中传达的信息，让我感觉在这个纷繁复杂而又虚无的人世，幸遇了一个灵魂家族的成员。你的作品是我想写却无法写出的字句。"

※

二十几岁写过一个短篇,一个女孩因为想离职被家人阻拦,出走寄住在朋友家里。和对方起冲突,两人是好友之上恋人未满的关系,价值观不同。她深夜赌气出走,不知道哪里能住。想起偶然认识的在小镇里的男人,在当地小学教书。她买了一条被子,去找他。在小镇住几天,看他教书,吃他做的饭,爬到山上聊天。男人给她画了一幅画,他们睡了一晚。然后她不告而别,坐上清晨六点多的汽车回到城市。

后来她屈服了,在一个偏僻的机票售卖处工作。男人回来找到她。结尾是他们两个人再次见面。这个短篇叫《小镇生活》。

那时不知道为什么写很多故事,大多离经叛道。早年写的小说与故事,围绕着人的一种受挫而珍贵的自发性,仿佛是自我疗愈。逐渐搭建起信念与精神发展的结构与空间。是自我教育与纠错的过程。

以前没有认认真真描写过男人,没有深入描写。小说通常以女性本体出发,男性是工具。仿佛过河的船,过山崖的桥,路过的落脚处,顺便看了一眼的烟花。总之他们不具备个人意志,只是发生作用。唯一具备意志的是女性本体。

这有些微妙,好像她们从来没有真正爱过。只是以情爱为渡船、为桥、为灯光,一心赶往远处。而在新长篇里面,她们真正地去关注以及感受对方,懂得相爱的内涵。这是进步。

对女子的一生,生命的一部分需要被暴烈地牺牲,另一部分则需要与现实融合得以保存。书怎么写,人生的轨迹就会如何延伸。每一本书中几乎都有预言。新长篇现在设定的结尾已突破原来轨道。

我知道自己在通过这部新作走向另一处山峦。

※

合适的爱人，如同无色无味的清水，存在感不明显。但你很满足，不会觉得渴、躁、厌烦、忧虑。好的朋友像茶，有时喝，香气宜人，润人心腑，留下一些回味。至于其他的款式，也许刺激性强烈，一时觉得畅快。试一下也可，不试也可，多接触会有害处。

男女情感虽是私自微小的事情，如果根不正、根不深，长出来的枝丫叶片一定是畸形、衰败的。这个根系，是彼此的心性、品格。人若能遇见一个明月一般的爱人，心先成为一面澄湖。这是两相映照。

女人在没有被情欲与灵魂之爱足够粉碎之前，很难分清其中界限。对于爱的类型，匮乏的人是分不清的。

"尽情地去爱吧。把每个相逢的蜡烛都一一点亮。"

今年上半年，认识一些高能量的人，崭新的朋友以新姿态进入生活，带来促进与深刻的影响。他们的言行、生活方式带有清新的不俗气的气氛。使我有打开新角度的视野。

同时，一些工作及合作上的新人也在浮现，促进工作的动力。自身能量转换很重要。

昨夜的梦。有个人突然来看我，住在一间旅馆（不知是何处），我只好跑去见他。他双眼灼灼，第一次相见就摄人心魄，如同无数世的故人。我们几乎都没有说话，先拥抱在一起。我有事要回去，他示意我晚上一定要回到他身边。他说会在旅馆住几天，只为看一看我。我们迅速产生恋人一般的感受。我突然就醒了，再没续上这个梦。

【2018/05/05】

※

不论何种表达方式的哲学，在一些人心中连装饰都谈不上。进入纯粹以物质、肉身颜值、资本游戏当道的时代，还有多少人热爱谈论哲学。

真正的哲学建立在死亡观上。

人类对死亡的态度，决定他们怎么活。

地球现状，一部分取决于人类的这些变化之中。人在失去信念与哲学。

※

下午四点出门，和女朋友在燕莎面包房小坐。朋友说总在我家蹭饭，请我喝红茶吃焦糖蛋糕。坐在那里絮絮叨叨说很多话。好久没有这样女性伙伴之间亲近地说话，说的都是心里的话。之后坐地铁回家。

年岁渐长，与女性之间关系亲密很多。年轻时和男性纠缠恶斗，力量不小。现在一些事情想明白了。

去南锣鼓巷拜访诗人，和朋友在巷子里的日料店喝啤酒吃乌冬面。黄昏时走了走胡同。朋友边喝啤酒边密密实实说话，带给我工作疲惫之余的放松。夏天黄昏是应该玩耍的。仿佛回到少年时。

当一个女人顽劣不羁，她身边的男人通常充满忍耐。而当她开始变得宽容平和，一些娇气的爱胡思乱想的情绪复杂的男人就出现了。

周末上街，和朋友散步到德式面包店，买一只名叫索菲塔的面包。很多漂亮的蛋糕，但我们没有欲望买一块尝尝。店里干净、凉快，坐一会。出门看到一对伴侣坐在露天，摆六盒龙虾，四瓶啤酒，两个人并肩坐着猛吃。想想人去除粗浅乐趣之后，生活索然寡味，缺乏世俗乐趣。观望一会夏夜出来寻欢作乐的人潮，决定回家读书。

买的面包裹上牛油果与黄油吃。去年夏天在巴黎买的配料茶，都已随手送人。早上搜出来一盒，是南非有机茶与洋甘菊的调配，一股混合香味。

※

一篇完整阐述自我实现者的文章。这是西方人的观念，但它指向很明确。真正的自我实现者，不是电视剧、推销员、广告、父母、学校教育的被奴役者和牺牲品，也不会成为宗教组织、宗教形式以及其他一切结构、组织形式的傀儡。

决定独立及自醒几乎要与世俗大部分规则决裂与逆行，但佛陀及其他形式的修行者目的应是如此。后来又再次被世俗异化。佛陀真正的精神是自醒、独立。

不能过得太舒服。要能够忍痛、忍饥饿、忍孤独、忍身心不适。以此建立起意志力与克制。饱食终日，大快朵颐，满足欲望随手可得，懒怠松散，睡太多觉，心不清净，很难进步与精进。

智慧靠书传递。没有书，无法在层层无尽法界认清、得到道路。这是先人留下的火种。感激。时间并没有虚度。时间与空间也是打通的。无限，一体。

禅宗抛弃一切形式、神灵与权威膜拜，只相信自性，同时关注自然与生活日常。是真正相信自己。古代中国人也是很酷的。

天气感觉又热又毒，浑浊不堪，极不清明。这样的空气对人有害。再看电影中的2047年，离现在也不远了，人们开始逃避解决现实中的一切问题，沉迷在无所不能的电子游戏里面。

斯皮尔伯格这一次是想说点什么吗，但感觉力度不够，温温吞吞。反而有些游戏人间的态度。左右两边坐着四五个人，个子高大戴眼镜吃肯德基，一直大呼小叫发出各种噪音。他们在欢乐什么呢。

毕竟大部分人都还是来欣赏这个科幻电影的特效镜头，意识不到这热闹背后的荒诞。这些沸腾的人也许是网络上说着粗话、流行俗语、各种辱骂或追捧的主力。这次电影有些失望。

"可能只有两类人才会喜欢住到山中,一是有诗心的。看什么都有诗意和美,可将身心融入山林。代表人物有陶渊明、王维和写《瓦尔登湖》的梭罗。另外是有道心的,也就是修行人,要靠山林气脉的滋养,得以解脱飞举。这样的人不胜枚举。而将诗心道心铸为一炉且有大成就的,只有为数不多的几位神仙和大禅师了。"

我想,是什么样的山脉也得选选。都比不上喜马拉雅山。

※

从事大量写作的人没有什么神秘性。性情中人写的都是与自身生命相联的赤诚句子。整个人化开一般,一览无余。内里都敞开。

这些自我表达是无畏的。有深谙空性之道的感觉。

把结尾先写出样子。结构已框定得非常清楚。前几天看书,关于七个药师佛对应的七个脉轮,五大对应的五身,曼陀罗的四个组成部分,带来对结构的启发。结构是一部作品最重要的第一步。哪怕是一只碗一只盘子,也需要精巧平衡的结构。花道更是结构的艺术。大的结构再细分小的结构。

故事如何跌宕起伏不重要,基本针对粗糙受众。结构是高级的艺术,哲理与它双运。人物只是工具。细节也重要,决定质感。

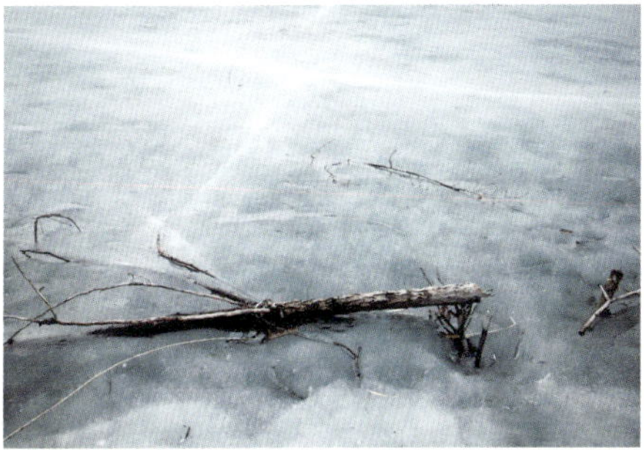

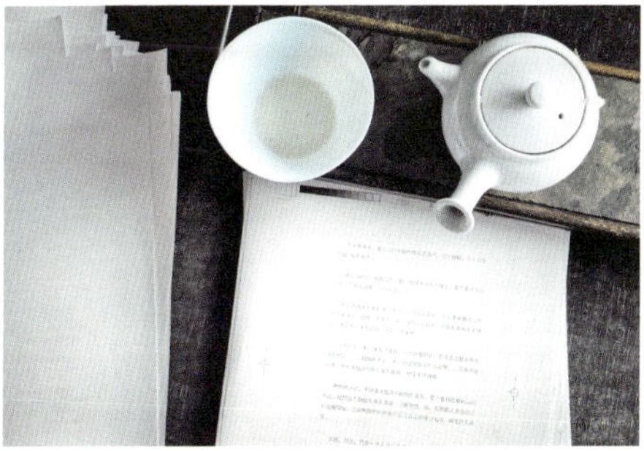

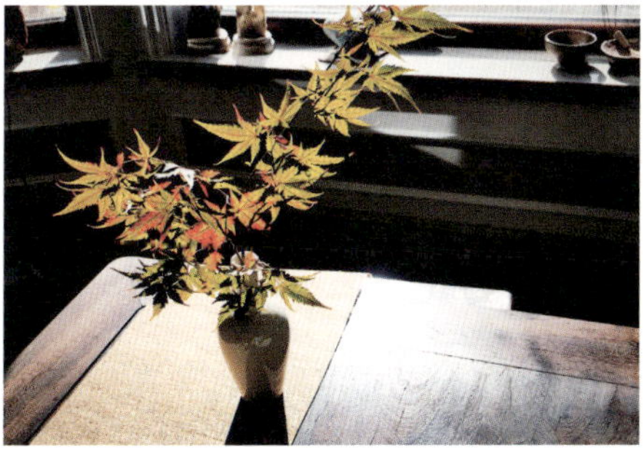

重要之事，是相爱、欢笑、觉悟。

语言有时是工具,比如可以写作、表达,有时是障碍,比如当我们想对一些事物下结论但这些事物的深度远远超过我们认知的界限。尽量以语言去工作,而不去制造障碍。

句词打磨删减很多,在接近一种更为简洁、清晰、流动、有序的表达。不知道跟最近的阅读是否有关系。阅读能力有所提高,读得很快,又比较深入,为文中深意感动不已。有所参透。

这是以前不曾这样强烈的。

在长篇中,把这些年逐步深化的种种理解,整合起来做一次集中表达。一个灵魂重生、突破时空的故事,见到他人,照到自己。是一次大的清空。

※

朋友帮忙推荐,晚上见一个习武的男子。九岁习武,有传承,练功至今,正职是读古书。一顿饭,差不多一直在说话。真实的武者,看起来普普通通,说,真正的武术不是电影、书本里的那些,明眼人都知道,不一样。越到高处越朴素。所有的事情都一样。感触遇见的这些不同的男子,都教了一些东西给我。

没有慈悲的智慧,是不究竟的智慧。没有智慧的慈悲,是不究竟的慈悲。有目标有企图有得失的布施,是不究竟的布施。这些理论,生活中一对照一应用,句句都不是虚的。

朋友在回拉萨的火车上拍了双月照片,说应理解为悲智双运。

到拉萨进行隔离,大概有时间,她静心写了几段关于法性的小感想,我们又略做一些交流。最近读了很多重要而好的书,很多感悟,难得有自然而从容的分享。

美好的女性像大地,像清泉,像阳光与月光的平衡。心神安定,健康地活着。这份美好的特质可以抚慰身边的很多人。

从早上六点起,到晚上九点半结束。满满的工作日。

密集、高浓度的交谈让人疲惫。晚上七点开始禅坐,坐、行,浑身出细汗热气蒸腾。在两个小时的放空中得到休息。

着眼于自己的内心,朴素而踏实地生活。渐渐踏上回家的归途,家渐渐地近了。但那不是出生或长大的地方,对我而言从未存在故乡这个概念,也丝毫不留恋。要回的是最初出发的那个地方。

晚上收到从希腊圣托里尼岛寄来的一箱酒。打开一瓶,好喝。

经常大量送东西给别人,但家里东西总是很多。不断又有人寄送过来,想是不是因为我不断在送在寄的原因。东西需要流动起来。

※

小姑娘参加校篮球队,周六比赛,脸上晒得很黑。好像皮肤过敏,两颊发红、发痒。看她这样我有些担心,在网上订购相关用品,叮嘱她要记得涂抹。

她说,过敏就过敏,红了就红,反正就这么回事,你不用这么担心。若无其事起身去上学。她并不在意自己的外形、感受,不在乎别人怎么看自己,这种粗放里面倒有一种坚决的力量。突然觉得她内心力量是不缺的。

经常带着她在旅途中,看着她由一个小小的美丽女孩变成高个子的少女模样。已和我一样高。喜欢素净的单色衣服,打耳洞,戴一条纯银小项链。拍视频做短片,制作手工,学习素描,爱读书。性格干净、单纯,有些懒散,有主见。

想让她少受世俗污染,越晚越好。保存这样一份单纯的、天真的心地。

收拾行李。带上每天睡觉前会读的莲花生心性教导的小册子,带上书、佛珠、普洱茶和黑糖。每次出门会穿一件黑色连帽开衫,一成不变。好像找不到可以替换它的更舒适方便和轻暖的其他衣服。

巴黎下雨低温,继续带上连帽衫。

她第一次主动提出携带独立的行李箱,放进去大厚本的书,四本英文一本中文,日记本绘画本彩笔,还有毛绒玩具。把电脑带上,里面有每天需要学习的英文和数学软件。

和她在一起旅行的日子也不会一直都有。她放暑假,我们准备去法国南部。

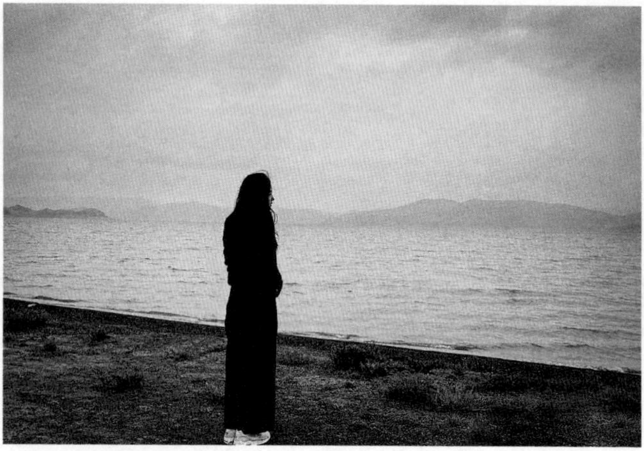

叁

简单和纯度

昨晚梦见你了。你的头发乌黑浓密,我们说了会话。

※

乡下花园的银杏掉在地上很多，捡起来一些处理干净。那年秋天在京都河边的小餐厅，第一次吃到海盐烤银杏。简单的美味。

朋友来，和他一起看摄影展，几幅作品留下印象。之前我对摄影的理念一直保留在古典层面，看到新科技加入，使表达更加立体。在长篇里寻找的也是时空、结构的层次与密度。这个展览带来一些启发。

在北京住了多年，也没去法海寺看一眼明代壁画。现在它被关起来，殿内一片漆黑，只能打手电照着看。如同黑暗中浮现出优雅的佛的国土。五台山附近某处荒凉寺院，见过无人关注的壁画，长年暴露在日光下，已局部消失褪色。但仍可见壁画上菩萨与罗汉的脸，清凉细长的眼睛。

这段在小说里写了，可以修改得更好一些。

一湖残荷败叶，却跟它们千姿百态时一样的坦然、宁静。虽然事物注定要凋谢，这一刻要好好感受。觉得自身圆满也是这样。

和朋友去湖边，风吹起水中波纹。他问我这叫什么，我说是水波吗。他说，是水皱。他们的语言直译就是这样。这是一个新名词。所以我们其实不必纠结于概念。真实是无概念的。是一种领会，一种看见。

越来越喜欢白色，白色衣服，白色珍珠，白色花朵，温润白玉，白茶杯，白瓷盘……也喜欢绿色。人喜欢的颜色原来会变化。

步行六公里，沿着城市河边，走到古旧的巷子。多日独居，强力工作，感觉到身体虚弱。有时脑袋一片空白，文字仍在自顾自行进。睡了一会，起来继续。我容易执着，执着起来可怕。也不能不执着。不执着无法完事。

闭门写作，出门走路。没有交际，没有娱乐。年轻时那些狂暴、乖戾、粗野的力量，清洗得差不多。心里复杂的念头比较少。三十多年的折腾，比不上四五年的学习。现在的世间在我心中，已是另外的样子。

※

早晨最迟五点起来，日出前的两个小时很重要。工作一天。做了一罐橙花与百里香蜂蜜混合的柠檬蜜。健行五公里。黄昏的公园已有秋凉。

收到一封邮件，二十二岁女孩与三十五岁男人恋爱的故事。

世间情爱有各种各样的道路，没有选择一条单纯通达的路（与单身的男人恋爱），而选择去走崎岖泥泞的路（对方已婚），就要承担其代价。虽然前者也未必有顺利的结局，但至少避免后者的心理折磨。

人生苦短，恋情宜尽量愉悦、温暖，让彼此获益，得到身心的解脱。而不是在束缚与占有的欲望之中伤人伤己。除非有极大的承担力等待缘分终结，或愿意以痛苦增强功力。否则还是走光明的路比较好。

感情的伤害大多来自无爱感，即没有感觉到充分地被爱。但是对方曾经为你做过一顿饭是爱，在地铁站口等待你是爱，把一杯茶移动到你的桌边是爱，每天道一声晚安，也是爱。我们需索太多，不懂得原谅、感恩、珍惜。最终失去所爱。

只有领会过孤独与流离，才会真正懂得如何去维系与珍惜。也只有实践过相爱之痛的人，才会理解如何把情感与欲望转化为领悟。

不再是情爱煎熬的此消彼长。而是生起慈悲之心。

※

对情爱的执着与痴迷不可理喻，悲剧来自占有。能自由自在怎么样都可以地喜欢别人是最好的。也允许喜欢的人自由。

※

南怀瑾说：人生最大福报，清福最难。一般人根本享不来。清福来了，他不去享受。暇满人身，好身体他偏要消耗掉。众生颠倒。当年住在山顶上，冬天大雪封山，人根本上不来。别说人，鬼影子都见不到一个。千山鸟飞绝，万径人踪灭。就是如此境界，就是如此享受！……想下山，屁股坐个草席，一路滑下来，万山冰雪……山上住久了，下山去市镇，距离好几里就能闻到那股味道。所以西游记里的妖怪根本不用看，一闻就闻见生人味了，就是这个道理……

离生喜乐，定生喜乐。其中自有喜乐，说白了喜乐是自己给的。

说早上阳气升不能做耗精气神的事，诸如此类劝告也顾不上了。人为了工作必须有所牺牲。惜命是不行的。修行的人要出家，首先就是避免家庭、工作。对还有任务要完成的人来说，要有明知不可为而为之的决心。

身体终究在发生根本性变化。很自然，自己会感受到。身体内部运行的速度有所减慢，有些存在已发生质的变化。绝不是三十岁出头时能熬夜、徒步峡谷、爬雪山的状态。

写作耗费精气神显而易见。

如果从早到晚写作一天，身体僵硬酸痛，颈椎与眼睛会发生不适。内里有被抽干的感受。这种疲劳很难恢复。是久坐及思考带来的。有时会失眠、抽烟。

若能不做事，情绪稳定，无杂念，人基本没有什么消耗。写作需要身体透支和精神极为专注的全部投入。这样做是在伤害自己。但老读者渴望新作。长篇对作者或读者来说，意义都不一般。

※

他说，你的身体里还留着很多生气的痕迹。我说，这几年很少有脾气，也没有过激情绪，人很平静。他说，现在没有脾气，不代表你以前发生过的生气与难过已被清除干净。事实上这是很难清除的。

踏过炼狱的火焰，才会珍惜好不容易因为习得经验而得到的清明与安宁。有些道理真实不虚，只能先死后生地去实践。

昨天去上瑜伽课，结束时平躺十分钟。印度老师熄灯去外面，关上门，房间漆黑。旁边只有一个同学，没有声音。仿佛孤身一人躺在漆黑一片无一丝光的寂静里，仰面平躺，眼睛上盖着草药包。当时这境况像人弥留之际面对死亡，不禁想，快死了也许差不多是这样，身体五大元素陆续分散，感官准备关闭。周围的人与事在远走，是一片汪洋里独自漂流。做这个观想，深入黑暗和寂静，问自己此刻会害怕吗。突然，心中出现一幅画面，大海天际出现一颗极为明亮的星辰。

我想，它终究应该出现，照亮着我，带我回家。此生功课还是要做。

她寄来一把鲨鱼皮的巨轮珠和一枚胸针，初秋的抚慰。远方书信，手制信封上粘草花一枚。能够温柔地活着也是一种能力，心生感动。

※

衣着审美一直还留在五六十年前的那种时代气质，喜欢复古的上衣搭配半身裙。看小津安二郎的电影，差不多里面的女演员都是那种装束。

扎入泥土滋养深处的根，结实，沉静。秋日树林，红黄斑斓的落叶在风中飘落的样子，觉得很美。保持深深的感恩与谦卑。

世界的不同轨道需要各行其是。无须看低或看高任何人与事。

这几天睡前读龙钦巴，快速入睡，清净无梦。文字的清洗力极强。不出门写作，困了睡，醒来再写。放在虚空中熬。语言回复单纯、简洁，也不试图华丽地炫技。只是随心所欲地转折。

在我骨子里有一种自动自发的热情、坚定，做事情认认真真，希望小姑娘也遗传到这一点。很多人有才华，但在懒惰与无所谓之中虚度。

"你的作品中后期的爱情观，与其说是爱情，不如说是一种关系，一种理想式关系。它并不被局限在爱情的界限里。你也可以说它是一种友情，一种亲情，或者一种感情。总之，那是一种理想化的关系。是一种品质层次游戏。各自独立，又能带给对方所需或进阶，又或彼此补全，让彼此变得更好。这显然不单属于爱情领域，任何一种理想化的情感或关系，都可以这样描述。

之所以依旧称之为爱情，无非因关系的两端是男女，仅此而已。就像佛系，同样是一种理想系，它并不被局限在佛教的领域。你也可以说它是圣人系，贤者系，神系，圣母系，高人系，等等。"

※

朋友说，入秋适合喝一些干净的草药，控制饮食，心无杂念。初一新月，初八半月，十五满月，当做斋戒。冥冥中与月亮相应。

写作被很多人所追求，但我觉得写作不可追求。真正的写作是一种回忆，回忆起本性的质地、源泉、出发地与归宿。

顶果钦哲仁波切在书中说，以前在山里住过的人，不管后来换了什么角色，看见山都很喜悦。这就是习性。他说自己有蛇类动物的习性。习性太强，很难改变。对我来说，世间需要入世的圆滑，对人的逢迎、揣摩、恭维、黏缠，但我总是直来直去。骨子里有颓废消极之感，影响到待人处事。

我看事情单纯，不复杂，不绕圈子，喜欢说真话，为此锋利伤人。但不想改。直心有时带来尴尬和麻烦，但也节省很多精力。不消耗自己。

如果这一生过得还算好，也是某种无形的福报所致。

陪小姑娘上英语课。她在教室，我在楼下找一处小店等她。点一杯热茶，读两小时的书。看到一位朋友说的话，"每一位母亲都很好，因为每个母亲都尽力了。"

※

唐望系列里，作者把人的灵性放在一个高位置，把自己所代表的城市知识分子身份，塑造成深受理性与经验限制的现代人。在文本中以此对照呈现出尴尬与窘迫。他写他的印第安朋友，只是简单自然地走在森林里，"在他们眼里从来没有理所当然。"

土著几乎一无所有，却显得智慧、优雅、知足、简朴。看着他时，脸上总有一抹微笑。这一抹微笑，是智慧对知识的接纳而嘲弄的笑容。

这个题材在西方世界深受欢迎，也遭受质疑和非议。

书中，作者写到吃了草药狂泻不止，刚好发生在山泉里，于是成为"在印第安人水源里大便的不堪的白人"，狼狈上岸抓了把草叶擦身体，植物有毒，出一身疹子。进入丛林，强迫症般必须带上一背包的保暖内衣和卫生纸。说明先进社会的"积累大量知识"的人，被自身经验限制的狭隘。

这个系列的不可逾越，一方面在于作者文字质朴而真诚，坦呈自身被古老智慧碎裂的尴尬和狼狈，从物质世界进入巫师的灵性世界的步履蹒跚。另一方面，他的印第安师父以现在来看，是隐士高人。这位高人也从未曾出镜、出现。

在作者出版多本书籍之后，师父认为徒弟过于热衷解释，应该修行无望，不再教授他。

另一位美国人类学博士兼心理学家写的书，追了五六本。今天读到的内容是印第安人给他打开第三只眼、释放死亡之人的灵魂，观察脉轮中的能量动物等描绘。他在里面强烈质疑了一些宗教，认为这种主张人有堕落的罪及与自然互相背叛、隔离的宗教，深深影响西方人的哲学、心理基础，"其最终结果是破碎和自杀。"

和一位朋友同步地阅读几本西方心理学、灵性学方面的书，有些是几年后重新读。西方人的切入更适合现代生活与社会状况。古老宗教经典固然原汁原味，但开口狭窄，不屑解释，不容易让人进入和理解。也会有过于单一固执的层面。

需要有研究与修证的作者来重新诠释、分解和消化。这个层面的工作是当下所需要的。

※

朋友说，写完这一本就放下吧。我说，要放下。去远方流浪。

花园里树叶黄，空气清凉。想起那年在瑞士小镇，早餐后徒步原始茂密山林，一路无人，偶然山坡见到一两个穿短裤背心跑步的人，以及一群野鹿。也是秋天落雨凉天，见不到高楼车流广告。空气里没有物欲与暴戾。

至少改了十次，最后改的都是"的""了"这样的虚字。要做到滴水不漏。排版的大小字体、行距、文案、封面也都自己调。每一次都是这样。

现在希望的是，书尽量完美地出品。之后去山里住一阵。

从零星章节到整个文本，看起来像是不可能完成的任务。那些写了睡，醒了写，在夏天日复一日地坚持，重写，思虑，眼睛干涩发花，颈椎酸痛难忍，各种毛病发作。写完交稿以后，生病近半月，各种夹击。

一次大爆发。

写时已有预感会遭受这些。累积的障碍需要被清空,仍在持续排除中。

基本上闭门不出,除了出门看中医。等待抓药时,看见郊外树叶变黄,阳光从枝叶间洒下。如果空气好,是秋意爽朗的美景。观察身体的起伏反应,也是一场结实的禅修。

所谓保养轮回的桶,对我来说还不存在。各种安排一直在削减我,削减自傲、执着、挂碍、隐痛。

关于海明威的一篇报道,海明威抵达世间名利的巅峰,也游戏盛宴般人世繁华,数次离婚结婚,数次信教叛教,酗酒,抑郁,最后除自杀再无出路。外在的获得,不能平衡心的运作。神经官能症的特点是,在自我的世界里执迷太深,感觉窒息,失去自由。

如果不借助对空性的认识,难以在内心获得一线自由。世界是铜墙铁壁。

※

完成工作后,要像个无赖一样晃荡,像个僧人一样闭关自守。

※

虚拟一座未来感的城市。物质无忧,人类每天服用各种生化药物寻求刺激,也不繁衍。最后城市被火烧毁。也不需要心理医生瑜伽老师心灵导师或领袖,这些组织会消失。人不再需要依赖他人。如果感受到抑郁,吃一颗药丸直接进入禅定三摩地境界。这在科幻电影《超体》里面有清晰蓝图。

宗教除了人世的组织化,大部分内容是连接人类个体与大宇宙的关系,支撑人类社会,说明它们功能极强。如果没有宗教加以平衡、渗透,人类会两极分化,活得像兽类或机器类。

宗教是缓冲剂。无畏惧、无节制、无底限的人类有巨大的毁灭潜能。包括毁灭自己。

如果一个低频率物种相当珍惜肉身、物质以及被欲望束缚,就没有什么扩展身心界限的可能性。外星生命也许比我们高级。到底有没有高级文明。高级文明愿不愿意搭理人类。它们把地球当作惩罚低级意识的监狱,还是在观察一个试验田。想想这颗星球如此孤单而复杂。

有些艺术创作孜孜不倦探索一切人类时空边界的可能性。塔氏后期的电影思想是深刻的基督意识的归属,呈现出与佛陀理论极为惊人的相似处。于内在它们是一处,是唯一。概念与分类毫无必要。离神性一步之遥。

一些科幻电影基本上都是反乌托邦意识,对人类未来的态度黑暗而消极。茫茫宇宙,负载着低级人类的地球如果有智慧,会自动更新

（毁灭）人类。而人类得以依赖及滥用过度的科技，如果处于意识低下的状态，只能用来自我毁灭。

※

诚然，在外界获得各种功名利禄是能力和福报，但能够与自己相处度过一生的人，也没有什么损失。

从生到死，一些事死后才见分晓。想想临死之际心里会有什么后悔或牵挂。最后考验仍是，能不能无恐惧而平静地接受衰老、死亡。

人前半生为现实生活的自我价值而奔波，为他人付出与尽责，后半生应该留出时间静心修行，为死亡做准备。老去有两种，一种是渐渐腐烂，一种是日益凝聚精华。

一个熟人，五十岁不到，一直好好的，前一周还一起吃了饭，突然脑溢血就去世了。有人说起这件事好像不可思议。但我父亲也是这样死去，不过五十多岁。死亡并不遥远。我们所烦恼的、在意的、想要的、想做的，都可以思省。是否值得，是否还有时间。

身边有认识的人生病、做手术，听朋友说起认识的某人突然死去或者得病逐渐死去，都会加强内心信念。要精进、努力，尽量平静、宽宏地生活。能够承担。真切地感受到时间流逝、生命急促、世事无常，每一种喜悦和善意都是值得感激的恩赐。

人世太苦，没什么重要的事不用再到此一游。

放弃对身边人的要求,每个人有自己的业力处境,只能各自负责。我们对自己的生命负责。

※

长篇二十万字写完,先搁起来。需要时间,需要静默,需要等待。放在暗黑处耐心地第三次长发酵。

第一次遇见这样的情况,感觉写下的文字已不能够表达内心所想。

有人写来邮件,说,有生之年还想再看你写些新的爱情故事。想对他说,新长篇的爱情是崭新的,古老、芬芳而深邃。愿他能够得到满足。

作品的功能可分两类,编造,或者传输。编造大多与小我的核心有关,同时也在试图取悦受众的小我。传输则需要失去"我",有"我"就没有传输。传输也让受众有失去"我"的抵触及怀疑。这或许才是表达的究竟意义。

简洁、清晰、精确、扼要、凝聚、锐利的表述,是一种强大。但直截了当的一棒又一棒,并不是谁都能给出。也并不是谁都能接得住。

※

智慧无须分类,也没有偏见。生出喜悦,心意相通,点滴渗透、融化在心里。化作一阵阵热流。

有时则是一种广阔而纯洁的悲伤。深度与奥妙不可测量。疑惑过的问题逐渐被一一解答。

书与读的人之间真正的相遇,需要足够准备。

某种根本上说,物质世界正沉重地下堕。集体业力过大,会吞噬个体。在外界心气浑浊、心流滑动过于快速时,宜退不宜进。否则会被卷入集体意识瀑流,身不由己。

不必抱以对外界过于消极与负面的投射。也不参与人云亦云。别人都慌的时候,越是不慌。别人都往前,要后退。别人退了,要往前。

过简单而静默的生活。无所保留地工作,留下心迹。

"她以清醒的理智和自觉的美学来救赎自己,她其实并没有在意谁来读,她要的只是一种执念般的书写和表达。在一个贫乏的时代举着内心的焰火。"

※

巨婴人格排斥被他人戳破,贪婪脆弱,咄咄逼人。妄念虽然刚硬,最后都会被现实与人性残酷碾压。该受的苦都会受。

如果成年后人没有获得自我教育的可能性,基本上就是一代代重复。有些人一生都没有心灵增值的可能。

人若能遇见成熟平衡的母亲，少走很多弯道。如果没有遇见，一生用在纠错成年前的所有扭曲压抑。很多人不缺钱，不缺少能够维持肉身安全的资粮，但缺少爱，缺少被爱的感受。观察一些人的状态而得出的结果，人最大的问题不是贫穷，而是缺少爱。

无爱造成的愤怒、计较、在意、吝啬看起来比贫穷更穷。缺少被爱，也不愿意去爱别人，爱是水源，身临其境却干渴匮乏。人不知道该如何去爱与被爱。不知道体验情感最终应通向自由与解脱。忽略鲜活而自然的身心能量，未想过它的转化之道，只是由于爱的匮乏与无知，饥不择食，贪婪过度。

有些人习惯用钱换算爱，痴迷于权力、金钱、情人数量、物质虚荣。最终仍是由于缺乏爱的滋润。男性尤其如此。

如果得不到，就以其他的愉悦方式替代。典型的被选择最多的是消费主义与娱乐至上。

※

在古老的理论中说到，女人的使命是带领男性的灵魂，让他能够把灵魂与本源联结在一起。这看起来是有责任的高贵的使命。但被物质主义和自私论调冲击的女性，有时贪嗔痴胜于男人。女人是大地，是母亲，力量甚大，影响社会也影响人类。

※

准备修持纽涅。凌晨四点起来给自己受戒,中午吃味噌野菜、红薯,喝一碗炖汤。不再吃饭。整日不吃不喝不说话,第三日凌晨天色亮到能看清掌纹,可以喝点东西,恢复饮食。

诵经文两卷。六点又有睡意,上床睡得酣畅,醒来已七点半。凌晨四点的世界和天亮之后的世界,看起来完全不一样。

整日止语,阅读对《大日经疏》的讲解。现在读法师讲解,心里有判断,哪些观点是正解,哪些是局限在自我立场上的心态。人若读书多,对各种文明、宗教形态就会抱有更广阔的接纳与理解。而不是自认正确,排挤他人。

看到关于菩提心最长的论述,长达五页。大量比喻,言辞精湛。有一种被惊住的感觉。

第二天,全日断水断食。白天还好,晚上难以入睡,浑身发热。察觉到体内器官的安静与休息,血气液体代谢加快。不管从瑜伽还是藏传的传统上来看,这种安排必然有它的道理。

更严谨的仪轨规定断食日连口水都不能咽。对古代婆罗门来说,还必须洗浴,穿上白色衣服,使用珍珠佛珠,以及一心制境。

人在日常生活中被欲望的车轮碾压,肉身是极大束缚。

被一种不可思议的清净感包裹。在内心突破一些边界。心想,人若能克服恐惧、怀疑、贪欲,是究竟清净。

喝一碗小米粥，一份烫蔬菜，小块黑巧克力，几个甜椰枣。长时间断食之后，吃到的食物充满质感。仿佛是生平第一次吃它们。觉得焕然一新。

※

癫狂、谎言、煽动、欺瞒、暴力、无同情心与同理心、麻木不仁。自私自利、狂妄无知的幼稚病。这些让人陷入困境。

如果人的心粗率、无责任感，我们终究影响到其他人的安危与利益。狭隘、自私的想法，不过是加速彼此的毁灭。

心与脑独立、清醒的个体，知道如何以思考与直觉去判断事实，去做客观的力所能及的事情。

如果一些文明能够以原来的样子存在，也许会缓和地球与人类堕落的节奏。如果人类能够持有更长远的动机，更容易保持生态平衡。

用力过度的感情，即是充满自我执着的模式。

关系有足够的空间与自由才能通畅呼吸，流动起来。把对方当作独立的人来尊重，接受他的喜好、生活方式、价值观、内心决定……能这样对待，有这样的心量，跟谁都可以长久。

心念之战争，只能依靠真正的反省去平息。而不是期望战胜。

过度自由不是好事。承诺和牺牲，是一种高级形态的感情。

回头看看，什么样的生活都经历之后，才会知道这世界上宝贵的东西，是人的觉悟与爱。

※

朋友住的村庄溪涧边，有一株上百年野生老梅。

白色梅花绽放时香气浓厚，花瓣结实有力，整株大树充满活力。有次初春，他折下带花苞的野梅花枝寄过来，枝根裹上水分。打开纸箱香气扑鼻。用花瓶盛水插起，放在房间里。一股山野清新气氛充溢，无限欣喜。

秋天从杭州寄过来的桂花，从庭院里的老桂花树上摘下，晒干。早晨与红茶同泡，芳香馥郁，暖人心扉。

赵孟頫的字雅正，但看不出个性，也许是性情温存寡淡的人。倒是觉得王羲之有性情有仙气。钱选的八花图是美的。古意是一种既自控又有刚气的清雅，跟心的戒律有关系。当代人模仿得再精微，还是差口气。

窗外鸭子们一阵夜色来临之前的唱叫，古木老树进入阴之循环。和一棵三百一十年的老松说了一会话，捡一些小树皮准备用丝囊装起来。觉得安心。

郊外居所附近有一片野生荒地，栈道与树根浸泡在河水中。水清澈，树林有野性，落叶覆盖，路上偶见两三人。大量房屋里看起来没有烟火气，是写作佳处。

※

如果有高级别外星生物存在，我想它们也许不屑于与人类打交道。

人类也不必臆想外星人攻击或谋算地球，这不是人与蚂蚁的那种差异，至少人与蚂蚁的某些生存结构还是相同，需要进食、繁殖。高等外星人一定不会需要餐厅、烹饪这些玩意。也不会把性当成安慰与工具。它们不会觉得欲望深重的人类是对手。

阅读一本关于地球神圣周期的书籍，大意讲解任何事物都有特定的周期变化，人类需要了解和适应这种周期节奏，与之同频共振，而不是罔然不顾，只按照物化世界的线性时间往前走。

书中提到两处不同阶段的价值观。

> 狩猎采集时期所拥抱的价值观是：与土地连接。与动物的同理关系。自制。保守态度。有意识采取行动。平衡。善于表达。慷慨。利他心态。有来有往。接受另类的知识模式。乐趣。包容。非暴力解决冲突。灵性。

> 演变至今，今日生活的准则是：控制及占有土地。控制及占有动物。奢华及剥削。改变。轻率及速度。动能及高风险。遮遮

掩掩。贪得无厌。阶级。竞争。理性。在商言商的清醒。排他。侵略性与暴力。物质主义。

书里提到，人类沉醉于拥有及控制事物的快感，开始远离大地，远离作为自然生命而与大地建立的关系。除了原住民文化（他们不敢相信有人竟然能想要拥有大地之母）之外，人与大地的灵性连接转变成为主宰大地。这个改变形成竞争以及贪得无厌。

那天看到有人说，渴望重启某一年。我想，已发生的不可改变的事情无可惦念，时间的某个节点跨越过去，无法回头。只能一直往前。也许最后循环返回熟悉的点，但其中留下的印记不可撤销。

历史不具备任何被借鉴的作用。世间事只会一再重演。

从根本上来说，并不存在解决之道。世间从来不可被修补。只是我们保有愿力。

※

收到她的包裹，寄来肉桂、宋种、奇兰、十年老寿眉以及五个白色花神小杯。还有一封手写信。

人乏味与否有两点可鉴别，一、是否有超越于物质世界之外的观点和见地，不拘于实有的。二、是否胆子大，能冒险，不拘于常规。被实有和常规捆绑的，基本上生命力已经不强。

与一些人的缘分要终结。这样避免轮回中一再相遇。对待对方仁至义尽，善待对方，就是终结缘分最好的方法。

有人说，一个专注于流量、娱乐偶像的时代，固然当下看起来是一些行当来钱快，虚假繁荣，但从子孙后代的未来考虑就很危险。他认为人类需要从事有毅力、有信念的创造，这些行动可以带来至乐的心流状态。他所说的心流状态，即专注、警觉、发力的状态，不同行业的人都有体会。

我认为，某种程度上来说，这是一种人类在体现神性碎片的状态。只是需要有人来讲解清楚并且进行传播。

※

回到京都，有一种安心。

凝望阳光下闪烁而洁净的山丘，浓绿树丛在大风中摇晃的那种美。

住进只有两间客房的小旅馆，近两百年历史的大宅隐在深巷，宽敞的客厅、回廊、精巧花园，还有一间茶室。巷子见不到人。要求榻榻米客厅另铺一床。晚上睡觉听庭院里的淅沥雨声、流水声，不知流水潺潺发自何处。一位干净温和的头发花白的老人照顾我们。

这座宅院带给人安宁。虽是老宅，气场洁净庄重，令人睡眠安稳，没有阴邪浊气。有无形滋养。在宅子中住过的主人们，也许是良善而有德之人，气质清贵。空间所存留的信息，在时间中累叠形成的能量场,可以被感应到。

客厅佛龛插三枝蓝紫色鸢尾花,逐日观察到它们含苞、绽放、凋萎。一段带有禅意的启示。只是每天早出晚归。宁可每天闲坐露台边,与雨中庭院做伴。

陪她去看能乐演出,整场持续四个小时。内容涉及樱花、僧侣、坟墓、游魂、勇士之类,中间穿插狂言。面具诡异寂静的神情,艺人展示出正面、侧面、半侧面,联想起佛慢,一时有领悟。能乐与宗教性仪式有相似处。最后一幕是老人扮演老樱花树的树精,颤颤巍巍,展现"空洞老朽"之美。

台上演出的大多是有些年龄的男性。寂静时,台上的人和台下的人如同一起禅坐,有紧迫张力。能乐的仪式感和内涵,需要有一定心性能力。台上台下有时一起呈现入定状态。观众席上五六个人因此入睡。她居然坐得住。中间休息二十分钟,剧院提供抹茶。喝茶,看花园池塘中的锦鲤。

带她上插花课。和茶道一样,花道也可用来修炼心性,比如进行对时间、空间、诸行无常的体会和观想。老师说,在花道中,要允许好的、不好的事物一起往前走。那未来的、已开的、枯萎的花材,组成立体的时空。干枯凋亡的素材也可以用。想象天地人组成的循环世界。

我问老师,插花是否起源于佛殿供养神灵。老师说,明治时代之前,只有武士、僧侣等男性才从事花道。她教了十二年花道,师父是八十多岁的奶奶。她们的一生都在教花道。她说,修行之道,道没有尽头。那天的素材是柏、菖蒲、白兰树枝、一种红色果实。我们实践,做出一个大型插花布置。

偶遇神社旁的跳蚤市场,买下几个漂亮的老茶杯、复古二手丝质衬衣。晚上在超市买生鱿鱼、鱼罐头、烤串、梅酒、浴盐,顺便买打火机。找不到地方抽烟。路上也不见有人抽烟。

想着,我真正想做的,只是在无人的寺院廊台上静坐,对着庭院听雨声。

※

一座小寺院。血天井的木板溅满武士们守城失败自尽的鲜血,木廊外是一棵七百年的五叶松,如愿静静坐下喝一碗茶。在这诡异的斑驳血迹与老松的组合中,不知有什么能量传递过来。慢慢内心静定,满眼都是泪水。

这一刻大概共振到空间的记忆,突然进入某个维度。

平成年号最后一天,雨中跑很远的路,在僻静小镇看到被湖水淹没的鸟居。大湖边一家小咖啡店喝咖啡,露台很冷,湖中雨雾弥漫。

回到大阪,酒店在二十六层高楼。地铁轰隆轰隆的声音不时闪过。大阪梅田阪急附近,买了一些袜子、三件衣裙。新茶、点心、保温杯、药、香、手绢、布包、围巾等,占了一大行李箱。大部分是送给别人的礼物。

天色转黑之后,在纵横交错的地铁、百货公司交汇区,凭靠记忆,突破人山人海的包围,走回酒店。突然下起零星的雨。此刻,强烈地意识到自己身在异乡,陌生的人潮,听不懂的语言。但所有人类都有一样的日常生活。

最后一晚,与小姑娘散步。路过餐厅,她吃比萨饼,我喝啤酒、吃炸鸡。食物都好吃。她一路喜欢梅酒兑汽水。假期即将结束,她说,回去以后要好好学习。

※

"你已经学习到这个重要的步骤,然而当你横走在大自然之时,仍像个笨拙的婴儿。在行经森林或穿越草原时,应当带着自信、尊重与感恩,如同穿越自己的生命。"飞机上看关于印第安人的书,阅读三小时。收集了几张美丽的旧照。他们是有古老传统与智慧的民族,与大自然(地球母亲)联结紧密。

作为地球上的人类整体,互相牵制,互相影响。不可能一个地区陷入困境,另外一边还能幸灾乐祸,欣欣向荣。几乎不存在这样的事情。这是考验坚强、慈悲、利他之善心,以及一种真正的建立在人性正面上而非道德感上的同情心的时候。

孩童们经常在公众场合肆无忌惮地行动,活蹦乱跳,来回穿梭,大声哭,大声闹。意识不到周围人的存在,以及保持安静与规矩的必要。大人们不教导,不阻止,听之任之。这些跟大人一样无意识无知觉的孩童,长大之后又会如何给别人带来益处。

凡来信邀请的从来都没有好玩的事情。什么奇怪的都有。我也希望有些好玩的事情来找,比如可以真正地给这个社会做些什么,有一些推动,诸如此类。但可惜从来没有。也许这就是一个无趣的社会价值观的走向。大家最关心的仍是商业买卖、吸引眼球、搞噱头、流量……

晚上用日本米、朋友自己做的香肠、新鲜胡萝卜和扁豆,用电饭锅蒸出饭。肥肉部分的油脂渗透米粒,胡萝卜和扁豆都烂熟,香肠美味。放一些盐和黄酒炒过材料,再放到沸腾的米锅里一起焖。好吃。做饭可以是一件简单、有创意的事情。

"那天晚上青蛙咯咯咯叫,我将它放到隔三间邻居墙边放生,以为不会来,跑得更远去了。过了五天,晚上又到我的屋旁咯咯咯叫,我不会再赶它,养着吧。否则它会渴死的。我有好多接水的桶,它躲在水里。"

母亲大人与青蛙的故事。

看了公众号对某本小说几段男女描写的吹捧。性的本质是空性状态,能被写出龌龊、脏、让人不舒服,是作者的病态所决定。

可悲的恋情,是结束后全盘否定自己爱恋过的人。

※

大量的人学习佛法只是为了给自己的现实加分。本性上是软弱、贪心的。如果了解佛陀原意,会觉得修行此事不容易。不是嘴巴说说。

而是真正站在一个悬崖旁边，有没有能力跃过去。

你不知道会像鸟一样腾空而起，还是像箭一样应声坠地。逆人性是最危险、最叛逆的一件事。

而大部分人学佛法或许为了舒服、快乐或去净土。我怀疑这些是佛陀的化城。他知道前面是什么，不会说明白。拿出一些糖果，因为深知人性。他的真话是，我所懂得的法，世人很难接受，所以我不想出去讲。但他后来又决定出去讲。

在法兰克福跳蚤市场买的一只八音盒，现在打开听声音也很清脆。西德制造。木壳上有金绘，东方荷花图案。

朋友寄来一条洁白的海水珍珠手链，六罐新茶，秘鲁圣木的木屑和香枝，檀香香枝，自制茉莉香膏。

经常情不自禁发呆，身心安宁，不知不觉天色发暗。虽然愉悦也觉得有些浪费时间。几个小时在定境中消失。朋友说，禅宗书里提到"荆棘丛中下足易，月明帘下转身难"。

午后睡醒有一份难言的安宁。让身心稳定、沉静、单纯是重要之事。

这次密集住在大屋，远离城中的污浊喧嚣，白日寂静像艘大船，漂浮在失去时间感的优游自在中。大屋如同幽暗而安全的子宫，包裹的茧，让人感觉处于一种老子所言的婴儿状态。看着光线转换，很快天色发黑。什么都没做，也什么都不需要做。

这种如漂浮羊水之中的状态，寂静的漂浮，停顿六根，对写作以及自我更新来说，极为重要。

※

当下一些所谓的女权言论是假女权。在贪恋、依赖、需索男性的权力与物质的同时，与男性为敌。这两者与自然之道违背。没有真正的个体独立，包括经济独立与精神独立，同时又不尊重男性，不与男性合作，这是奇怪的女权立场。

女性决定并进行生育，如果出于对生命归属宇宙能量的尊重，会认真体验这个过程，与新的生命连接在一起，与孩子共同成长。决定生育，不是被外界价值观胁迫，或试图取悦他人，或想留一个后代。自我圆满的人不需要任何形式的填补及肯定。

女性对孕育应有一种天然本能的尊重。即便生命轮回过程本质上是苦的。

她意识到在这个付出巨大的牺牲、忍耐、情感与耐心的过程中，帮助新的生命，在爱与鼓励之中成为自益且益他的个体。同时这也是自己的学习与扩展之道。

选择不生育，是个体自由。但选择生育，同时把生育物化，试图避免生育的麻烦与艰苦，就像对一棵树，想略去生根开花而直接取得结果。这违背自然秩序。

作为女性，尊重自己的身体，运用天性的能量，以爱与责任心去照顾、抚养、培育孩子，让他们健康、善良地成长，获得独立，送他们一程。这是一种圆满完成。

※

老师说，所谓道骨佛心，道骨指的是慢慢趋向无情。像一块石头能承担各种不适、辛苦、多变，而不是怕冷怕热、嫌弃计较、各种抱怨。他说，练功久了，心里有一处空间始终保持不变。如同赤子，外界如何，不影响这处镇静。

人对肉体的改造、整合实有必要。我们习惯性取悦与满足肉身，疼痛不适辛苦都成为恐惧，不敢纵身跃下。只有当人不再计较输赢、深浅、大小、多少、真假的时候，会获得自由。

同时，相信、热爱一些事物，对它有虔信。它的意义会截然不同，并且发挥出影响。

机缘成熟的事情和未熟的事情之间有很大区别，一旦成熟，去认真做好。

※

生命中关系深切的男性，包括父亲，好像都有轻度抑郁症。而且通常被努力积极或温和理性的外壳包围着,核心是一种封闭和疲惫。每次当他们暴露出真实的一面给我,我好像被迫面对人世的惨淡。这外壳之下的真相。

去朋友的四合院,枣树上的枣子不断掉下来发出声音。他的大猫生了八只小猫。洗发沐浴,烧水泡茶,喝几杯野生古树生普洱,点灯,读诵。

避免拥有太多需要独占、建设与维护的事物。

行李箱里塞了一双跑步鞋,但不知道会不会去山坡跑步。把短篇写完,在朋友家借住。带一些衣服和书,安安静静过几天。

※

树林深处,一方干涸的水池荒草丛生。古亭中有人吹笛子。

早上去集市买菜,上坡下坡,经过幽密树林。来回步行约五公里。写短篇。读书。有一种生肉晾干的牦牛肉干,没有任何添加剂,没有盐,配黑茶一起吃。新鲜牦牛奶,煮热有厚厚奶皮。每天睡觉前喝一杯。

黄昏时山上晚霞绚烂,云层变幻,有时刮大风。在房间里看到绿色山脉,山顶古塔。小房间的炕床矮桌上写字。晚上,矮桌推到墙边,铺开被子睡觉。

楼下超市猫笼里养着一只白色波斯猫,眼睛一绿一蓝,两只可爱的花色小猫,一只折耳猫。都很美。每天去看一眼它们。

感受到生活的简单与纯度。

也许以后还会再写一部长篇。现在回头看看稿子,已忘记是如何写出并且写完。它们像在某种不自控的状态下自动完成,会有"这是怎么写出来的"感受。

在写作中,人能够有效、有意识地进行深度表达,这是对心最好的磨炼。

有智慧的人在自身得到源泉,也在他人身上得到源泉,并不需要特定的人或环境源源不断提供能量。某种意义上,他们不再需要复杂的东西。

对亲友的依赖、照顾,是业力枷锁的无形束缚。照顾孩子亦是。被业力枷锁套住的人生。在头脑里紧抓不放的念头是绳索,无论正面或负面。早日习惯孤独,未免不是坏事。

人与人之间的维系,有时困难,有时简单。颇为结实的是利益关系,有利益关系的人总是紧紧捆在一起,但也容易断。依靠发自内心的欣赏、信任、爱慕、情感,不那么容易断。但会发生变故。

若感情深厚,谢谢都是不好意思说出口的。无事常相见,便是真诚的相处之道。

※

泽库牧区气候寒冷,牦牛肉美味而价格贵。用泽库牦牛肉、野生黄蘑菇、藕，炖一锅美味无比的汤，配蒸土豆吃。感觉在有海拔的地方容易饿，爱吃东西，晚上晚睡，早晨又起来很早。

写了一万多字。写作有其独特的疗愈力，愉快而宁静。想买一顶藏人戴的礼帽，在机场商店里选了一顶。

所有该发生的都已发生。该遇见的也已遇见。

"……今天穿的一条米色半身裙是08年买的，很少有衣服可以穿这么久。它很便宜，但是一直没有损坏。反而有些昂贵的衣服，根本没有穿几次，一直挂在柜子里。某些人际关系是不是也是如此。又想读一遍《春宴》，以前喜欢庆长和清池的故事，现在更喜欢信得和贞谅的情节。她们好像不属于尘世，但是读完在心里非常分明。

人生短暂，已不想再与人无端争执，都是负面的垃圾。没有其他可说。祝你和恩养一切安好。"

※

这么多年，第一次在地铁站遇见旧朋友。他戴一顶草帽，刚从聚会出来，脸喝得很红，有些害羞对我说，他刚才喝酒了。又赶紧告诉我他的名字。虽然十多年没见，我其实记得他。他一点没变，笑容还是老样子。

我们交换微信。与我一起的朋友说，你以前什么样的朋友都有啊。我说是的，以前也是很热闹的一个人，和各种各样的人交往。但现在我暂时处于闭门是深山的阶段。

可以写一些随心所欲毫无妄想的文字。到了这个阶段有些底气是好的，否则会被驱逐着被迫原地打转。

叛逆是，在别人都做什么的时候，你不做什么。别人不做什么的时候，你做了什么。它需要付出代价。面对不随众的孤立。随众是动物性，逆反是神性。叛逆不是表演，是一种践行的勇气。

现在的人，怎样也比不上那些古代山洞里闭关的人的叛逆。

一意孤行、另辟蹊径、意识超越的人用生命贯彻叛逆，而众人认为他们是失败者。被怀疑与蔑视的人。

朋友深夜给我发微信，说帮我写一张六字真言。她在拉萨跟藏人练书法。她说，修行后的人只有一种状态，平静朴素、简简单单。

四十岁之前，红尘里打滚一下也是好的。上刀山下火海的经历与煎熬，在年轻强壮的时候承担。这样会甘心成为一个平凡的人。

写作导致自杀早有先例，有些人也许是毁灭于意识紊乱。

※

长时间坐在书桌电脑前，还要维持头脑清楚，有时不免又以抽烟、各种高热量垃圾食品维持体力。前几天和朋友打电话，我说，你一个月好几趟国际航班出差，这样对身体没有损害吗。他说，那你在电脑面前枯坐,没有伤害吗。这是工作,有什么办法。

他说得对,态度理性。我们没得选。

※

"可能只有心灵有过相似追寻的人才会把这样的书看到心里去。但是这种追寻层次又太深了,不足为外人道也。这样的读者也只能默默感受由这样的书创造出来的自省空间,进行自我对话。这是一个作家最幸福的、和读者建立了默契的时刻。但它反而是表达不出来的。"

※

"安妮,你相信你写的东西吗? 那么美好,简直不敢去相信……"

我当然相信自己写下的字,并且需要用它们建造观想中的一座塔。朋友曾对我说,写作是造塔,不管其他人怎么说,自己默默盖起来。喜欢这个比喻。

半夜收到广东来的郁金香。该睡了。早上起来先看看它们的美。

二十岁时,无法想象老了以后会成为什么样的人。现在我大概知道。

※

去银行。一位六十岁左右妇人对工作人员纠缠不休,大意是她的银行保险箱只对儿子开放,她的丈夫不能知道也不让他打开。她一定要银行备注,说,就是不想让他知道。人与人之间的缘分有多纠结。如果没有真切而丰盛地爱过,这一生有些功课没有做好。

身边一些吃纯素的人,有些看起来不太健康,还生病。我比较支持的观点是,人年龄有些大之后,需要蛋白质或适量的胆固醇支持。有体力工作要求的人也是。需要走中间道路。真正的发愿是不杀生,不杀生是不故意伤害。

但我也不喜欢无肉不欢、对肉食有贪欲的人,是另一种偏执。肉食过多积累毒素。

什么事情成为一种无法逾越的界限,甚至道德绑架,都会让人受限。我不刻意吃素,除非身体自动想离开肉食。有需求时,会吃点肉食。平日很少吃肉,也经常劝人少吃肉。

离开一些不能起促进、拔高作用的人与环境有其必要。

保任是让正念状态生长、强壮、定型。深刻的事物不如让它们继续保持原状,维持沉默。

我们多少都曾经历过,必须理解和接受父母身上的局限、庸常、软弱、矛盾之处。出于天性,你必须爱他们。这种心理冲突,是小说和电影尽可以去表现的,但很少有深度的呈现。

也许，做一个不怎么宠爱、有时甚至有些距离但自身有魅力和精神的大人，对孩子来说更为重要。

※

"有个小房子，买个电瓶车，老实度日，就这样一生过完。"在大理有一部分人看起来貌似是这样在生活。人如果愿意卸除欲望，不在意外界的评价体系，每天所需，不过是一张床三顿饭（或两顿饭）的基本需求。在任何地方都可以这样过。

若想过得更好一些，再添加一位安静而情绪少、心念清净的伴侣，互相陪伴照顾，有两三只猫，一处可以种植的小院子。就是完美。每天转寺院、种花、晒太阳、做几次功课，一天过完。

很早以前我总感觉这个世界千疮百孔，不值得人来旅行。十三岁时，产生一种后悔来到这里的感觉，闷闷不乐。后来慢慢看到万物之间存在的神圣性，活着是给予与付出之间的平衡。理解力提高之后，能接纳发生或存在的一切。并试图像个在大海中游泳的人，默默而坚定地朝着前方游。

但我仍觉得这也许是不应该来的地方。即使知道轮涅不二，仍会心生厌倦。

去朋友地方。野地里看远处的群山很是壮观，逆光。拿回来她院子里的樱桃、韭菜，一管绿度母尼泊尔香，一块黄油。晚上给小姑娘做吐司面包。这几天正逢节日，有集市。

周末旧货市场有很多奇奇怪怪的东西，无花果树、兰花、栀子、茉莉、紫薇、万寿菊、葡萄以及其他各种花木，先买大丽花种上。也有人卖金沙江边捡的石头，美。买了一只罐子一个福字老盘，一本字帖两本旧书。《瘸腿魔鬼》的版本对我有特别意义，是小时候见到的父亲买的版本。

晚上淅淅沥沥下雨，坐在露台听夜色中的雨水打在花园里发出轻重不一的声音。湿润微冷的空气沉浸树木花草的香气，被剪光的香茅草根部长出绿叶。金鱼被大自然训练得强壮，鱼池圈圈波纹激荡。

花木安详，雨水美妙，让人舍不得回到室内。珍惜这样的时刻。

※

买了一个女孩制作的首饰，材料是小珍珠、小水晶、金线。适合少女的纯洁而纤细的设计。集市上她穿白色蕾丝衣服戴礼帽，看起来略有些警惕的清亮而冷淡的眼神，说话时又流露出一种善良与脆弱。她让我觉得很熟悉。

年轻很好。想起自己二十几岁时，并没有现在的这种设计与美丽事物。那时的我穿牛仔裤、粗布裤、男式衬衣，喜欢男人衣服，也穿日本的二手衣服，即现在所谓的古着。现在反倒不喜欢古着，不喜欢那股陈旧气味。

喜欢好看的有点孤傲气的干净的人。喜欢看人的眼睛。

大理让人变小，天地在眼前，毫无造作，任运自然。在大城市，人用科技塑造起一间一间的小格子，在每一个小格子中觉得自己无比重要。而在地势壮阔的乡村，让人自觉渺小，如微尘，如沙石，如田野里的一棵野草。自生自灭，不过如此。

暴雨滂沱，日光绚烂，万物无情，无记忆。它只有每一刻。每天哪都不想去，只想看着树梢的鸟群飞过，蝴蝶飞过，蜻蜓飞过，听着雨声，风声，鸟声。神游虚空。漫长的静定。

静观这扎扎实实的活着的每一刻。

※

朋友从村庄坐车过来看我，带来新鲜的乳扇、黄油、菜园里的蔬菜。一个人背着拎着很多东西。为她准备客房与晚餐。一起爬苍山，去村庄探访做陶器的男人，集市买菜，吃火锅和西餐。更多时间在露台喝茶，坐着，数个小时又数个小时的长谈。

她精通英语、藏语，以前游荡印度、尼泊尔、西藏，在寺院长久学习、闭关。如今在村庄大宅子里独居，翻译经文，静坐，种菜，隐居。她说很少觉得独居孤独、无聊。她的言语简单、直接，常常喜乐。她说，一个人的身语意有巨大的能量。

我们相处的强度大，说话通宵达旦。她有时孩童般大笑，有时独自泪下。

讨论"危险""自我碎裂""竭尽猛烈地发愿""忏悔的重要性""大蒜的气味""真正上师的影响""确认这个"……谈论很多关于修习的问题。即便如此，很多东西仍不是沟通能够传达。

她对我说，如果写小说，有些东西即便了解也只写一半。我说，写《夏摩山谷》正是这样想，所知的只能写一半。这部小说不是尽头，而是一个阶段。即便如此，日后我猜想往前走几步，仍只会写一半。始终只写一半。

她告别之后，我仍常在露台坐着，不顾寒风冷雨，享受户外，感受自然变幻。这五天四夜，彼此密集、强烈、饱和、丰盛的相处，比男女谈恋爱都令人满足。

问小姑娘，你对来做客的阿姨有什么感受。她说，阿姨学识渊博，但孤身一人，衣衫简朴，对衣食住行没有讲究。

雨日日夜夜一刻不停，顶层玻璃顶有小处漏水。我已没时间修理。只能等雨季结束下次再来。女友回到村庄，发给我一些英文书籍、法本。她想带走的各种香草植株、月季花枝以及在做陶器的男人那里拿的蔬菜老种子，临走时都忘记。我说我先在花园种上，等下一次过来修理房子你再来拿。

我们还会再次相遇。

※

公路上很多步行去拉萨朝圣的人。他们成群结队，要求过路的车捎走他们的行李，放在前面十公里或二十公里处。有转神山下来夜行的老人、孩童、男女。冬日是朝圣与长途步行的季节。简易帐篷搭在路边，休息的旅人在大自然之中做饭、睡觉，天亮继续往前。

他们的虔诚、坚毅、野性、质朴，是城市见不到的生活形态。

做真实生命的实践者，不做世间虚拟戏剧的旁观者。

技术的革新诚然重要，但电影中李安让男主说出一句话：你不一定要去当医生、律师，尤其不能把自己当作任何形式的机器。而是可以去做丈夫、做父亲。

回归本源可以拯救人类可预见的自甘堕落、自取灭亡的未来吗。

※

有些女性认为自己为了情感而活，没有情感觉得会死。越是这样，越得不到安稳和谐的关系。受挫的恋爱是自己造成。受到伤害的是把感情看得过于重要的人。

什么是真正的爱情。好好做自己，好好爱自己。这种做自己不是任性妄为，爱自己也不是满足吃喝玩乐，而是去扩大认知，提升生命质地。在内心得到平衡与自足。

外观的男女关系，也是内观的阴阳互会。在生命里住下一对真正交融投契的阴阳能量。

恋爱的实践重要，有各种失败磨难。如果能够从中领悟，内心的智慧与慈悲会生起。否则，一生在受限意识里阴沟翻船。尤其对于女性，如果在情爱捆缚中获得松绑，真正的自由与清凉才有可能。

不管是温柔的情感，还是愤怒的情感，凡是情感，都是无形的绳索捆绑双方。要挣脱的人，需要很大的勇气。挣脱了，也就晋级。

在那时才能感受到真正的爱情，是心里生起来的喜悦。看到万物的美与深情，感动，投入。不需索也不占有。

※

要么离开，要么清醒、理性、克制、接纳地留着。

天真、无知、对抗、牢骚、抱怨、愤怒……那是一些无用的东西。

这几年萎缩了大部分的世间愉悦，基本和世俗活动没有交集。有时也想，如果身边的朋友是精通吃喝玩乐痴迷各种享乐的又会是怎样。但好像从来没有这样的安排。有几个身边的人一直在不断修理我。削减我的欲望、依赖感、各种妄想。

邀请去演讲的人事后给我发短信，说我的"严谨、坦率"令人印象深刻，说我"理性得像个工程师"。大概我身上中性的部分令对方有些意外。小姑娘提意见，认为我讲话"没有感情"。

这些学生恐怕很少听到过有人对他们说，文学的灵魂是自己的灵魂,还有黑暗、情感、叛逆、自我意志这些词汇。虽然我讲理论,甚至不愿意讲故事逗他们开心,但他们的表情后来很严肃,提问踊跃。我能猜到他们的老师以及一些专家平时会如何对他们讲解作文。

去的时候我就想过,就是一面的缘分,应该让他们记住我。记住一个表情严肃、坦率说话的写作的女人。

※

看着自己在照片中逐渐老去。

朋友说,老了,越来越总想身边有人。我说,其实老去更应该练习独处存活。依赖幻觉、亲情、陪伴是不可靠的。

母亲说,这是她少女时代走过的最多次的山路,长而陡,直上山顶,行走并不容易。两边竹林深深,有时路边有人供茶。下来以后,山边一条小路通向海湾,而那山壁上雕刻着众多菩萨像。她说很古老,不知道哪个朝代,菩萨像精美绝伦。后来,这些像被砸干净了。现在山路也不见,修大公路。海湾则一片荒凉。

我置身其中,想象着十几岁的母亲曾经看到的景色。

突然感觉看见了,并且深深感受到那种天地静谧而和谐的美。

住在湖边的酒店,打开房门走到露台,闻到温润空气的桂花芬芳。久坐之后香气失去存在感。想来任何事都如此,保持初相遇、初尝试的那份存在感是很难的事。

与母亲同眠,我醒来早,凝望一会她入睡的样子。快七十岁的她逐渐变回孩子模样,任性,自我,随心所欲。但我愿意让她时时高兴。虽然她有很多种方式去激起我的内心反应,让我短暂失控,再次堕入年少时的心理模式。但我如今能一再回到略有些距离地观望她的心理状态,恢复平静。

我毕竟长大了,真不容易。我意识到,可以尽可能对各种人保持这种柔软与开放。这也是血缘带给我们的功课。它不能被放弃,必须考试及格。

或许小姑娘是幸运的。我曾经是个激烈对抗的不快乐的女儿,经历过很多事,有过痛苦。因此现在努力为她成为一个愿意去理解与接纳更多的母亲。

南方的环境舒适、安逸,物质层面令人愉悦,但同时也是一种狭隘而肤浅的物质主义生活方式。这里的人过于扎根于大地,很少有人谈论天空。南方的一些人做事、讲话急躁,执着于物质。

自小反感这种氛围,一直想逃。后来北上,又反复去藏地,也许是西北的这块土地教会我如何缓慢、平淡、沉静、放松。如果一直生活在南方亲友身边,我会是个怎样的人不可想象。但命运以它的力量做出安排。最终还是孤身远走他乡。

妈妈的露天花园花草繁盛,她像外婆一样热爱种植花草。被顺手牵羊拿走很多月季,她说不能种太好的花。是这次旅途陪伴她的最后一天。

平时很少在一起，短短三天感受很多震荡。我想为什么从没有一部小说或一个电影表达出纠葛而沉重的原生家庭父母关系。这个核心主题对讲究愚孝的东方人来说极为复杂。我有勇气写原生家庭吗。想了想，大概还差一点。

陪她到湖边的酒店一起吃饭、散步，听她说往事，与她共眠。我对自己说，必须克服好母女关系的影响。从曾经那么对抗和逆反的少女时期，逃离家庭，到现在一次次敞开心扉去试图最深切地共处，对我来说是修习过程。是重要的学习。

恋人、爱人可以换，血缘不能。这是人在轮回中的责任与功课。

※

外婆去世后，年老的母亲越来越像外婆，姿态神情一模一样。而姑姑也与去世的奶奶一模一样。女性在年长之后会越来越像母亲，自己却毫无知觉。不知道远走他乡是不是会脱离这条轨道。

我没有试图改变母亲，只想善待她，照顾好她。但我也意识到在这个功课中改造自己的必要，让心更柔软，更慈悲，更开放。这是让小姑娘离开这条轨道所需要的。

人只能努力、自发地跳脱出生地、原始家庭、集体的各种业力怪圈，才有为自己而活的余地。活着，不仅仅是为了安逸、愉快而活。

喜欢南方清晨的温润空气与桂花芬芳。这几日尝到极为美味的白蟹、鲥鱼、海鲜。也就到此。我并不需要经常享受美食美景的体验。

明天回到荒芜乏味的北方。

※

有人说过,性是强大、基本的能量,需要被满足。如果性没有被满足,它会变成各种奇怪形式,被人类转化成对经济、政治、战争、犯罪的欲望。需要提倡自然的充分的性,不被禁忌的性,带有庄重感的性。性解决好了,才有可能超越它。只有被满足才有可能禁欲。

这些言论并没有被注意。也没有得到机会去真正改进人类的意识。

凡与性有关的案件,不管是成人还是儿童,也许是社会环境对个体性能量的压制与禁忌所造成。北欧人得到精髓,据说他们一方面在性的处理上很少道德伦理的捆绑,形式自由,但性冷淡风也是源于此地。

朋友带一个女孩来玩,白肤貌美,聪明伶俐。长得好看的人不禁让人多看几眼。说到她不喜欢中年男人,看见娶一位年轻妻子的老男人极为鄙视。认为这样的男人心智没有成熟。聊到某男主持人,说对他唯一的好感来自于他历任女友都比他年长。可见还是不一般。

我说,男人年龄再老也爱年轻女孩,大体上缺乏对情感与智力交流的兴趣,比较集中在照顾与愉悦的层面。他们缺乏与同龄女人或比自己年长女人交流的能力。一些意识较高级的社会,男性会在平等层面上与女性交往。他们尊重年长的女性。

以前遇见过几个只喜欢比自己年龄大的女朋友的男人,几乎都是很聪明的男性。那种会选择年长女性为伴侣的男人不是庸常之辈,智商或胆色与常规男人不同。这并非恋母情结,而是对女性所代表的智慧能量有天然觉知,内心需要也给予重视。比起那些喜欢整容脸小少女的男性,他们的内心强度不一样。

※

在朋友的工作室度过很多时光。不知不觉天已黑。

在胡同里抽根烟,说一会话。聊到人与人之间的交往,我说,人与人之间不需要努力地去做些什么,能互相理解的人在一开始就会这样。朋友问我,为什么说慈悲是唯一能够开花结果的爱。我说,任何世间的情感都有条件,即便父母和孩子之间都是这样。更不用说普通陌生男女之间。

我又说,做这个视频,从出发到现在一道道工序,但是别人晃一晃就看完。就像写一本书,自己可谓心血灌注,别人也是翻一翻就看完。

电影、视频这些事充满创造力,需要幽微而敏锐的特质把握。这个二十分钟在藏地拍摄的视频,在整体表达上文艺而严肃,与朋友的拍摄风格保持一致。扎扎实实的作品,是做出来的东西。感觉有收获。

镜头中的自己并不陌生。有可能是留下来的很少的影像之一。只有在信任的人面前，才能这样真实自然。

我问他，人心里的好与恶都是怎样被激发的。因为人可以很近神性，也可以作恶。他问我，人应该如何去真正认识自己。

我认真思考这两个问题。

一、负面人性由个体自身相关的无明与障碍引起。会刺激身边直接相关的人，引发对方同等的频率。即便是很远的不见面的人，也会感应到负面人性。我们的心念为集体提供着业力来源。种子仍在自己身上。

二、人无法在孤立状态中去认知自己，像照镜子，需要参照载体。来自他人、周边的关系互动会给予一部分认知。我们在关系、处境、具体物质显化中，去真正认识自己。如果人做表达、做显化部分的工作，去创造、创作，做出具体东西，比较容易定位自己的位置。因为作品会受到各种反应冲击。建立关系也是如此。

※

有人说，艺术以三种方式存在，性、死亡、奇思妙想。以前我觉得艺术可以解决人的精神问题，后来发现它只能是一步之遥。它不究竟。艺术创作与表达是人对神性的反复试探。但人类的自我偏向无知而傲慢。神性在艺术里像闪电一样稍纵即逝。

看美国电影里那些关于科技未来的荒败镜头：成为废墟的城市，生活在地下的幸存者，病毒感染造成的彼此攻击与敌意，变异的物种之类。并非奇思幻想。对权力、物质、科技、欲望的过度信赖及滥用，会逐渐造就这一切。

冰川融化，各种灾害，很多动物已灭绝。如果人胡乱行事，意识与心灵没有用于平衡与建设这个世界，为他人造福，反而破坏和平，制造罪业，伤害生灵，行动与想法一切从私利出发，怎么可能期望未来取得所谓的胜利。

胜利不能建立在大多数生命被忽视、被牺牲的前提之上。胜利属于内心和平、关切与照顾他人的福祉。

同样，大自然不可战胜。它承载人类，也需要人的谦卑、尊重、照顾与供奉。

※

"重点在于必须下功夫觉察自己和他人的互动方式，尤其是尊重自己和别人，诚恳地展现自己，学习维持自己的完整性和尊严。这意味着不抱怨，而且不论自己的感受是什么，都能尊重和体贴别人。即使快要死了，仍然能尊重自己和他人。因为你是谁，比你将要死亡更为重要，也比失业或失去情人更重要。"

※

网络的快捷表达方式催生肤浅的思维，使噪音的暴力叠加与膨胀。

在一个人的艺术创作中去理解他的本体，一本书、一首歌曲、一幅画、一帧照片、一部电影……这些作品由本性的源头出发而创造，不只受限于头脑中的思维和偏见。

是可以凭靠文字爱上一个陌生人的。你不禁猜测这个人的心里有过什么样的经历和感情。有些作者会带给你不同寻常的视野与情感，成为你生命记忆的一部分。

艺术家的职责，其真正本质是发现与表达生存之美。当然美之中总是有黑暗与苦痛，这是不二的。

一些美的作品，加持力真是巨大。

把稿子打印出来，厚厚一沓。纸上看感觉清晰。不知道翻看过多少遍，仍一字一字读得很慢。昨天读完两章。

小姑娘说，妈妈，你写得真好。你是我的偶像。我怎么会跟我的偶像住在一起。我说，那你为何有时还让你的偶像生气。

绘本翻译交稿。上次的《狐狸与星》画得很美，这次也是。句子少而简单，重要的是对它的解读。被里面简易而深刻的道理打动。绘本美感与哲理之高水准，高出多个意识级别。这是真正的起跑线上的差距。

不知有哪些山或村庄，地处幽静，或有雨水，树木繁茂且人不算多，适合小住。

※

任何事情需要连贯的训练，重复多次以后会转化。

我训练自己每周集中讲话一两个小时，不让口语表达能力退化。当人过于熟练或依赖书面语，反应速度会慢。写作时下意识内心谨慎，寻找合适的表达方式。在持续而连贯的说话中，这种思考时间的过渡只能减少，并且迅速切换。

训练自己说话，有其必要。如果教别人一些东西，自己会学得很好。教课有其作用。

编写"写作并且静心"的课程，感觉手法和写小说差不多。先有整体结构，理出各个部分，最后完善各种细节。萃取精华，选择合适的工具和方法。课程有自由创造的空间，更需要现场能量交融。喜欢做一些崭新、未知而有活力的事。

做一个 PPT 文件控制时间与流程。再做一个课程笔记，记录周全必要的环节与细节。剩下的，依靠现场发挥与现场互动。不能完全依靠兴之所至。有控制，有调度。之前去听课，也是看老师们怎么操作，积累经验。对比聆听者的感受。我知道一位老师如何去操控场面。

设计出一个体系清楚的课程内容，包括每个环节，细小到音乐、过场等步骤。最后撑住全场的只能依靠说话人的气场。内容是第二位的，存在感比较重要。

教课要真诚、有初心，深入思考并开放地分享。

做事记得发心。发心是一切。

抵达香格里拉。课程气场清净,能量交融,圆满完成。我想无形中一定发生了一些什么。基本上陌生场域都会有些不洁净需要处理,而教室里完全没有。后来想想,道理很简单,在这里的每一个人都带着深深的爱与感情而来。带来无形而深沉的滋养。这是集体心念发射出来的。

一群有礼貌的清洁的人,听课时脸上露出感动而纯洁的表情。容易感动,常常有人哭,还有几个古灵精怪带着灵气。也有心里压抑某些心结的人。每天睡眠只有三个小时,站着讲课六个小时,人却有精神。

深深拥抱三十三个人,彼此拥抱,祝福对方。我之前并不知道,那些在遥远地方的读者,是一些这样可爱的人。

※

清晨山谷中煨桑的白烟飘浮,知道要走了,拍下一张照。早上声响很多,牛铃、水车,鸟儿飞过田野,树木变黄。这三天觉得健壮和生长。

※

对待花草,有温柔、平等的心,给它所需要的,不给它自认为它所需要的,经常体察它的感受。对待任何人或物,也这样就好。重要的是保持一定距离感,让它觉得自由。

佛陀离世之后，所有他事先担忧的事情几乎都发生了。比如人们开始拜偶像，有人穿僧衣扮假，诸如此类。他最期望的一件事，等他走后，以法见他，反而是最困难的。

搭配风炉，买了两个侧把煮茶壶，其中红泥那把刻有"神骨俱清"四字。朋友过来一起煮茶喝，捎来一袋福建水仙。她懂茶，熟悉武夷山一带的茶厂。好喝，热乎乎的醇厚香气。秋天适合岩茶。

人与人之间的见面，并非一定要交流或沟通什么。见到一些人。知道哪些以语言与说话为重，哪些以对方的气场与能量为重。当有魅力或气场强大的人出现，会觉得说什么都是多余。不如彼此沉默，可以通畅地"吸气"。

早上给宋梅换新土，搬到窗边，等待它长出花苞。高兴的日子有一天算一天。

月影清辉，古松廓然，荒地练拳数遍。脚步踩在枯叶堆上簌簌有声，幽暗中旷野空无一人。只有明月当头。

※

有时要退半步。但是如何退没有觉悟做不到。

有些人到了生命后期反而名利心更盛，情欲高涨，处处要引人注意。疯癫狂野的事趁早做完，以后有时间慢慢沉稳地回归本源。颠倒很麻烦。

学习与修行过程是，先要掌握与了解最终之道。有一个目标，然后通过具体法门，也可以称之为技术、技巧、方式、工具，从低处做起，逐步靠近目标。

一心一意，持续去练习。这是勇敢者的游戏。保持耐心。

有两类人可以修道，内心洁净虔诚的下智之人，以及聪慧的上智之人。大部分处于中间的人，只能反反复复以事与境来磨炼，慢慢爬台阶。

争取一生能再上几个台阶。

公寓楼里，深夜听到附近邻居家里隐约传来男女争吵，有时激烈打斗。

这几年在公寓区域里租房的邻居，进进出出，曾经一对老外男女的状况更厉害。号叫，哭泣，好像会杀掉对方。在此处能居住的人大多经济状况还好，但这些场面告诉我，情感的满足与健全，与住什么样的房子过什么样的生活并没有关系。

人沉浸在苦中想不到是苦。关系考验人性，大多人即便成年也内心深藏匮乏。关系逼迫人现出原形。得到一个合适妥当的伴侣，需要福报相当。想保持一段长久的自由的关系，需要深刻的理解和慈悲。

晚上去湖边公园小坐。一颗明亮的星，半个月亮爬出来。

※

这几天看到的对"女转男身"最好的解释，是把身上阴性、负面的部分转化成阳刚之气。修行始终需要"大丈夫"精神。没有人提点，光从字面去理解意思，无法进入秘密层。这说明，一些阅读如果没有做深入思考，至少有一半的深意是被辜负的。

老班章古树今天到家，感觉到茶气。带着阳刚，不暴躁，不生不涩，也不软弱。调和而正直。不锋芒毕露，饱满有力。与书中所描写过的般若有相同性质。不可说，却存在。热腾腾茶气充盈身心。

陌生人每天给我发一封邮件，已持续两年。每天一封，相同的内容和标题，不知要持续多久。只能见到删除。也许他有些精神问题。我想不会一直都是如此，事物总有变化。也许某天这些邮件消失无踪。

大部分人都是在不自知的染污中过完一生，但做过的事情一件都不饶。需要忏悔净化。刚强执着的欲念，是现世轮回。以事为师，处处有显示。心里不留染杂，体用如如。

一个成年人有可能即便到老，也做不到人格完善。年轻时受苦，之后自我教育。这条路崎岖，但需要这样做。

爱自己的妈妈没有难度。对国人来说，不管妈妈什么样，最后都必须爱她。爱陌生人是难的，人对没有关系的人不怎么好。而真正的菩提心，至少能够关爱陌生人。否则只是本能反应。本能反应没有什么价值。

比如，一些母亲总觉得自己的孩子最漂亮、聪明，谈论起来滔滔不绝。这也是本能反应。能够爱别人的孩子，看到他们身上的光彩，才是真正的母性。

※

这一世为人，像奋力攀爬悬崖峭壁，试图到山顶，中途不知哪里出错，总之没有超越，又重重摔跌下来。继续重新爬，从低处开始。有些人有记忆，跌跌撞撞、模模糊糊，沿着轨迹重新再来。不要多次跌落在习气的错误上面。

跟朋友聊天，他事业有成、家庭和谐、衣食丰足、性情平稳。说，从不想修行这一件事，觉得此生很好，怕一学习还坏了自己目前的心境和状态。虽然知道佛法有智慧，但"不敢碰"。

我默默听着，说，是的，这样也好。

※

在欧洲旅途中，酒店里，有机会见到亲密相处的伴侣，无论年轻或暮年。

没有喧哗、儿孙、怄气，从形式上看，法国男人享受并且需要与女人在一起的关系：认真与她们聊天，玩耍，陪伴，分享旅途与美食。

在南部乡村，溪涧旁看到一起晒太阳、读书、水中冰镇红葡萄酒的老年夫妇。他们穿着短裤内衣，度过宁静的共处时光。在旅馆晚餐时，餐厅面对峡谷无敌美景。一对上了年龄的夫妇，坐在沙发上互相依偎，长时间默默地看着暮色中的山谷，桌上放了两杯酒。

对他们来说，时间不存在。只有彼此在一起的质地。

而有些男性大部分时间贡献给赚钱、应酬、各种关系、娱乐、新闻、手机……唯独缺少与伴侣在一起时专注与安宁的心情。缺乏能力去体验关系的美感，也不觉得情感重要。男人很少关注女性真实深入的生命内在。有人开玩笑，不管是什么年龄的男人，只喜欢二十岁的女人。

在洛阳高铁车站候车时，看到一对情侣。男人六十多岁，一头白发身材壮实，依然炯炯闪亮的蓝色眼睛。女人五十多岁，头发盘成发髻，穿灰色短袖棉衫不施脂粉。随身携带一大一小两只黑色行李箱，各自背着双肩背包。是在旅行的路上。安静而闲适。

女人脱掉脚上凉鞋，侧身坐在座位上面对男人，一边晃动赤足一边吃着手里的葡萄。她明明是老了，头发里掺杂很多白发，却散发出被宠爱着的小女儿情态。两人依然有充沛情爱，轻声亲密地说话，拉手，肌肤相亲，互相抚摸。妇人把脸靠在老人的肩膀上，依赖着，身心自在。她看起来并无出众之处，也不美貌，更已失去芳华。只是一个老去的普通日常女子。

但这个男人仍不时深深凝望她。仿佛在他的心目中，她仍是一朵盛放的玫瑰。

想起和她差不多的年龄但却存在于另一种情感状态的女性，大多数到了这般年龄，已被沉重的生活与婚姻磨损碾压得失去个人质感。发胖、无性、庸碌、唠叨，成为长辈，而不再是一个被爱着的女人。

闲来无事看电视连续剧度日，加入夜色中广场舞浩浩荡荡的队伍，在集体无意识娱乐和歌舞之中，暂时忘掉自己。她们鲜少有这样的机会和方式，仍能和伴侣背包旅行，以及被伴侣用深爱的眼神凝望。

女人的生活优雅、浪漫与否，大多由身边伴侣的特质决定。决定于伴侣是什么样的男人，用什么样的方式在对待她。这决定她最终成为一个怎样的女人。

※

文德斯的《错误的行动》，关于一场作家的旅途，与不同的人相遇。

复古装扮、自然的风光、破败的别墅、美丽少女的脸颊以及男人们之间一本正经又半梦半醒的讨论。这部1974年的公路电影，有诗歌、哲学、思辨而文学化的台词，在当时也算美妙的运镜方式。

但如果是完全相同的一部电影，不说导演是谁，放在国内电影院公映，也许会遭受比《地球最后的夜晚》凌厉一百倍的排斥和痛骂。

1974年，德国导演在电影里讨论"人生的无意义和空虚""死亡""德国式孤独""诗歌""政治与写作"。而如今，即便我们讨论这些，依然会被嘲笑为"矫情""无病呻吟"。

一个社会蔑视形而上命题，蔑视思考，蔑视哲学，剩下的就只有物质与规则。这是一种肤浅而暴戾的价值观。

同样是台词充满思辨和哲学讨论的电影，男主角也都是作家身份，觉得《野梨树》意识更高级。这是导演们的价值观所产生的不同的观察世界的方式。《错误的行动》有一种荒诞、颓废、麻木，但这种虚无是青年期的、人造的、思维不完整的一种戏剧化构建。男主除嘲笑自己、厌恶他人、对世界无能为力，一无所获。

《野梨树》的男主一开始也有虚无与疏离的心态，但生命经过多次冲突、整合，在最后那段大雪茫茫的结局中，达成与自己、他人、外界深刻的和解。

※

黄昏去老友家里。以前喜欢和年龄大的朋友来往，通常比我大十岁左右。看看朋友们，知道自己以后会经历什么。老去是自然的事。

朋友说，第一次直觉生起的决定通常是对的。要相信第一个念头。还有那种反复生起的执念，需要去做，其背后有一股力量，我们猜测不到它的意图。但是人该如何打破业力的促动，即不得不去做的事，以及被强力限定的选择。

以前总想抗争，对着干。现在觉得要顺势而行。

不要主动去找事，但是来找的事不要轻易拒绝。这也是年长的朋友对我说的。

※

一些所谓的重量级作家写着与读者无关痛痒的作品，大概只适合做课堂研究。也有名作家直播谈论文学，听了几分钟，没有感受到有力、深刻的阐述，都是泛泛而谈的平庸套路。

文字应具备熠熠生辉的深度、哲思、美感与高贵质感。

人生很多珍贵而郑重的意味是在寂静处显现的。

所有的讲述与表达都是一种传承。书写也是。

※

所谓"沙门"，是试图寻找真我、探求真知的人。这类人在佛陀时代很普遍，他也是其中一员。佛陀是追求心智灵性解脱的典型的印度沙门。他说过，不要立塑像，要依靠法，在法中见他。后来被雕塑成负责心想事成的神灵，也是有意思。

想起以前饭桌上遇见一些人对佛教嗤之以鼻或者冷嘲热讽，也没有什么恶意，只是对此完全无知。在他们的概念中，佛教就是一帮老头老太太在寺院磕头祈祷索取现实利益，或者就是穿僧衣的人坑蒙拐骗。就此断了所有念想。

佛教的弱势,导致它边缘化的原因,也许是高度辩证的哲学体系,很难让人进入门道以及真正掌握。佛陀创造了开篇,之后的传承弟子们则以智力、经验、觉受、体悟一路开拓出各种各样更为开阔与丰富的理论世界。佛经那么多,都是佛陀思想的发展结果。

需要有实修。佛陀最初也是从止息、禁食、瑜伽等方法开始,身体的变化重要。沉溺于思维是搭建空中楼阁。到最后,书本、文字、语言都应放弃。

学佛大众普遍心态,一、渴望神通,缺乏对正见与理论的理解与掌握,被形式玩弄,陷入意淫。二、头脑聪慧,但缺乏老实与虔信,很少把理论落实到实践,和自己的头脑做游戏。三、虔诚,单纯,也很无知。

修行与否,区别在于我们看待生命的广度,以及对时空的观念是单一还是立体。

量子物理学的奠基人之一,Erwin Schröedinger,说过一段话:

> 物理学家所研究的所有现象都只是"在他们的意识中"发生,因为所有现象都是意识(也就是"心")的表现方式。不存在外部的"物质"原子或"物质"世界。现象是意识或意识的波动。他们都存在,但作为意识的波动,而不是作为独立的物质或能量块。量子物理的无限量子场实际上是一个无限意识的场。不二论者称之为梵,佛教徒称之为大手印或法身。

转换心,其实是自身转换六识。这样世界的呈现也不一样。

※

好的电影或小说让人身心不安。仿佛身体深处某个部分被唤醒。

若能给予他人正面的影响与启发,即便微小也是值得,这也是工作的意义。心的视野建立在身为人类一分子的角度上,会让人对生命有更深度的体会。

没有真正受过心灵的苦痛,以及充分地以劳作服务过所处的生活、外人与外境之前,人没有资格隐居。还不配过彻底内外清净的生活。

※

"云何净其念,云何念增长。云何见痴惑,云何惑增长。"

看人讲解《楞伽经》,这么晦涩,何况原文。宋代时就已评价它难读、难懂,今人更难入。有时想,读这样的书有什么用处。有时想,一定要读通。读通之后,这个物质世界的另一个维度能够浮现。

读一本日本禅僧的书,在永平寺出家十九年。他叙述自己童年时得病、为获知死亡感受在竹林绞杀流浪猫、幼年性冲动、与老人一起住院、目睹爷爷遗容、去东京上大学、读康德、与大二十四岁的女人恋爱,最终决定出家。言语犀利,思想深刻,非平常之类。

这种率真、直接、如实,不留情面,不动声色,正是禅的写法吧。

道元入中国之后，一直安顿不下来，见到如净，知道他才是老师。如净见他，知道弟子来了。临行前告诉他，哪怕接取一个半个众生，也要"嗣续吾宗，勿令断绝"。日本曹洞宗后来发展到西方欧美世界，遍地开花。

道元的永平寺山门，上书"恐怖时光之太速，所以行道救头燃"。今天查资料，看到他回忆天童如净老和尚，说，众僧每天每夜打坐从不间断，他巡至入睡的僧人就用拖鞋或木板击打他们，若他们还睡，就点燃烛火大声说，生死事大，世间的人生活都不轻松，你们不用劳作，进到寺院是来干什么呢。你们做和尚是为了什么。你都不知道自己明天是不是还活着。

只有精进打坐，佛法才能得以身体力行地存在。如果人们都不精进，佛法就无法存在于世。道元说他决定回日本，是终于知道自己"目横鼻竖"，可以"空手返乡"。

宁波天童寺是日本曹洞宗的祖庭。道元在天童寺获得印可之后即回国，建立永平寺。十岁春游时与同学老师一起去过天童寺。少年时，朋友们聚会也爱去。以前进入山寺的前路很长，两旁古树参天，竹林深幽，还有中途休息或避雨的亭阁。一面碧绿空湖，建筑古朴，回旋木廊，厨房有巨大铁锅。

这几年发现都被改造了，成为崭新的旅游地。

※

"昨晚梦见你了。你的头发乌黑浓密，我们说了会话。"

※

暴雨大作。打不到车,只能在旁边星巴克坐一会。

有时觉得仍像二十多岁时,带着一些些颓废与冷淡,与这个世界总有距离。这种隔膜让我感觉到属于自己的本性。

不喜欢和陌生人聚在饭局,虽然一再回绝让人有罪恶感。但在席间,听着一些傲慢而无趣的人说着奇怪的话,度过两三个小时,实在浪费时间。除了感受到荒诞世相,不会有增益收获。

这几年见过高能量的人,留下印象深刻。日常的寒暄闲聊无趣,像人的兴奋点阈值调高,很难得到充分满足。过招不能有比较,如同品过好茶,闻过好香。

下午去听课,出租车上放着哀怨的流行歌曲,想起老师说过,哀伤是阴浊。哀伤的诗词音乐都不可碰。孩子尤其如此。

他说,人如果不能实现"文化",转化出那个能量更足的灵魂,最后就只能"火化"。像烧垃圾一样烧掉自己。想起俄国老头说的,这个世界大部分的人都是按照自动化反应行事的机器人,如果不能让生命有所结晶。俄国人所说的"结晶"与道家的"圣胎"以及佛教的"真如",说的也许是一回事。不是创新。

他说,做人事就是做善事消业,这才是事业的本意。

※

网络上有大量毒鸡汤,让女性认为找到一个宠爱自己一辈子、假性母亲般的男人,给予无限的忍耐包容珍惜爱护,是终极幸福。却意识不到这只是妄念。

如果女性在情感关系中的价值观有问题,男人也会更世俗而冷酷。还有流行的那种,不给我钱花的男人一定不够爱我之类的论调,着眼之处若都在物质与世俗享受之上,情感的真谛只会远离。

女性素质有待提高。拜金、需求依赖和保护、痴迷奢侈品与整容、独占欲与嫉妒、希望不劳而获、懒惰、沉迷于娱乐而不创造、唯我独尊。这些年轻女性如果开始育儿,不知道前景如何。

不知道"大女主时代"是什么意思。一次在街上亲眼目睹,一个女子因为男朋友不给她买衣服,当街打男人一耳光,仿佛受了天大委屈,满脸憎恶。以后很多年轻情侣恐怕无法共同生活。即便结婚也会匆匆离开。

虚妄而无明的认知,会让人一生都无法感受到爱所带来的真正滋养。

在关系里,人需要保任一种平衡的状态,平和,宁静,通透,相信自己,接纳对方。对事物生发起灭背后的空性有理解。否则,情绪、比较、判断、心理投射会制造苦难。大部分世间恋情无不如此。这些是自己的责任。

总是要在失去之后才知道,自己把什么东西真正搞砸了。

※

在一起的时候不好好珍惜,任性而为,分开之后又怀念对方,如此有什么意思。像火焰把柴木都燃烧充分,情感才能像灰一样熄灭。

人生无常而短暂,还在用各种内心怪圈毁灭相爱的喜悦,熄灭人与人彼此取暖和拥抱的一丝丝机会。这种苦由自己承担。

最简单也最困难的一件事,不过是你爱的人,也刚好爱你。想在一起的人,刚好可以在一起。

如果不好好珍惜这样一个人,那就是活该了。

※

身心速度放慢,外部世界的一切粗糙或精细呈现得十分清楚。好像一层噪音去取后,重重存在暴露无遗。

见到的大部分人都是情绪化,戏剧化,前后矛盾,易怒并且易碎的。

※

有人来信,说,喜欢你近年来的新书,大抵是因为:1.道出自己心声;2.寻找生命真相,并出路一致;3.语言风格特立独行,不迎不拒;

4.逐渐走向觉醒。

现阶段的健康与清醒需要珍惜，尽量写新作。写作需要体力与脑力的支持，互相平衡而有力。人的写作其实是为未来。在当下它们埋下种子，埋在泥土中看不到热闹。以后才会开花，结果。

不管外界如何沸腾或荒芜，写自己的。

时代气氛需要抱团，这样能赢取到更多的利益和安全感。但同时削弱个体的思考力和成长。从短暂来看，取得利益和安全感是首选。从长远来看，个体升级更重要。只固守现世利益，眼光不会远。

探望易经老友，他头发已白，住在完全不收拾的房间里，口袋里露出一截摸得发亮的佛珠。说不想再做学术研究，愿意被边缘化，早点退休。我说，那以后精力都想用在什么地方。他说，修身养性，练太极，恢复道家功课，静坐。

我去看他，他很高兴，说了很多。他的易术需要聪明的脑袋才能掌握。说，超逻辑不是非逻辑，而是人太难触摸。又谈写作，认为真正好的作品最终一定需要回归儒释道。

※

看完电影《见习修女》。背景是梵二会议导致九万修女退会，她们在改革中被剥夺了身份特权，与普通人无异，而不能再认为自己是基督的新娘。电影中的年轻女孩为逃避人间世俗痛苦，而自我囚禁于修道院。产生对性的渴求,惩罚自己不断自我忏悔。

身体的愿望应该被满足,被抚摸,被拥抱,得到释放。身体会老死,活力有期限。与他人和谐的能量交换是良性循环。对人产生困扰的不是性本身,性是美的、无罪的、灵性的,带来问题的是人的心态,嫉妒、占有、罪恶感、敌意、黏缠……

一个行为必然带来一连串的心念对应,很难做到清洁独立。因为如此,各种修行修道都提出禁欲要求。目的是断除那些会随之而来的负面反应。但如果人能够越过那些负面反应,他是否能做到行为自由并保持清洁心态,不再需要额外的禁忌。

也许这才是真正的随心所欲。

这几天的月亮好看,熄灯后,月光银白,像水般流到床边。与朋友相聚,晚归穿过花园,看到有男子在大圆月下面打太极拳。

※

人与人之间相处不难。卸掉期待就可以。

很少有现在这般无法言喻的平静而愉悦的感受,如同不停赶路饥渴不安的人,找到一处甘美的水源。扎入水中,长长久久说不出话来。

听到某些音乐,读到某些书中句子,看到某些画面,让人心里难过。好像曾经错过或遗失特别美好干净的东西,那一刻却能感受到它们在心中闪闪发光。

毫无顾忌地宣泄出蔑视、恨意、内心的无知以及对假象的迷恋，却羞于承认自己对精神世界的困惑与无力，也羞于与他人分享情感。也是这个时代的特征之一吧。

一些断章取义的评论，喜欢在形式、表面、标签上打转。看一本书，至少要搞清楚它的文体，读得懂它文字背后的含义。断言一位作者，至少了解他的创作脉络，清楚他在写什么。这样会少一些不负责任的自得而轻率的断论。

看到一部电影的几段台词很像《莲花》《春宴》里面写过的命题。也是第一次思考有多少人曾在这些小说里，领会过我多次表达的关于生命的"真实性""苦难""幻化""勇气"的探讨。也许很大的阻隔在于它们是畅销书并被打上各种标签。如果不畅销，这些主题无法吸引读者来碰触。但因为是畅销书，文字的内涵难以被正确而深入地理解。

只能由时间过滤并重新凸显其意义。

※

早上读到一句，说，众人"爱世俗卑劣之物"。觉得没有比这更准确的表达。朋友说，为何内心也算安静，却缺乏勇猛的力量。我说这是一种困守之境，即，没有什么外境、外物、外人能带来向上的推进的力量，相反需要动用大量的自身能量，尽量维持和平衡内心。

人的一生要处理大大小小多少麻烦的事。坐下来喝杯茶,透透气,也许很快就好过了。

※

情爱需要想象空间、未知感,如同少女们向往演唱会上金光闪闪的偶像,需要借助盲目和妄念的热油燃烧。婚姻并不是恋爱的果实,也不是感情归宿,它是一桩合作。

合作是动态的、发展的、变化的。若想合作稳定,只能适应和掌握它的生发变动。需要身心成熟,具有智慧与慈悲。能够从婚姻中毕业的人,比起以爱为名的自私与互相损坏,毕业生们经历的是大修行。

不管是因为相爱而结婚,还是因为其他各种复杂原因而结婚,婚姻是一件独立的事情。它只是成为它自己。它会质变。理性的人至少保证合作运转良好。

不太愿意在微博上回答一些关于情侣、婚姻、婆媳、母子关系的问题。因为这些问题的解决,只能依靠自身认知与行动的能力。

狐狸提议小王子驯服它,说驯服是"建立联系"。它说:对我来说,你还只是一个小男孩,就像其他千万个小男孩一样。我不需要你,你也用不着我。对你来说,我也不过是一只狐狸,和其他千万只狐狸一样。但是,如果你驯服了我,我们就互相不可缺少了。对我来说,你就是世界上唯一的了,我对你来说,也是世界上唯一的了……一旦你驯服了我，这就会十分美妙。

人们习惯在商店里购买现成的一切，却没有一个可以购买完美关系的店铺。

※

清澈、澄明、温柔、智慧的本性每个人具有，只是大多数人不去发现、感受它，也不珍惜。我们对于自己的本心、本性缺乏基本理解。缺少这种理解的爱，最终都是一种自私的欲望。伤人伤己。

概念需要清晰厘清。各种概念是生起次第的作用，为了模拟出一个程序。看完世俗谛与胜义谛的解释，发现《夏摩山谷》是完整意义上的世俗谛阐述的探索。

对我来说，写完这一本书，已安心。有了一个交代。

雪窦禅师：闻见觉知非一一，山河不在镜中观。霜天月落夜将半，谁共澄潭照影寒。

这是来自极深境界的一丝消息。

也许我只是想告诉你，我曾经在心的领域，行过哪里，看到过什么，如何行进，而这是一条怎样的路。

※

小姑娘剪了短发，准备周一开学。

这几天她认真阅读关于梵高的小说和川端康成的作品。说读到川端康成文章中的一句话感动不已。在房间里听着音乐做手工、绘画，有时唱歌，安静又开心。晚上一起在厨房做寿司，喝一小杯粉红香槟加冰块。放舞曲跳舞，很像住在女生宿舍。去花园里看月亮。

她写了一些小说，想发到网络上。我不干扰她。有创作力的事情做什么都行，发给我一部分看，文字韵律节奏很好。但我也不表示支持。

朋友说起以前邂逅一位道教高人，当时九十多岁，对她很有善意。而她认识不深，没有从这个宝藏中学到什么。现在自己的认知程度可以理解与承接了，对方却已去世。

我说，在不合适的时候遇见合适的人，或在合适的时候遇见不合适的人，都只能说福报不够。

※

"2000年，你出版第一本作品的时候，我才三岁，那时候还不知道你。后来从高中到现在，也好几年过去了。时间很快很快，忽然就长大了。有时候不知道路该怎么走，有时候也会害怕和怯弱，终究是能量和心力不够，怕生活会与内心的想法不统一。虽然反反复复，但好在一直在行走，在前行。

前两天傍晚出去散步的时候，看到稻田里的稻子开始变黄。我刚来这里上班的时候，稻子还是绿色的。生活简单平凡，但是每天给自己一些安静的时刻。看书，看电影，听会歌，出去散步，拍照。喝杯茶，去朋友家小坐。这些都可以让自己慢下来。

没什么太多想说的，只想和你说说话。想念你。"

※

和一个办孤儿院的女孩吃饭，她抚养二十多个残疾孩子，给他们治病，让他们长大。她说这么多年积蓄花完，完全没收入。以前在外企工作英语很好，需要短期找一份工作。但她不接受任何有目的的捐助，也不让拍照以及让孩子抛头露面。

她说，人活着就几十年，为自己能做的事、能花的钱是很少的，还是应该为别人。她是个基督徒。

要容纳人性各种复杂而隐藏的特点，需要大海一样的心量。

有证量的修行人，看起来轻松自在，淳朴而透明的笑容。如果真正了悟空性，人不会有过于长久的抑郁、焦虑，或者说不会长久困顿、黏着于此。此条可以做检验。

上次读一本关于基督隐修的书,让我了解到自己对基督信仰的认知是有多么浅薄。可说是一无所知。所以我们有什么资格对不了解的事物、范围下断论。

让古老的哲学与智慧真正对人有益,而不是异化成金钱、投机和头脑的游戏。

越是高级的事物越是容易发生误解,被蔑视。

其实不可能对一个门外汉解释"修行"到底是干什么的。如果他还能说出"信佛不就是烧香拜佛吗"之类令人无言以对的话。对宗教我们的误会至深,保持沉默比较好。宗教哲学与宗教文化是两回事。

有些攻击修行、灵性的文章一看就是对智慧与真理完全无知的知识分子写的。僵化而骄傲的头脑活在自己偏见的牢狱里。可惜人的小聪明大多用在显露无知上面。

人们把信仰、宗教、宗教形式混为一谈,导致其核心无法被清楚揭示,而形式导致的冲突、偏见、扭曲、误解根深蒂固。本质上,所有人类宗教的源头万般归一。不同地区与文明的人类,如果感知到自己的灵魂,都会试图给它寻找出路。

隐隐感觉,西方的力量是开创、掠夺、破坏、占有的,越是用力和强烈,越渴求救赎。东方哲学倾向治愈、弥补、完整、平衡。这一阴一阳的显示对地球有利。开创站在主流位置,治愈力量则在边缘处。

但如果没有后者,处境的毁灭会很快。

※

晚上读诵莲花生的直观之道，感悟深。一字一句像水滴融入大海即刻就化。这跟近一年来反复觉知观察自己的身心变动有关。觉知观察心的镜像。

在心慢慢静定下来，可以接纳与理解很多事物以后，会发现身边出现的人有更强烈的情绪化、偏执、愤怒、固执的反应。也许是观察更敏感了，但基本上无法治疗。人只能自己治疗自己，无须解释与劝告。

某种程度上，除了以不变应万变，人控制不了任何事。

这个世界轮不到我们对它的任何一种示现下结论。事物有其正面背面两面存在，在空性的背景之上。也轮不到我们随心所欲地判断、定义，附加其上的情绪不过是妄念。

突破二元对立是基本常识。

一个人懂得越多，了解越深，渐渐会成为没有什么情绪、偏好、意见、感受的人，普通平凡，如同活死人。因为他知道事物如如分明，再没有什么增添与是非。他的认知决定他的言行。

想起朋友送我时，说，有时觉得自己很绝情。情若加上妄念，是无明根本。真正能够留住人的，不应该是情，而是许下的承诺、发下的信愿。是愿力。

※

荒芜孤寂的海边,看起来没有希望的困境,得了脑瘫生活慢慢不能自理的母亲,在钻井队工作的十九岁的儿子。父亲意外去世后,只有他与母亲一起。恶劣的工作环境,远去的同性恋人,吸毒,找妓女,试图救赎的自毁,没有朋友、恋人、父母照顾。电影冷静、细腻、克制、深入,有些吓人的好看。

感触有些人内心的孤寂、坚硬如同镜头里的茫茫雪野、海边独居。某种意义上,能够独立而忍受孤独的人,才是真正的人。

对置身的时代可以有一个大视野,把它放置于地球人类社会的演变进程中去衡量,对自己的生命也是如此。放在一个重重无尽的时空中去衡量,而不是局限于一年、十年、一生。

如果飞机带我们升得高一些,俯瞰大地的视野与心境变了,知道以前理解与定位的自我有局限。这样,再次落地,清楚自身存在的大小与意义。

发生的一切都是这个重重无尽时空的能量点。发生的一切,都要接纳,以及懂得如何转化它的能量来发展内心。

对试图解决的问题来说,当我们懂得看待它的基本原理,它的重要性会减少。

※

他说，我一般不劝人学弹古琴，不过读完你的《月童度河》寺庙部分，看到你对中观的理解已具备认识。以这样的理论基础去弹琴，琴声会很好。

我说，十几年前接触过古琴，也学过。没有遇见合适的老师，没有坚持下去。现在一把古琴还挂在墙上。但现在心境变化，已不再需要这些技艺去填补，以前那种热切学琴的心没有了。现在无念。

他说，我觉得你应该弹琴。你现在心里还是有未尽之事。琴声可以随心所欲、不拘形式，不需要什么规则。问我学过什么曲子。我说，古琴入门曲就是《仙翁操》，也学过《酒狂》。他说，这两首都不是适合你的曲子。

下了地铁站的路经常堵车，他提早出来等我。在车上一边等一边睡了一会。今天热，在湖边喝茶，话比第一次见面多。说得更深入一些。黄昏时他进厨房做面条，湖边吃。养了六只大白鹅，鹅在草地上下蛋。他煎鹅蛋，蛋黄是鲜红色的，并没有腥气。

他说，这湖上会飞过来鸳鸯、白鹤、天鹅，但不能惊吓它们。湖光因为太阳、云朵发生变化，风吹过树枝的声音让人舒服。现在没有情绪波动，普通平淡，有时像个活死人。我说，活死人古书中提过，这是一个标准。去附近荒地树林散步，一白一黑两狗和一只大山羊跟在身后。走到夜色变黑。一直说话，密密深深。

晚上八点半坐上回家地铁，感觉时间很快。他年轻时也应是个白净俊秀的男孩，不过因为爬雪山、在深山常年居住这些艰苦的事，食物及营养不够，面部遭受过各种风霜，显得憔悴。头发也白了很多。做古琴时手指会见到骨头，大漆过敏，脸也肿胀。

这么多苦，心里有愿力，也不觉得苦。说，不考虑生死的事。修行只有两件事，不伤害任何人，以及克制欲望。这是世间修行。

我说，我还是会担心轮回，如果重活一遍，做人太辛苦。他说，你这是没有悲心的厌离。不能黑白分明，厌离与悲心要互相依存。如果有信愿，苦也是乐。

※

如今才能真正明白萩烧的美，买了两只三轮休雪的茶杯。大家风范的手艺有说不出的气蕴藏其中，用久了会更强烈。

最近喜欢手作柴烧陶器，收集一些，觉得原始、质朴、毫不粉饰。这种气息滋养人，渐渐其他的茶器就不用了。好像缺少那股泥土气。

看着这棵树喝了一会茶，风吹过落叶纷飞波光粼粼。荷花败落，想起夏日常去荷塘边喝茶小坐，果然看完它们的四时轮回。美与衰亡都一样安然。没有比大自然更好的治愈，人与万物同体。

东方人还是要回到东方的源流之中，不达到自我和解，非疯即狂，抑郁癫狂。

艺术是一种神性试探，真正的艺术工作者一生以此修道、实践。宗教狂热分子很危险，修道的修成精神病的不少。艺术家也是危险的，自杀上瘾的古今都有。

都是悬崖上走钢丝，一步偏都不行。终生都要保持小心翼翼前行。

如果一个人有修行的福德，会遇见带来启发的明师，得到相关的书籍。走正道，有体悟，可以启程。如果没有福德，会遇见商业化包装的假修行人，劳命伤财，不停兜圈子。留于表面，遭遇各种干扰障碍。修道修行不可强行追求，它也是一个果实。

在现实中要遇见指点与引领的确不容易。以经典为师、以自心为师，也已很好。忌讳轻率投入任何集体团队与个人崇拜。修行之路依靠自己反复去思考、疑虑、解答、摸索。知行合一。这是真切的经验与进步。

不能纯然依赖外界、外人、外力，而是仰仗经典与实践去推进。所谓观照、炼心，时时刻刻，大大小小，庞大或琐碎，没有一刻可以回避。这种克制与平衡是人最重要的学习。

保持心在平稳中的欣喜与流动，真善美仍是世间运行之最重要的秩序。这种相信需要常在心头。是对自己最好的守护。

※

体会忘我。以此，开始崭新而清洁的新阶段。

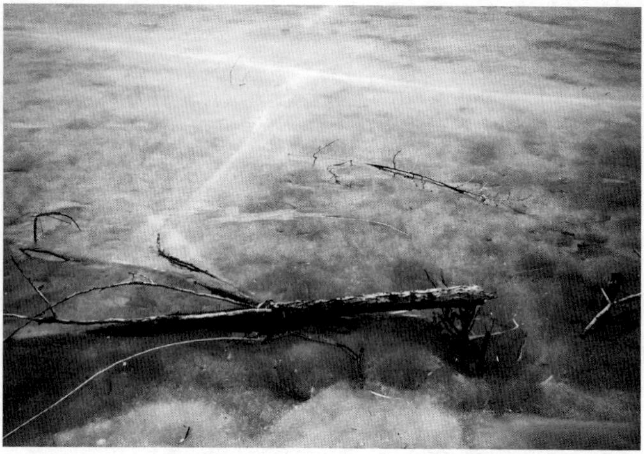

肆

佛前油灯

清澈河流结冰,枯树冻在里面。适合散步,每次都是独行。

※

记者说,以前读你的书觉得句词很美,这次在《夏摩山谷》中依然能感觉到洁癖和美感。但文字在书中渐渐变得好像不重要。甚至感觉不到它的存在。

我说,文体内在的生命力旺盛时,文字的形式就被碎裂。

问题不仅仅在于,是否需要读者具备允许作者推进的耐心与开放性,独立与完整的作者叙事大多有自己的速度。问题在于人的偏见与成见,那些戴上有色眼镜的浮躁、顽固、狭窄而受限的认知。

昨天梦见有人唱歌,歌声美妙。是个女人的声音。醒来记不得歌词和旋律,每一句都不长。像在《夏摩山谷》里描写的唱歌场景。这次长篇有多次"哭泣""唱歌"的场景。以前没有写过这么多的"流下滚烫的热泪"。

文字是一层纸,需要捅破看到背后的真实含义。否则文字会成为障碍。它是被打开的门户,打开不是逐渐的过程而是瞬间。文字需要被看透、看穿。

这本书像付出过于赤诚的心力并得到圆满的恋爱。经历过这样的恋爱的人,会有不知如何重新开始的颓废感。内心满足,让人甘愿平淡。实现某种自我完成。

但我知道必须要收拾心情,重新上路。

※

海边的房子位置偏僻,好像位于世界某处边缘。是真正的独处。

小厨房能做简单的饮食,有间书房,看着大海入睡的卧室。在窗外看到一面无边无际的大海,某天风雨交加,大海咆哮不已。远处露出高耸的灯塔。

海水与大风的声音无法停息,风吹动雨雾。开阔的沙滩与棕榈树林交界处,白浪翻滚,涌动咆哮。有时雨声沙沙,三四只海鸟在阳台边飞过。海面像一块被轻轻抖动的幕布。

临睡前她对我说,感觉大海在吸取她内心和身体的能量。我说,是这样,所以我更喜欢去山里。我问她,北京、海边,你更喜欢哪里。

她说，都不喜欢。我对这个世间时有厌恶感。这句话不像是十二岁的女孩说的。

听着海浪的声音，四点多醒来一次。外面漆黑，大海发出力量甚大的巨响。来自地球深处的声音。六点多微微有亮色，开始下雨。我意识到自己不会在海边长久居住，它的力量过于狂野、快速。

即便下雨，也晨走五公里。仿佛动中冥想。

※

为什么舍不得让自己受苦。应该受苦。受了足够多的苦，才有机会去重新认识自己，认识情爱欲念的本质，认识世间万象。如果不能产生新的认识，只是白白受苦。

今天朋友对我说，一些人真正能够做到利益他人，是在六十岁以后。我说，那之前他们在做什么呢。后来想，还是应该在学习，在自利。

一切手工的痕迹都可贵，以及会随着时间而变化的质感的痕迹。个体在作品上投注心力，证明曾经在无限中到此一游。是灵魂的痕迹。这也意味着，在科技、机器所形成的快速而大规模的工业生产中，人的存在感更加微渺而找不到着落。人在物化、机械化之中留不下自己的痕迹，也感应不到他人的痕迹。

这是匮乏感产生的原因。

一些角落里搜出来的莫名其妙的小普洱球，也不知是何时何人赠送的。意外甘美与好喝。

很难像以前那样，满腔热情地逃避在文字幻象里。要尽可能真实地去生活。

《法华文句》在对《见宝塔品》的解释中，把宝塔解释为法身的所依处或是实相境界。

※

雷伊的《大地之歌》。与大自然共同存在的日常生活，印度文明的源头支持，黑白经典气质，很多镜头如同韵味绵延的摄影作品。他的印度三部曲在国际上获得声名，凭靠的是独特的民族内在精神。艺术佳作留下时代记忆，留下人性的精髓。

生活困境衬托自有的美感与尊严，流露出对教育、诗意、悲悯、灵性的尊崇。老姑婆的死亡让人印象深刻。这是充分的死亡观了，"神啊，白日将尽，夜晚降临，渡我去彼岸吧。"

深夜给小姑娘订春天的白蕾丝裙。十岁左右父亲开服装厂，常有各种奇怪的时髦精美西式样衣，这种影响导致我对审美有敏感。一次深夜他与母亲出差回来，带来一条那个时代少见的白蕾丝连衣裙。心里有一部分空间好像从来没有随着年龄变化。女孩不能没有一条白蕾丝裙。

带来幸福感的，是这种琐碎而细微的事物。

经典的粗花呢大衣不显得过时，十三年前买的高田贤三，穿到今天还跟前两年买的一样。材质和剪裁无可比拟。

有人说，在北京这般空气肮脏的城市只适合穿羽绒服。穿羊毛大衣，大街上走一圈很快沾满尘土。但我依然不喜欢羽绒服滑溜溜的化学面料，宁可穿容易脏不怎么保暖却有古典感的呢大衣。

跟日本女友见面。她送我她妈妈手工缝制的绢丝包，手工细密，色泽淡雅。聊了日本、中国。每一个国家都一样，都有自己的问题。人类在地球上的根本性问题是一致的。

※

我说，有时他们会在采访里问我，一个有过黑暗颓废的过去的作者，后来怎么发生了改变。好奇我到底经历了什么。

朋友笑笑，对我说，你可以回答他们，嘘，这是一个秘密。

※

前几天，一位见过三四面的人去世，未满五十岁。身体与生命是无常的存在。而在公众空间看到的人们，等待或无所事事时，一律都在刷手机看各种视频，长时间乐在其中，心神散漫，无明痴迷。

人很少去想自己是不永久的。也不思考在为什么活着。

老去无可避免，必然发生。绝不是说几句自己不会老，或假装忘记年龄就可以忽略不计。也不是女明星们热衷的磨皮挫骨，以为色身可以保鲜。现实世界与肉身束缚形同枷锁。

在公众场合观察到的老年人，他们尽量让生活丰富多彩，走模特步、合唱、学习乐器、交谊舞，用以消遣。晚上大规模的广场舞，一众中老年男女穿上白色裤子粉红色短袖戴上白手套，排成队伍移动。老去的女性喜爱颜色鲜艳而刺目的衣衫，试图凭靠色彩留下精神焕发的错觉。

但人老去时，若缺乏信仰，无信念支撑，大多形神涣散，浊气麻木外露。不再有能力掌控儿孙、家庭，自身又无文化素养和精神爱好，只能以娱乐、群集度日。

真正好看的老人，在拉萨见过。背着双肩包独自转经的老太太，宁静、安稳、洁净、健壮的样子。人越年老，越需依靠内心与精神的力量。转塔庙、磕大头、诵经、参加法会，保持运动令身体骨骼强健。同时加强意志，净化心念，避免完全沉溺于世俗生活以及为之降服。

有重心感的生活方式，显出筋骨与力量，磨炼灵性与内力。在藏地见到的某些老人，无论男女，不管经济状况如何，更显笃定沉静，有精气神。

这与物质般损毁的老去模式不同。

※

"在一个像波音那样的大公司里做 CEO 的人,或许从不会想到死亡可能在任何时候来临,或者自己最爱的孩子头部可能正在长脑瘤。他们不会想到,自己可能会出车祸,然后余生都会坐在轮椅里,错过朋友们举行的所有聚会。但当一件好的事情发生时,像中了彩票、和好友相遇、生意上的成功等,我们也从未真正知道如何去珍视它。我们会立刻生起贪心,想着如何才能更好,如何投资以得到更多,如何掠夺更多,或者如何诱惑某个朋友。

做一个精神性的人意味着能够面对真理,并且屈服于真理,不论处境是好是坏。当好的事情发生时,珍视它;当坏的事情发生时,不要无法自拔或太过慌乱、歇斯底里。"

孩子、家庭也许是一种债务,热闹与温情的背后是大量精力时间的榨取。世间最好的关系是有一个修行同道兼爱侣,两个人互相帮一把,无牵无挂。做点事简单养活自己,相看两不厌。这是理想状态。大部分人因为找不到那个人而用家庭、孩子制造爱的形式。

真正的情投意合,是关于忠贞的唯一承诺。共同进步、互相提升,即是承诺之体现。找到一个接受过心性训练的爱人是珍贵的。或者,把自己变成这样的珍贵的人。

不是与占有、执着相关的恋爱。而是一种充分燃烧起来去重新观察、触摸这个世界的方式。带有觉知与开放,可以接受一切变化。是小心翼翼珍惜、保持纯度燃烧的方式。

长久的爱只能建立于一种深度理解之上。

※

真正的爱是,我们给予过彼此每一刻当下的专注和喜悦,我给你一切选择的自由,我相信生与死只是我们之间一次短暂的相认。在宏观的结构里,我对你静谧和深切的祝福,从未曾中断。不管你在哪里,你跟谁在一起,你成为了谁。

以前写的一段话。现在看看,也不过时。

※

编辑说,书宣发最好的方式,依然是去校园演讲、去书店签售,包括在抖音这样汹涌的新媒体上做读书节目。总之就是让更多人注意自己,制造气势。否则别人都在大声嚷嚷,你却没有声音。

以前做个安安静静的作家容易,也理所当然。时代变化,突然之间肤浅与喧嚣涌起像一波波大浪。混乱不堪的节点,保持沉着需要底气。

我并非排斥出面交流,自己也有话想说,人与人之间正面接触的能量传递最强。但需要较为纯粹的形式,而不是随众跟风。

故事只是线索,背后要说的话语比故事强烈。若懂得去发现故事之外的意味,作品的呈现才会出现另外一个空间。

某种意义上说,道理可以说得清楚的。功夫得当,都能说得清清楚楚、明明白白,没有任何故弄玄虚、徘徊犹豫。直指核心,始终只指向最关键处。这是得道。

对好的小说或文字来说,重要的特征在于它的暗示与想象。这也是文字的危险性。创造、想象、表达文字可以成为一种催眠术。

※

《地球最后的夜晚》,毕赣新作。

戴上3D眼镜的那一刻起,上半场拖沓而催眠的剧情进入深化与转折的节点。当男人坐着缆车在夜色中下滑,音乐响起,心里也生起感动。但大众对真正动用了艺术手段的电影,看起来依旧缺乏耐心且易被激怒。

知名女演员在毕赣的电影里并不能发挥优势。他也许只需要一个普通女孩,带着原始的性感和妩媚,有一些野性与土气。

与第一部长片《路边野餐》相比,两部作品一些元素保持高度一致:到处流浪的男人,抽烟很凶,漂泊旅程不知道在寻找着什么。旅途,遇见不同的人,不同的人说的故事。这位导演对记忆与缺失的迷宫有执着的兴趣。但并不纯然是情绪与情感,而是试图自我定位的理性。

作品并不畏惧单一主题、单一路线,通常这是围绕一个核心主题辐射出来的不同层次与强度的频率。电影中经常出现急刹车式结尾，很刺激。诗歌不错。

最后看起来电影商业可以赢的，依然是那些懂得如何用弱而蠢的内容煽动无明热情的东西。试图用审美与深层意识去影响观众，其路迢遥。

塔氏的艺术风格影响很多人，即便他早逝。其艺术精神已变成信息流共享给地球上无数艺术工作者。

※

他说，禅定的喜悦最终要来自于把心调伏，把贪嗔痴各种烦恼调伏。乐不能贪恋，在苦中磨炼更有必要。

朋友提问，有时工作太辛苦，偶尔去草原上度假，很开心，这是什么样的快乐。我说，这是属于粗浅的乐受。但现在人们生活水平提高，粗浅乐受唾手可得。各种形式的选择也多，导致人心产生混乱与欲望。社会总体精神意识随之堕落。

说他出去讲课，发现现代人已很少能读懂原典。原典文字那种直接浓缩的表达方式，与现代人的吸收与认知能力不相应。他们因为内心急躁而感受迟钝，不够锋利。当下社会，用适合现代人思维的方式去传播原典精要，是僧人最重要的责任。

又说，有些女人，长得好看，嫁了很好的人，生活富足，生下一堆孩子，一生无风浪，貌似平安顺利地过完。但这是幸福吗。这样的人生像一个水泡转瞬即逝。何况还要面对轮回的问题。

他说，必须吃苦，刻苦，乐中也需观苦。这是如救头燃般的精进之心。

※

"自我省思中最重要的内容，就是了解自己是如何在主动创造痛苦。这个痛苦是由于我执不停挣扎着要勾招世界而造成的。为了卫护自我感而试图引诱世界的方式就是勾招。"

※

相爱是物质世界最好的一个礼物。大多数人没有得到这个礼物，哪怕他得到很多其他的额外东西。

清澈河流结冰，枯树冻在里面。适合散步，每次都是独行。

郊外住两天，独处。一个人不需要在厨房做复杂的饭食。早上用蒲公英根和叶泡茶，看《奥义书》注解。独处与不做饭，是最好的休息。除了水果、茶饮、面包，不吃其他的东西。

想过去拉萨买一间古朴的小房子，毗邻寺院，在旧城区。窗边抬头能看见山峦。

社会倡导消费购物的狂潮热烈，也正是尝试去改变欲望习性、学习如何去理性而克制地生活的时候。定期清理，卖掉不需要的书，捐出衣服，多余的用品送给朋友。对物品爱惜，物尽其用。只让必要的东西留在房间里。

余生只需要留一百本之内的书在家里，值得反复读的。其他封存起来放在郊外。瓷器、杂物一律如此处置。一个榻榻米房间，除了一张矮木桌，桌上放一瓶花，一尊像，墙上挂一副唐卡，什么都没有。

对我来说，在哪里已经不重要。回去哪里才是重要。

"天真和勇气有时候从大山上蜕变下来，有时在河流里如灵地游动。人不乏天真的时刻，在照看晚霞的时刻。人能照顾众生，不缺的就是勇气如临盆。各种经文，祟祟相语，神在偷窥，人如其人。从山上下来，游进水里。"

※

看南师讲解《参同契》。兜转一大圈广泛阅读之后，再来读南师的一些讲解，脑袋就很清楚。否则一些句子的深意体会不到。想起那天和习武的人聊天，他说背下一些口诀没有用，一定要实修了有领悟了才能读懂口诀。因为知道这在说什么了。

全力猛读，读掉一半。古人厉害，但那时他们应该修道容易。社会节奏慢，新生事物少，人们闲散、心清静，可以修道。且修行是被认可与推崇的行为。哪怕达官显贵，也与僧道交往。

现在不一样，人心里只有赚钱与吃喝玩乐，满足欲望速度快途径多，古书中说的这些，全与时代相背，与人性逆反。越看越觉得现今修行显得边缘，与社会规则有矛盾冲突。但少有人走的路，也是有人在走的。

中医对我说，他四岁之后没有做过一个梦。如今打坐每天三四个小时。一次在寺院一天看病连续两百多个僧人，累坏了。一个女大学生发生严重的高原反应，舍不得花两千元租车下山，夜晚死在寺院。家人过来，花了两万，把她带回家去。

他觉得做好一件事就是成道。觉得自己虽然没有上师，给人看病，打坐，早睡早起，平常生活，也是一种求道。

※

奥修说，一个吃得很多的人有两种可能，怕死，及觉得没有人爱自己。人如果感觉不到爱，会害怕死，吃更多食物。如果在爱中是满足的，不会害怕死亡，也会吃得更少。

人对待食物的方式，大多与心相关。贪婪、情感匮乏、缺乏同理心、自暴自弃，导致缺乏觉知的进食。一些疾病与进食很有关联。

选择简单、健康的烹饪方式与食材，警惕调料与口味重及加工过多的食品。选择新鲜、干净、应季和天然的标准。在家烹饪,减少外卖与餐厅进食,对食物有感激之心。保持短期斋戒、轻断食的习惯。

据说人会接受三种食物:吃的食物,呼吸的空气,接收了怎样品质的印象。最后一种是精微的食物,来自于敏锐度、意愿和有意识的注意力。在北京,这三种食物都不怎么好。为了生长,有必要创造内心虚拟的食物。这是生起次第的必要。

如果饮食节制,不看电视杂志没有娱乐交际,会节省出大量的时间。人大多数时候所热衷或愉悦的事情,实质是为了"杀"时间。却不知道时间其实并没有那么多。

收到朋友杭州寄过来村子里的蜡梅,打开纸箱芳香扑鼻。花苞与枝干形态清雅,花枝做过保湿,依旧新鲜冷冽。小姑娘好生欢喜,说,这个朋友真好。我也想要一个这样的朋友。

清晨对着友人相赠的江南梅枝喝茶,人生清欢莫过于此。

"闲贪茗碗成清癖,老觉梅花是故人"。

※

城里公寓经常看见一个女人,约五十岁,个子不到一米六,矮小。其貌不扬。她在我眼里有强烈的存在感。常戴一副时髦的大墨镜,长发在头顶盘发髻。秋天很冷的天气也穿连衣裙黑丝袜,走路趾高气扬。她的工作是在公寓楼收各种可回收垃圾。

一次看见她在地下室电梯旁的走廊，独坐自带的板凳上认真读书。是的，她在读书。又有一次，她在地下室露天小花园里，蹲在一丛浓密的灌木前，看着花草，独自滋滋然地抽烟。她体态矫健，衣着混搭。实在是个不可思议的女人。可以想象年轻时的风流。现在看起来也活得很好。

※

妈妈来过的痕迹，晒各种鱼干，给花盆松土，用糯米做了一锅酒酿，带来一大箱海鲜。海腥味对我来说已有些遥远，但对他们来说，没有海鲜就没有在正经吃饭。而吃得不好在宁波人眼里是不应该的。

小姑娘对海鲜没兴趣。她喜欢意大利面和比萨饼。

晚上去吃烤鸭。弟弟媳妇一直在照顾孩子吃饭，自己吃不上。烤鸭上来，弟弟包了一个，走过五个人的座位，把包好的烤鸭送进她的嘴巴里（她的两只手在忙着照顾孩子）。他这样做好像极为自然，没有半点表演或刻意。担心她吃不上饭，喂完他放心了，回到自己座位。

大家见多不怪。妈妈说他的妻子对他也是极好的，楼下买瓶酱油两个人也要互相陪伴着去。总是在关心和记挂着对方。

弟弟娶的妻子漂亮，与他形影不离、情投意合，想来也是前世的宿缘。也是他一生最成功的事情。他妻子的母亲与女儿外貌相似，是和善干净的妇人。弟弟的孩子由外婆来带，性格也好。可见，性格有熏习和传承。

黄昏时，弟弟的媳妇头上盖上围巾用布蒙着眼睛，摸索着走来走去，在房间里哄孩子们玩捉迷藏。孩子们兴奋得哇哇乱叫，她的妈妈也在旁边积极参与。两个大人不嫌麻烦与小孩一起玩耍，这需要耐心和温柔。我在旁边看了一会，有些感动。

妈妈动手做萝卜团，粳米粉做的点心，馅子是鸡蛋萝卜丝。我说这和外婆以前做的完全不一样啊。有人马上纠正，真正的萝卜团，馅子需要雪里蕻、冬笋丝、香干、粗一些的萝卜丝。外婆以前做这些点心在我的记忆里滋味深刻，她前两年已去世。妈妈有些悻悻然。

以前在浙江时，每年春节外婆动手做很多点心（年糕、干果、点心）。以后没有人这样做了。人总归在世间不能久住不走。相遇过也就可以。

妈妈做菜也一贯好吃，但仍没有外婆勤劳。我很少怀旧。怀旧没什么益处。生死必然是要看淡。能留下的不过是记忆。能带走的，也是记忆。

这两天家人来北京小聚，他们高高兴兴，但我没有什么家常可以闲聊。话很少（旧日模式真的很难扭转，一种强大的习惯）。黄昏时觉得无限疲倦，走进一个房间独自躺下。听着外面孩子嬉戏，大人聊天，这些声响带给我安慰。半睡半醒时，妈妈走进来，坐在我床边。

※

我觉得自己的体貌基本上遗传于母亲。她已年老，头发仍漆黑，无一根白发，身形结实。在内心质地上，遗传的是父亲家族的一系。

郁郁寡欢，总有些矜持。

冬天长时间宅在家里，不是偷懒，而是气候恶劣。有时大风有时雾霾，外景荒凉灰淡。困守雾霾之城。

曾经解剖喜欢的一位作家的作品，是个长篇。很多人估计无法进入他凌乱任性的语境。我把它当作一个塔，把零件一个一个拆下来，看他堆积这些零件的思路。大部分西方作家最后玩的是这个，至于故事和人物，其实一段话就能说清楚。而零件是由大量细致入微、敏感至极的感受、观察与思考组成，再由一种超乎常态的逻辑引导与搭建路线。

拆完之后，觉得作家需要把大量神性引入日常生活。这也是我很久之前就对一些过于理性、稳健的作者失去兴趣的原因。他们有些乏味。

冒着大雾霾去观赏小林正树的《切腹》。这个老电影没有什么花大钱的地方，大多靠室内场景、剧情、精彩的对白支撑。也是艺术的原味所在。剪辑和节奏有特点，编剧严谨，场景古典。

武士道背后的精神来源是禅宗。它们是怎么融合在一起的。

※

收到一些关于《夏摩山谷》的读后感。

> 如真与慈诚的相遇相识闪烁着真爱的光辉，情节感人，有几次感觉面上无泪，内心却震颤不已，仿佛汩汩流泪的样子。

我看过七遍这本书了。看到无量对雀缇说，我会认出你，我会一再地认出你。还有雀缇拿着高山杜鹃和无量照相的时候，泪水忍不住就出来了。谢谢你，让我像烂泥一般的人生，有了微光。缓缓地照亮自心，也经由这光亮去明亮和成全自己的生命。若能够浸润温暖身边的人，会觉得不虚一生。

我认为读这本书，在情感阅历、精读能力、心性训练程度上有一定门槛。没有在欲海中沉浮过，就难以用慈悲心看待主人公的贪嗔痴；没有深度阅读的能力，难以通过细腻精巧的笔触窥见出世的大格局；没有在生活中用正念观照自己，也就难以体悟主人公们的坎坷心路。

看到新作，仿佛看到素未谋面的母亲。

阅读的重要性之一，我们需要得到内心之道的确认者、支持者。知道在很久以前或以后，有一类人心思互通、彼此结盟。信念并不孤单。

晚上突然深感疲倦，穿上大衣顶着冷风出门买烟。在空寂的马路上走一圈，连抽三根。疲倦与波动一起平息。

走过一条河流，看到大圆月当空。月色皎洁，但因为河水污染、躁动、浑浊，倒映的月亮支离破碎，无法成形。想起去湖北禅寺小住时，看到清澈水库，岸边绿树在阳光下闪耀，令人内心静止。深夜朗月当空时，水面的倒影也廓然圆满。这是投射。

《夏摩山谷》并不是容易被吸收和消化的书，是他们所说的"烧脑磨心"。它的内在能量需要共频的人才能接应。有些人觉得它净化自心，有些关注点只在情爱混乱及物质品牌。有人读十几页就开始下轻率偏见，还有一些说法纠结于种种形式的偏见，读不到文字背后。

文字不是为了用来娱乐消遣、取悦情绪。涉及心性的探讨，需要基本的心智要求。读书呈现出众生相。

※

写作者的本质首先是一个求道者，传道者。这是个人道路。

黄昏时荒地散步一圈，方圆一公里无人，空空荡荡，非常自在。晚霞渲染，古树参天。看见天边明亮的一颗星。

"发出信号，让有需求的人知道。"

※

朋友说，最近很少看到你的动态。

反省有一段时间没有记录，原因是，一、需要处理一些实际的事务，尝试以一种郑重而放松的方式去对待。是很好的训练对境。二、这个阶段不想再看过多哲学表达，也不表达。而进入一种"这就是它"的沉寂与微妙。三、读书最近也少。只看某一位师父的书，他不仅仅是修行人，也是一位标准的教授与学者。文字阐述的那种缜密、优雅，那种有修证经验的学院派理论是喜欢的。他是实修者。这些讲述并不故弄玄虚而空洞，极为透彻。四、身体有些问题开头，需要在意。之前的沉溺式写作对身体带来损伤，有因有果。再如何健壮与活力充沛的身体，也会完成它的历程。

静静发呆，心无杂念，是一种滋养。

梦见自己快要死去。几个小时之内就有人要把我带走必死无疑的意思。两次在梦中确定这件事到底是不是真的。告诉我是真的，马上得死。第三次，终于在微微发亮的房间醒来，知道是个梦。这个梦带给我的震动是从未有过的。

梦里还有一个情节，一台巨大的机器在运作，制造很多能量。当人们决定让它停止工作送它回去的时候，却要为之祈祷很久。

朋友说能否描述一下心情。我说，难以言喻。首先，我不会忘记这种感受。其次，在静坐中可以每天反复禅修这种感受。这对心有益。

※

坐了三十站地铁去看他。他养一只羊、一黑一白两只狗、一只黄花猫、四五只鸡。屋子里有钢琴、古琴、兰花、书、黑白照片。十八岁听人讲菩提道次第广论，在五台山出家。后还俗。他已做好午饭，白米饭蒸花生，菜是四川风味。吃午饭，各自点一根烟，说话。猫一直趴在我的腿上。

雨雪骤下。等送我到地铁站，相处已过去五个小时。他说无氧攀爬八千多米雪山时，抽根烟，看看星星，觉得是最美好的时候。最终，独自住在一个僻远的鱼塘边开始做古琴。已经做了一百把，订单还都完不成。目标是做完三百六十五把，就再不做。不想被采访，说，不想出名，不想被别人赞美。

回来以后，想起他说以前探访僻远山区，那里的人真的很穷，一贫如洗，但他们有美与尊严。拍摄他们时，总是露出赤诚的笑容。他说，什么样的苦都吃过、见过，对物质生活就不讲究了。

他的房间堆满物品，但很干净。对养着的动物们也照顾周到。尽量简单地构建生活，用手处理身边的一切细节。梭罗大概也是如此。屋子里的东西都旧，说，不买新东西就没有浪费。

上午起来，觉得相见的半天像一场梦。印象最深的是他说，什么样的事都可以面对，都能承担，这都依靠早年学习佛法。虽然现在一本佛经也不读，只读古琴与音乐的理论。来了人也不谈寺院不谈佛。

※

潮汕冬菜还没到，花蟹和鲜虾先到，拿出砂锅炖虾蟹粥。芹菜摘叶切碎，姜切丝，虾开背。下雨天在家里安安静静煮粥。

冬天铁壶冷得快，冲茶需要一次次加热。如果有个炭火铁炉总是让铁壶的水是热的，大概是冬天愉快的事情。一把日本南铁壶在身边有七八年，泡茶时一直用它煮水。偶然看到在壶身上有"和秋"两字。

网上查一下，制作者是岩手县的五大工匠之一，叫金野和司，年龄应该七十岁左右。

这是买的第一把铁壶，当时觉得贵。一度搁置在壁柜里，近三四年拿出来每天使用。物需要经常用，时时用，才有机会展现内涵。一把被巧手用心制作出来的壶，会越用越顺手，越看越美好。珍贵的东西当如此。

在朋友家喝的很老的普洱茶，冲泡时闻到兰花香气，滋味清澄甘醇。喝到极好的茶有幸福感。有些茶叶闲散藏着一直没动，过几年偶然翻出冲泡，只觉得茶汤甘醇，褪去所有的火气、生涩，浑然一体，感受到中和清定之气。

人之年岁渐长，也应如此。

最近收到的来信、提问带来提示，也使我对正在学习的命题更有体会。

一、现实这样灰败了，人还有必要读书吗。

有必要。读有智慧的书了解心性的原理，万物的实相，让人不局限于受困的外境，不滋生恶意与沮丧。心要转境，只能通过学习得到智慧。

二、感情有障碍，检讨自己自认有罪吗。

感情不管谁走谁留，都没有罪。但人要对思维方式、处事模式有反省，不改变自己，也无法改变别人。模式不改变，同样的问题、处境不管换什么样的对方，一样存在。

电影台词：一个作家写作没有什么其他目的，他只是有一些私人的、急迫的话需要说。如果不写作，灵魂会觉得饥饿，灵魂会昏昏欲睡。

※

一位认识的人接我吃午饭，送两盒龙井和七只昭和老茶杯。吃浙江菜，泥螺生青蟹春笋，喝几杯黄酒。然后他送我回来，是个房车，红色皮椅座位，大电视放着歌剧。他抽雪茄，对我说了各种话题。

想起化城墓塔下面的劈柴女人。富二代九〇后女子写来邮件，邀请我去澳洲她的公寓听她讲述人生。形形色色的人，他们的不同，使我观察人生有时仿佛是在看着一个转动的球，体会到任何人除去形式之后的根本性无分别。

以前爱收集围巾，也是不折不扣的香皂控，大量香皂被堆在衣柜抽屉柜里，但几乎没怎么用。这些毛病现在已经没有了。

遇见过很好的人，喝过很好的茶，看过很好的书，见到过远处的风景，如果在那一刻充分融化自己，互为一体，以后还有没有，其实是无所谓的。

我们负载着自己的过去，历历在目。

二十多年的强烈生活形态，结出一些果实，发出一些信号，告诉我需要调整与补充气血，安静下来，善待与照顾肉身。大概是疫情太久，不能出国旅行不能走得太远。在北京停留过久会进入低能量循环模式。

对一个习惯旅行并且在旅途中会愈发活力充沛的人来说，这些都是煎熬。心比起少年时，愤怒孤僻的情绪已经没有，被消化掉。目前有沉寂大湖的倾向。也许有阶段性存在的必要。

最终的完满是，内心阴阳一体，浑然平和，可以做好孤身脱离肉体的准备。剥除旧日原始信息，剥除习气和业力。这是新生。

※

昨天睡觉时脑袋安静，深处浮现出离奇画面。觉得美好，没有记。我其实更愿意写出心里的世界，不是身外的世界。它们远去，我无法回忆。只记得场景古老。

下午雨夹雪。拉萨的朋友发来照片，他说看见一只雪豹。

※

"自然无事。去。莫久立。珍重。"如此简洁而确定。

※

电影院里暖气充足，巨热。黑压压坐满观众。

已看过三场黑泽明，还有两场。偏爱古装剧。他的故事不复杂，构图美学和台词力度别具一格，思考格局宏大。悬崖上穿锦衣的盲人，坠落的如来佛画像被夕阳照耀金光闪闪。凄厉的笛子吹奏而起。苍茫天色，人间"不求宁静只求痛苦"。结尾惊心动魄。

也许他深受西方戏剧的影响，暗自猜测他喜欢莎士比亚。演员们的表演带有舞台戏剧风格，夸张、强烈，善恶对比明显。喜欢他在作品中进行坚定不移地说教并孜孜不倦。

"梦"，从孩童看见狐狸结婚的幻景开始，一路经历战争、核武器辐射各种动乱，结尾是百岁老人参加葬礼的梦境。有始有终，安然有序，一段完整的生命体验过程。中间穿插一段关于梵高的梦。原来也是梵高忠粉，在梦中拜访精神偶像。

导演晚年时，回归到用单纯的方式拍摄，说教更是随兴所至。却被深深感动。

如果一个人经历过坎坷而沉重的生命历程，最后却得出"活着很好。应该用自然的生活方式寿终正寝"的结论，仿佛是以净观结束的修行者的一生。

看看资料，他与三船敏郎在人生后期仍有些落魄。

试图在艺术作品中传输价值观和说教的作者，是有责任心的。大部分人不仅仅是没有责任心去说教，也并不具备价值观与哲理上的思考与标准。好为人师需要内在储备。

电影是直接而有感染力的载体，说教、传教的力量其他载体不能相比。

在电影领域,有积极说教的,也有如一些欧洲电影,过于艺术性,沉溺在富足生活之后的空虚感之中。也有媚俗与娱乐。诚然一部分电影需要承担日常消遣的作用,但如果电影从不说教(比如涉及精神、信念、灵魂、人性、爱……这些看起来无形、宏大、抽象却重要的命题),只是试图愚化观众心智,讨好与取悦他们肤浅层面的感官刺激,只以赚钱为唯一目标。这是一种浪费。

黑泽明电影中的女性通常两类分流,或者女权色彩颇鲜明,力量惊人,性格强烈,行为暴力且有绝对的自我意志。或者是导演的直男倾向,女性像偶人般漂亮妩媚,从事诱惑和勾搭。这两类交织,形成电影里既定的女性套路。

她们有强烈的存在感,发散出正面光明或负面黑暗的力量,由此驱使和塑造男性。他体会到女性作为阴性力量的存在。而在有些导演的电影中,女性角色趋向含糊不清,只有工具和道具的功用。

※

和小姑娘去尼泊尔。

飞机上看到俊美沉默的日本男孩,独自背包旅行,人字拖插在背包侧边口袋。一路交通堵塞,到旅馆已天黑。小姑娘跟着我奔波劳累一天,没有半句抱怨。本来想带上拖鞋、电热水壶,朋友说,这么贵的酒店一定都有,不用带了。结果还真是什么都没有。幸亏把牙膏牙刷带了。

旅馆以前是寺院,红砖木结构,有佛像的古典传统建筑。晚上灯光黯淡。凌晨三点多醒来一次,五点多醒来一次,再睡不着。早餐后大概看下地图,走去广场。一路巷子纵横交错,在冥冥中被指引到一处大佛塔,鸽群飞舞,绕塔三圈。好像在露天的博物馆中旅行。不时在街巷中撞见颓美沧桑的神庙与佛塔。

路过一处地方在烧尸,白烟滚滚。在燃烧的露出双脚的尸体。空气中没有欲望的污染,仿佛浮世漂流。

这几天最多的思考是,这些能建造和雕琢出恢宏华丽的神庙、佛殿的人,甚至无暇给自己的城市铺平道路,也不经营他们的生活。一些人为了生存交换货物、做买卖、生活。一些人在寺院或神殿的台阶上晒太阳、睡觉。

她在旅馆花园里画画,我在旁边桌子边抽几根烟。转眼天黑。沿着迷宫般巷子,渐渐走到喧闹拥挤的夜场集市。各种货摊,神庙里油灯簇簇,烟火旺盛,大菩提树被供上灯。鲜花油灯的供养,聚众歌颂。深红色石榴,微微发蔫的万寿菊,香料,水果,肉铺的大块生肉,排列整齐的鲜鱼。

广场坐满人,一颗很亮的星。众人在搭满维修钢架的古老寺院里祈祷。一位老人默默地擦拭灰尘积累的灯,没有人注意到他。两次经过他,看见很多盏灯已被擦亮。老妇在店铺前烧木柴取暖,几个人围在一起。木柴火焰升腾。他们面对烧木柴和烧尸有同样自然的态度。

这几天是真正的脑袋中无杂念,心里干净又单一。什么都不多想。又仿佛想得更深了一些。

孩子的分别心很少,没有挑三拣四,也没有强烈习性。与早慧的儿童一起旅行,跟与僧人在一起相处比较接近。他们的污染力比较少,没有结论、判断。情绪少的人有清洁感。与她在一起的旅途,很宁静。

在旅馆她写日记、绘画,给朋友写信并希望找到邮局寄出手写信。陪她找邮局。

※

去巴平的路上颠簸,到了山区。临近目的地时,突然下起大雨。没有带伞。有人出现说借伞给我们,帮我们带路。风雨大作,还有小冰雹,鞋子全部湿透。四个尼泊尔男人一直陪伴我们旁边,热心带路,不时照顾行路。先到狭窄石缝处,是莲花生闭关之后降伏恶龙的地方,周围小石洞塞着很多祈福纸条和头发。我们早有准备,把头发和纸片塞进去。

闭关洞里面,一位僧人带六位来自台湾、新加坡、欧洲的不同地方的弟子在打坐。他让给我们位置。里面狭小但暖和,一起打坐、祈祷,静默打坐时感觉好像漂浮在温柔清澈的海洋中,无尽温柔与喜悦。眼泪一直上涌。回向之后,僧人看着我说了一堆藏语。我说听不懂,最好说汉语。他说一起遇见非常好,让我们跟他们一起再去金刚亥母洞,以及最后去山下寺院见一个活佛。

但我有租车司机山下等着,没有这么长时间,所以与他告别。他指导我和小姑娘在山洞供灯,用佛珠摩擦手印,赠送甘露丸和金刚结。在金刚亥母山洞遇见时,从佛像上沾了红粉抹在他每一个弟子的眉心,也包括我和小姑娘。那一尊金刚亥母和金刚瑜伽母的佛像古老，美妙绝伦，看了很久。他们坐下来唱诵，我和小姑娘开始下山。

下山时所有风雨瞬间停息，山谷湿润干净。我已做完所有想做的事情，心满意足返程。与这僧人有一面之缘。他的长发和印度瑜伽士一样，层层叠叠盘在头顶，脸部暗而坚毅。风雨中一起山洞打坐的缘分也是珍贵。

问小姑娘，大家一起打坐时有什么感受，她说，心里很热，觉得神圣。她表现很娴熟，自带根气。下山时主动要求买一串小菩提子佛珠，说自己应该有串佛珠。

※

信仰是最好的公共生活方式。

晚上他们点灯、赞颂、供神、祈祷。人们相聚在一起，狗、羊、牛也都在一起。鸽子飞舞，鸽子粪不时从天而降。街上密布的货摊、商铺，卖花生的烧着柴火。这一切汇聚成人与神、土地、他人紧密相连接的关系。相较而言，大城市奢侈而充满物欲的生活是僵硬、疏离而扭曲的。

古老的帕坦住一晚。寺院有的塌陷，有的重修，完好的仍然很美。上午参观的博物馆展品不多，但气氛安宁，没有嘈杂的旅行团也很少见到游客。大概现在是淡季。在广场晒太阳休息，坐在莲花形状的小湖边，与优雅的克里须那庙相望。

金庙是佛教寺院,供一尊无比华美的佛陀像,各种工艺与装饰华丽繁复难以言表。与大昭寺等身像略有不同。两位白色麻袍的干净的僧人,其中一位是十岁左右的男孩。他们打扫、整理,把佛冠上供养的干燥鲜花取下来。男孩顺便在白麻帽子上插一朵红花。

门边角小房间有一尊从未见过的八手文殊像,左侧绿度母,右侧弥勒佛。有人看我张望,过来把门打开,让我进去。这些佛像华美至极。一座强烈的令人有震惊感的寺院。忘记时间。

寺庙廊柱雕满情色画面,四面八方,天真烂漫。当地人在这些木雕下面晒太阳、闲坐。在尼泊尔这些古城的公共广场的建筑中,惊叹他们这种精心雕琢毫不顾惜时间精力的建设性。也许来自内心对审美与信仰的一种渴望与虔诚。

两人流浪久了,觉得疲累,在街角茶店坐下来喝茶。masala 奶茶和香茅草茶。

早上花两三块人民币,坐当地公共汽车抵达巴德岗。有人给了张地图,穿越整个古城区找到旅馆。

这里相对安静,古城还都保留着原住民,在破烂不堪的老建筑里如常生活。店铺也是居民开设。国内丽江、大理这样的古城被掏空成为摆设,人的脑袋毕竟太聪明太渴望富裕。这些人生活在一堆古老的废墟中,深夜的祈祷、赞颂、灯火日复一日。

一路住的是古老建筑改造的旅馆。帕坦旅馆是以前富裕人家的宅子,巴德岗旅馆是以前祭司居住的房子。加德满都则住在寺院改建的旅馆。这对我们来说是有意义的体验。

睡在神庙旁边，隔音很差，一直听到隔壁房间的人咳嗽，附近酒吧的歌声以及楼下服务生的声音。凌晨迷迷糊糊醒来，所有的声音都消失，只有一只狗持续地叫着，不停。仿佛看见什么东西。又入睡，做了个梦。梦见自己怀孕了，肚子隆起，即将生一个孩子。醒来，听见神庙的铜钟发出清幽的响声，像是被风吹的。但这里没有大风。也许是过路人走过去摇的。

清晨醒来，吃完早餐，背上背包告辞。店主是个聪明能干的年轻男子，说，你们好早。再次横穿古城，到车站坐上回加德满都的汽车。

八点半到的加德满都机场，飞机延误，改签，转机。十五个小时以后抵达北京，雾霾弥漫。小姑娘嘀咕，还不如在尼泊尔待着，但是我好不容易刚考上新学校……一路念念不忘大佛塔。

问小姑娘觉得开心的是什么，她说喜欢和当地人一起坐公共汽车。她在飞快地成长。相信这些事物全部留在了她的心识中。

※

心的意识形成我们感知中的万物，心性是一个深渊，一座宝库。就迅疾的一生而言，探索心性有深远的价值。

千山万水游荡一圈之后，意识到自身的平衡与宁静是唯一答案。爱在自己的心里。

凌晨醒来，心中听到有人清晰地告诉我，要在每一个当下就快乐。

去强烈而究竟地快乐。

活在当下此类说法书里不知道看到多少遍,也能变着花样写几百遍。但抵不上梦醒之间这个声音的提醒和郑重告知。文字的表达与阅读仍有局限。这种心发出来的震动,强烈深刻。

朋友一天开车十一个小时,跑六百多公里,抵达一座世界上海拔最高的即将消失的县城。在海拔五千多的无人区,独自拍摄,信号时断时续。无法发微信,偶尔打电话来。说下雪了,寒冷,看见秃鹫、野牦牛、藏羚羊、狼。它们并不攻击人,远远躲开。拍摄延时,录下素材,茫茫天地,独自一人。大雪寒风,也无法把照片传给我看。

他在信号微弱的地方给我打电话。刷牙时打,去厕所的时候也打,想想这中间相隔的千里迢迢,心念的连接才是重要。有些人在城市围困中营营役役,有些人在广袤无际天地野兽般巡行。每一种生活方式都有代价。最终都还是在各自的业力圈里。

他说,自己是个漂泊无定的人,不会结婚不会有孩子。我说,这样的一生很好。

现在还有这样不畏孤独、艰苦的人,保持生命质地去生活。我们虽然活在同一个平面,却好像在世界的两个不同维度。感觉诡异。

我说,去了冰川记得帮我捡几块石头。这样高海拔无人区的冰川应该极为气场纯净。

风雪太大,他回站里读书、生火、喝茶、睡觉。我说,简直是与世隔绝的闭关。独自开车在空无一人的白雪茫茫的天地游荡,你有什么感受。

他说，被救赎。

※

三观炸裂的一生。突破人世的规则，谁能看到背后真正接近纯粹的东西，那是至情至性。

"一个生活在对自己的爱之中的人不会为了成就而活，因为他意识到一切在于此时此地。能够给予自己和他人的最好礼物就是通过投入当下来表达透过自身而展现出的那份独特。"

一些话至关重要，需要一读再读，反复对照领悟。感触一些为师者已坦率无疑道出最核心、本质、重要、精华的观点与见地，而世间大部分人要么不信，要么不解，要么回避，要么犹豫，有些完全没有因缘去相遇与接应……

大多人仍沉溺在所谓的虚拟戏剧、文艺幻想、心念妄想、俗世常规论调之中。

还有奇怪的教条主义者，认为秘密不能说，不能示之以众。他们是没读过大量的公开出版物，其实什么都说得清清楚楚。这是修行者们最大的慈悲。不是拿一块黄金换几本著作的古代，或者要盖好几座塔才能让师父给几句耳传。现在信息渠道之发达，人几乎能得到所有的秘密或信息。

人最难得到的秘密是对心的认识。究竟秘密是心。

※

有破碎感的人。对生活感觉魔幻荒诞。下雨的神奇声音。承诺很容易说出,但怎么把它做到。保持纯正发心,发心是善良纯正的,那么任何一种结果都可以。保持觉知,不让感情陷入庸俗而常规的模式……

与你好到死去为止。让冰冻的爱流动起来。

※

在化城墓塔的山坡下面,有一位尼姑独居。她劈柴的姿势利落准确。屋里很大,贫寒而冷寂,堆着她三年前劈好的柴木,还没有用完。佛乐和讲经的声音同时播放着。屋子后面是种满的果树,花木昌盛。她说,枇杷树结果时,以枇杷当早餐。门边楹联写着:棵棵竹栽立竿见影,朵朵云移随处生心。

她面色红润,健壮而热情,与我聊她的果树,如天真孩童。直到法师来催,才离开她的屋子。这个独居的以劈柴、种树度日的修道人,貌似可脱离女身了。若不是内心笃定,做不到这样生活。

法师说,世界太乱,以后不想再回来。尽量发愿以后能生在佛前,不再回来。即便再回来也无所谓。人学习的东西不会忘记,生命质量仍会递进。我想,能发愿一趟趟回来的人该多慈悲。

回到家里,停止生死流浪。此生见过的人都不再见,该了结的全都了结。

穿过一个大堤,横跨大湖,站在中间可以看到层层叠叠山影倒映水中。一棵碧绿青翠的大树俯卧下来,靠近湖面,在阳光中仿佛发出透明的金光。

此等美景不可言,山河大地不是僵硬的物质存在,显现出此中的真情实意。无任何分别之心,无住,无亡。

与法师告别。临行前,他引用古僧言,说,视山河大地已无丝毫过患,这是入禅之门。瞬间热泪盈眶。不知为何这般感动。

※

朋友接我去他们的家里住一天。一座历史悠久的县城。晚上睡的老床,像小时候父母家里的床,床幔是刺绣蓝色金鱼的白棉布。餐厅吃的口味浓重的饭食,与这段时间在寺院里的饭食有区别。

人生是随顺因缘,起伏波涛之上任运而宁静的滑行。

五年前曾经在这个屋子里住过,那时状态糟糕。彼时十一月的湖南村居,听着屋外雨声彻夜难眠,阵阵纠结。一早起来勤力工作,还要采访。现在再次回来,已然是个全新的人。内在结构已经过整合与转变。

独自走到庭院,听着树林里小雨滴落。天空朗月高照,内心豁然,一切正好。这五年可以验证到进步的速度。

要完成三本旧作修订,重新一行行看,感受复杂。人如果只写能一挥而就的文字,是没有意义的,写不写都一样。写作可以拓展心智。写作中如果有自觉,能检验到心的一切局限。

早期旧作有当时的情感,但不会回头看。更不会为了读者的留恋而重复炮制。但我也发现,自己从来没有放弃过同一个主题。区别只在于围绕这个主题所拓展的直径。

它们是一座又一座被翻越过的山岭。远远望去只是标记。对曾经年轻的我来说,情爱是需要探索的最重要命题。没有任何一个命题能超过它所展示的深渊般的意义,那种在情爱中被凸显得分外鲜明的灵魂之孤独与不安……

二十一年写作的短篇故事精选,关于爱的炽热、孤独、冲突与告别。十二篇故事,仿佛一个轮回。爱是什么,如何去爱。恒久的议题。

这个命题一直持续到2011年出版《春宴》才算探索完尽。终于得到心中的答案,历经十年。

※

获得清凉与自由,需要穿越情爱妄念的漫漫长路。

虽然说,不悔少作,但有几个人能在二十几岁就写出不会被后来的自己挑剔的作品。

也许其他人是，但我不是。我看着自己一步一步慢慢往前走，每一步都有标记。

当时的我文字是喷涌状，而我想要探究的真相，困惑的答案，还在远处。根系只能缓慢生长。以文字观照灵魂的旅程，慢慢前行。

探索时期颓废迷惘的少作，很多人围观看热闹。当我走到更远处，围观争吵的逐渐散去。留下来的人群里或许有真正的知音。

欣慰后来毕竟还是扎实地写了一些能够让自己真正安心的东西。

※

《云登先生》是一个关于爱的故事。但已不需要分男人或女人，也无所谓是否在恋爱。他们真正地爱着就可以了。冬末所有的事情终于告一段落。买了一顶巴拿马帽，一些茶器。闭门读书。

想去藏地。要去大理修理房子。想住在村庄里，看着茫茫大雪，得到土地的抚慰。

※

年轻时候，虽然经常谈莫名其妙的恋爱，但是心中从来没有得到满足。

那时最大的恐惧是，觉得死之前还没有学会如何好好地去爱。有一阵子，到任何一个圣地，唯一的祈祷是，有个机会好好地爱。祈祷很灵验。

有了爱的人就什么都不害怕了。会成为一个普通的人。

花园里漫漫无边的芳香白花。今天查它的名字，是玉簪。

把家里每一个柜子、抽屉都清空。扔掉、送出很多东西。只有很爽两字。空空荡荡的茶柜留下两三套茶器，三五罐茶叶，不过觉得完全够用，茶也好喝。因为拥挤庞杂的大堆物品不见，它们得以显示出各自强烈质感。人有三五件其实足够。

艺术不应是财富人群的保值或增值方式，而是渗入普通人日常的熏陶与滋养方式。在宋朝，普通人家知道挂画、焚香、插花、舞文弄墨。现在的艺术在被扭曲成大多日常人不能理解的概念，只为卖个大价钱。没有去充足而平衡地发展。

并且当代艺术很少出现哲学观。透露出来的气息是躁动。

"如你自己所形容，你是一个持续的供电系统。"作者其实是被读者推动着走。我内心最究竟的问题还没有机会跟别人讨论。为了这个系统能够继续供电，需要不断精进。

人不能也并非只为自己而独活。

※

她说，文字的高妙之处在于，句与句之间巧妙相连、呼应，表达精确，用词美而不俗，意境、画面感、留白空间都到位。修辞高超，藏有灵性与贵气，让人看了惊叹文字功底与细节处理。完全相印，却无法再多说一句。妙不可言。这是写作者在文字创造中很高的一个境界。

又说，昨晚梦见你。梦中来到一座古村落与你会合，你一头长发，穿着深色衣衫黑裙，像个过去的人。面容洁净，双眼清澈。我们在你朋友家晚餐，古宅阁楼美丽，小院天井，朋友的母亲种了很多花。你的朋友是摄影师，黄昏之际他拿起相机说去捕捉最美的一束光。

我和你走过长亭古道，沿着村庄山野来到一处视线开阔的田地。光线一瞬暗沉，天边有晚霞下坠，一圈火红消失在边际。我说，这里的气息凝聚着过去的记忆，风的味道，泥土的芳香，所有的一切仿如昨天再现。我们在田埂上玩耍跳舞，你发出清脆的笑声。笑得忘我而美丽。我说你真好看呀，你高兴时这样纯真。闻到你发间丝丝清香，明眸皓齿，声线温柔甜美。这是第一次在梦里见到你女童的一面。

但我梦见过你最美的一个梦是，你在山顶寺院，我来看你。上山路上拾级而上却发现每走一步台阶显现出你的一本书名，一路惊叹怎么可能，好神奇。你说，来山寺，来看我的荷花。我说，这个季节没有荷花的。不可能啊。到了山顶，你一袭长裙一头长发冲我笑。殿前水池真的开出满池的荷花，美得失真。

具体细节有些忘了，但这两处情境印象深刻。那种空中山寺刹那间荷花幻生的美。在我的梦中你一直有笑容，笑起来很纯真，是真正快乐的那种。清爽，天真。

我说，你梦中见到的是我的高我吧。生活中的我被凡俗肉身束缚捆绑。希望能够回归你梦中所见的源头。

※

这次做的马萨拉茶和上次去德国在超市买的原料做的，滋味有些区别。喜欢这个茶，有尼泊尔的记忆。前几天想起琅勃拉邦。古寺，旅馆的老宅子，集市和日出。可惜当我在那里的时候，还来不及深深感受它。

早上起来听音乐做手工，这是她自得其乐的时间。做了她喜欢的味噌汤和两个饭团，是肉松馅和牛油果馅，全部吃完。每个孩子都带着一颗种子来到人间。不管如何，这种子会开花结果。

她用废弃的碎纸片画了一些莲花，我夹在书中当作书签。

她的自发绘画进入一个新阶段。一个小女孩的内心是有什么样的世界呢。她终究在以自己的方式成长着。

她的一幅画作完工。我对她说，妈妈是你最真诚的粉丝。这不是故意表白。我的确尊重任何发自本性、出于天然的作品。不论技法深浅，能够让生命力自由流畅地展现、生长。

记得她第一次给我写英文邮件，称呼是：My little pretty mother. 漂亮的小妈妈。我不知道她是怎么想的。但心里很愉快。

身为母亲，在她的心目中我更像是一个恋人、朋友、姐妹的混合体。她对待我的方式很像我年轻时对待恋人的方式，依赖，信任，很多要求，情绪化的要求和古怪脾气。最真实的一面、最差的一面，暴露给对方。做这样一个恋人模拟角色很吃力。需要各种哄。让我忍不住想，自己年轻时的恋人不知受了多少罪。少女总有莫名其妙的发作。

人与人的恋爱遵循的模式，是对母亲或父亲的一种期望和旧有要求，现在看看，果然是如此。

※

小姑娘现在文采斐然，写诗歌小说故事，短短几句随想也流畅自然，有思考。屡次说被老师夸赞。这恐怕是一种天赋。

做完作业复习完功课，有时她热衷在电脑前面勤勤恳恳写小说。此时的自律像换了个人。至今不知道她写了多少字，有时偷偷背后看一眼，情节对话都很复杂。如痴如醉沉沦其中。

对她说，有时候你去上学了我很想念你。但你放假我也会渴望一个人待着。她说，以后我出去读书你也不一定能看见我了。我说，是啊。人难免自相矛盾。

※

餐厅并排坐着两个整容脸年轻姑娘，看起来又白又假。两位男子认真地谈论着机器人，机器人在医院的运用。以后的世界会越来越不好玩，又或者在另一些人眼中是更好玩了。厌倦这些梦幻般的假象。

无知者无畏。初学佛法者最有信心，学得越多，越知道那么多不容易。

今天看日本禅师的书，看一天。这些给西方人讲课的老师通常讲得非常好。他六十五岁猝逝。好的讲课是活学活用，不拘于理论。语言本身是生命在流动。

昨天梦见床边有无形能量在触摸我。

人们一般不愿意正视活着的作者。要承受多少爱意，就要承受相应的损伤。

一位作者的作品被高估或低估的评价并不重要。重要的是，一生写了十几本或几十本的书，在这些作品中需要有一本或几本代表创作核心。在书中说出对自己而言重要的观点。这些观点也许在当下有效，也许在未来才会被很多人理解，或更不理解。这也并不重要。

作者是否持续出新作，能写多久，并不是自我完成的标准。是否能够写出核心作品，把自己认为重要的观点集中传递，是重点。

花园里的树，落花脱尽后便长满绿叶，之后还会有果实，来年依旧有花期。想起这些来，觉得怎样都是对的。都是圆满。我会在时间的宏观限度里等待你。

※

这几天阅读缅甸禅师的书信集。他半途出家，但心思敏锐。这本书快被我画满线，大概因为他说的大部分的言论，我都赞同、共鸣。仿佛穿越时空的心之相连。

禅师说到对女儿的爱，"我不需要别人把我的心扉打开，但她已经把我的心敞开了。与她告别时，感觉自己的心要爆开。我知道自己出家的代价是什么了。"他直接、坦率，让人感动。作为一个有特定身份的人，不伪装自己的情感。虽然这情感仍需要克服。

喝到极好的老白茶，用陶壶炖煮。以及野生古树红茶，馥郁独特的香气烂漫、野性。喝得浑身通透。同样的白茶，用铁壶与银壶煮，味道并不一样。感觉铁壶的更醇厚，银壶有清冷轻盈气。

班章古树与蜡梅。梅花是插瓶干掉之后自然萎凋的。有药香。

下了一场大雪。

除了不可控因素，如果掌握分解情绪的思考工具，心念的苦痛和执着不会被当作真实。不会自陷于绝境。

上午工作，下午打扫。晚上静坐，瑜伽，看一些经文。晚上度过一段心神内敛的时间。

※

"你在哪里学习,学什么,跟谁学,我不感兴趣。我只想知道,当所有的一切都消逝时,是什么在你的内心支撑着你。"

※

格西来的时候,会有热烈的社交活动。朋友们聚集吃饭,聊天,走动,也听到来拜访他的那些人的故事与问题。以及观察他们的状态。他们毫无掩饰,说出各种离奇心事。这对我来说是个难得的机会。看到人生百态,仿佛站在暗处观赏人间戏剧。

对经常宅在家中的我来说,这是了解世相的良机。明白什么叫芸芸众生。

早上小雪,格西说,天很冷但是不知为何身体觉得格外舒服。我说,在凛冽空气中能嗅到某种透亮的气息。一块匾写着"现妙明心",是最近读《楞严经》时读到的。

"能看见自己心中的佛就可以了。不必舍近求远。"

凌晨四点起,看到天光亮起来。朋友在厨房煮热奶茶,大家围聚在一起喝茶。中午有素食聚餐,白菜、豆腐、菠菜、蘑菇、糌粑,漱口后不吃不喝,正式斋戒。腹中并无不适,洁净和空盈之感。只是口干舌燥。

深夜从郊外坐地铁回城,在地铁站小跑一下,觉得有些体力消耗。地铁车厢里,感受到体内不吃不喝的压力隐约来袭。从车站到车厢,有陌生人吵架,嗔怒急躁。污染的环境更需要付出能量去抵抗。想喝水,克制。出地铁站,微雨,一路走回家。

身体里有点亮和通透之感,探索黑暗隧道,探索身体的限度。据说印第安人做重要的事情之前需要禁食。禁食可以靠近神性。

感觉到一种重生般的饱满状态。想着人是否有能力视外界如净土,抛开种种庸俗常态的成见,克制凡态。

世俗圈子,常见到人们彼此之间不厌倦的互相吹捧、恭维,我该庆幸拥有自由可以避开交际应酬。

妙境只能出现于清净心。时代暗流汹涌,人差一点本性自觉,只能被卷入洪涛。从来不说好听的话取悦别人。固然吹捧赞美能让他人愉快,也让自己受益,但无法做到。这也是一种傲慢吗。格西说,这是自己的一种性格。

有人说,亲近善知识,是亲近"正命",其实是行路需要有标杆有方向有旗子有信号。心会有散乱迷途。善知识的意义在于此,他的出现会帮助你调整行迹。

※

明心见性超越语言。纠结于集体环境、概念标签、形式主义、画地为牢，只是浪费时间。人被世间法捆缚而不自知，同样，也会被头脑所捆缚而不自知。

粉碎是其中关键。粉碎意味着更新。

格西的两个观点有启发性。一、人有在格斗中攻击的力量，也一定要懂得如何防御。一个方式在力量快速的时候，必然有很大的危险性。二、如果在认真学习，需要做一个在外表看来普通、平淡的人。

来拜访的女子，喜欢表述，讲话清晰，慢腾腾，眼神深。说一句背后仿佛有三句。现在看人，其身上的业力程度会自动显现。

一位男性，手腕上戴一串小尺寸佛珠，珠子发黑发出光泽。问他什么材质。他说是极为一般的檀木，已戴了十年。他学习佛法二十年，一天念五万遍心咒，很多经书背诵如流。我心想，既然已经学到这个程度，不该还在人间流落。早该去山间隐居。人要突破肉身与物质的限制极为困难。

格西对一切人无分别无评价，有求必应。即便是看起来有些贪婪的要求，也永远落落大方，不推托。若没有慈悲心，恐做不到如此。且从不期待回报。

走廊里听见他诵经的声音，嗡嗡震荡具有能量，房间里有藏香气息和酥油灯的味道。他让我喝一碗热面汤。拿出文选阅读给他听，听他讲解。结束之后闲聊，听他兴之所至讲起以前的事情。封闭的房间里只有言语与安静交替发生。周围的一切化为乌有。心的频率在传递。

读一本书，日本和尚独自去西藏，拜访洞窟里七十多岁的圣人。

对方问他,天底下有所谓的"众生"这种存在吗。

格西说,这样的年龄仿佛是一棵大树最粗壮的时候。可以帮助很多人。

他用清水与菩提叶在各个房间洒净。我们轮流喝了这水,把这净水涂在头上。一起去云居寺,在辽代古塔边,他问,五十年以后我们这次一起来的人,大家全都不在了吧。我说,是的,人不在了,塔还在。

※

朋友从杭州寄来山上刚挖的一小箱冬笋。结实,新鲜,带着山林泥土与湿气。大半分给朋友,自己留下六只。晚上格西、朋友们、几个孩子来家里吃火锅。把四只冬笋剥皮、切片,装了一大盘涮锅。味道鲜美,很快一扫而空。汤也喝得干干净净。

晚饭后,楼上邻居来看格西。煮普洱茶、提问解答,夜深时一一道别。孩子们在厨房做东西给大人吃,玩得高兴。一小箱冬笋转眼只剩下两只,放进冰箱。好东西与大家分享才不浪费。

这是格西明天离开北京之前最后一次聚餐。还有很多话没有说完。

他像洗牌一般把我再次洗一遍,帮我整理干净、梳理整齐。旁观他如何待人处事,应景对物,都是学习。不管面对怎样的人、怎样的场景,始终如一。收放自如,沉稳安定。有时滔滔不绝,智慧自如。有时沉默不语,不动声色。

以前我们谈论过不露凡态四字。送别时，看着四周奔逐吵闹的尘世，心想，要突破对世界庸俗、沉沦的看法是一件不容易的事情。

要经常点亮着心里的一盏灯。

※

"这一次给您写信的机缘，当然是因为读完您的新书《夏摩山谷》……有一些句子，看完以后眼泪会不受控制地流下来，听了善法以后，感觉粗鄙的灵魂有了归途，眼泪会夺眶而出，不由意识主导。这本书的另外一个进步，是文字。文字越来越容易读，去掉了很多繁琐的装饰，但不失优美。读起来很舒服。我个人认为佛经的文字是世界上最美的文字，贵极了又素极了。希望您的文字越来越简单而有力。

我们没见过面，只是手机里存有几张你的照片。可有时候会梦见你轻轻抚摸我的脑袋，而我闭眼流下了眼泪，仿佛是很神圣的时刻。你没有了戾气和清冷，没有了少年执念带来的撕扯疼痛，留下的通透明晰后的温柔。不再横冲直撞，也过上了每篇文章曾预示的未来。

没有力量的人，无法面对自己的人，写不出来你的文字，也没有那样的感受和笔触。致敬于你对自我的诚实和不停歇地向内探索。真实和智慧被愚人评论和嘲笑是不可避免的命运。你的书一直滋润我，疗愈我。赤裸透彻。

你独特的生存状态和写作路径可以给我指引一些方向，读你的文字整个人也跟着清净起来。那天在书店碰到你的读者，年龄相差很多也可以一起坐下来喝茶聊好久。想保持这种清明开放的状态。

选择大众认同的存在方式因为安全。追求内心世界精神生活的人是少数,意味着独自上路前行,有时连倾诉也找不到同类,更别说认同。这样的人内心强大。

你纯化了自己,越写越好。我喜欢的是这个过程,并不是具体的某一点。也从未当真,更像是一个心灵岛屿搁浅的岩层,不美,觉得空淡明亮。你在我的心底这么多年,已经是一个钻石的质地,从他者到自我的进化。"

※

正式在家避静从1月24日开始。虽然在家,并没有进入写作状态,以读书、看电影、做家务、做饭度日。看了一些新闻、报道,负面信息吸收过多,不知真假。除了导致身心不适,没有什么其他作用。决定把感官收敛关闭。

反省与观察自己第一重要。有些记录也许对正发生的状态来说,打开一些窗口,但这些文字所代表的不是唯一的也不是最重要的价值。社会需要不同类型的写作者。写作者不是发出口号的人,而是思考与记录一切发生的人。思考与记录有不同的层级和状态。

越是惨痛强烈的事情,越需要时间深度过滤,之后才能有客观的反省与整理。在事情发生时,保持观察、思考、过滤与尊重有其必要。

※

"早晨起来，看到新冠全球暴发了。叹息。看样子，造化弄人，不光让我们在疾病的认识和治疗方面有了对照组，在民众心态和社会治理方面也创造了相应的对照组。未来社会，需要人类携手解决的全球性问题恐怕更多，只愿明天会更好。个人觉得，人类群体若无法有效平衡自身层面的各种矛盾，跟大自然和谐共处就是一句空话。"

早上看到朋友发的感想。最后一句是重点。目前不尽然是与大自然共处的问题，也在人毁人。唯物主义、科技主义和无神论者们在这场大瘟疫中得到的结论是什么呢。

萨满老人如果看到全世界的瘟疫，又该如何处理。大概除了联合起来一个萨满团队，一起爬到高山顶上做火供仪式长时间祈祷，也别无他法。个人承担不起集体业力，没有人可以力挽狂澜。只会被集体业力滚裹、覆盖、撕咬、吞噬。

疾病带来恐惧、损伤，逼迫每个人进入内在，看到之前不曾被揭开的暗流。如果人的注意力能够从对外的狂乱与迷失中撤回，自处，并重新思考如何生存的意义。重启与新生便已埋下种子。

人与人，与万物相连，好像神圣的曼陀罗。所有圆心相连，才能勾画和创造出各种奇幻结构。世界的样子，由每一个人及万物的心互相牵连联结而完成。

世界的模样，决定于自己如何对待人与事物。

※

城市空空荡荡，人与人之间疏远隔离。恐惧弥散，在家里闭关自守的日子，单调，孤独。很多人也许会突然醒悟，发现在生活中，以前那些强烈喜爱与执着的事物其实并不重要。比如美妆、华服、豪车、美食，被关注、赞美，歌颂与骄傲……

人只需要健康，身心平安，有生活基本的保障。世界和平，内心安宁。

"艺术是智慧在实践中所具有的美德，它需要苦行才能成就，是把自我中悭啬的那部分彻底抛弃后余留的部分。作家必须仰赖陌生人挑剔和严格的审视作为评判。他内心住着的那位先知必须要面对世间的各种怪胎。"

年轻时候无非都有些纵欲、愤怒、紧张、骄傲，创作也围绕着黑暗、孤独、叛逆之类的妄想。慢慢看到世间的核，放松下来，变得平凡，显得淡漠。外表上看像个再普通不过的人，内心趋向广漠的归途。

一些人年轻时候和老去是两回事。也有从不变化、从不生长的。

远方寄来的一箱茶叶，肉桂水仙形形色色各种。距离我们拉萨初见以及峡谷一起旅行，差不多过去二十年。曾经四处游荡的浪子，这二十年发生了很多事。后来再不曾见面。但对方内心的一丝牵挂，让我们现在都还没有成为陌路人。

想想人与人之间的缘分，有些很长，有些很短。长或短，依靠的都是心中的一念。心中的一念未熄灭，那火光就还亮着。

※

我在她身上发现自己少女时候的影子。无法改变她。唯一能改变的是让自己更有底气,平心静气,开放接纳。她将随着自身的轨道走,毕竟还是要有放手的勇气。想起她小时候胖乎乎的跟我走在旅途中的样子,还有点留恋。但这是情绪。我知道它多余。

※

不从整体和深处去挖掘事情的原因,大多是情绪宣泄。

空气中没有什么美好气味,只有暴戾。世人所热衷的那些嘴巴上的责任、口头上的慈悲,要能记得把自己洗洗干净就好了。

荣格说,"我看到巨人的脚踏平一座城市,那么我该如何诠释它呢……他们都将极度沉湎于这些可怕的体验,盲目的意志让他们把这些都理解成外部的事件。而这都是发生在内部的事件……如果恐惧变得足够强大,它就能够让人向内看,那么人们便不再从别人那里寻找原我,而转向自身寻找。我看到了它,我知道这就是道路。"

对死亡与疾病的恐惧,如果能转化成一场清洗与整理。如同转化成水,洗去习惯的生活方式,洗去原有生命形态,洗去人投入在物质欲望、购物消费、时尚潮流、娱乐交际、男女欢爱、网络直播、电子产品……各种形式之中的狂热与昏沉。洗去欲望、妄念、野心、贪婪。洗去自傲,也洗去自欺。允许旧有的自我被击碎。

新尝试的一种香水,清幽冷冽。仿佛山谷中的白色百合和冬日水仙,两种喜欢的白花集合。

有这样一套过程挺好的,生老病死,知道是一场梦。总是年轻有什么意思。

"文字如佛前油灯,亮着火光。好,祝好。"

※

去朋友家里吃饭。牛肉包子,胡萝卜汤,美味午餐。午后疲倦在沙发上入睡一小会,告辞。感觉持续一个多月的疲惫、纷杂、不适收尾。说起最近新闻,一则纵火案。最近暴戾新闻层出不穷。

有人发的德国机场照片,清冷萧条。国内则开始热衷网络平台上兜售各种廉价不明的物品,形形色色,五花八门。名人明星们也来助阵。这是企图以物质主义掩盖痛苦吗。

现在的时代,对年轻人来说是巨大的考验。貌似有太多一夜暴富的机会,不过是各种谎言遮蔽的泡沫。大部分人从事的是趁火打劫的冒险与游戏,但社会需要的却是脚踏实地的建设性的行动。需要认认真真的生产、创造、实践、造福的愿望与实践。而不是表演、兜售、投机取巧、取悦他人、热衷虚拟空间。

人们以为廉价而泛滥的物质产品能够逃避现实,或者暂时得到欢愉,这是在回避精神成长与独立。不读书,不去从事建设性的行为,生命是被虚度的。

这一两年确实是让人靠近真实最近的一刻。相信很多地球人都被这股力量震慑而警醒了。活着是什么,活着在为了什么。

※

苏格拉底说,我与世界相遇,我与世界相蚀。我必不辱使命,得以与众生相遇。

布道者最大的问题是容易触怒他人。总有人觉得被对方触犯了自尊。

当以自性为根本上师。只是我们敢于相信自己吗。

我们是宇宙幻化游戏中极为微渺而脆弱的一部分。

※

最近阅读的一些美好的摘句。

自身病痛与亲人离去的痛苦是真实的,其他痛苦并不是真正的痛苦。别人的眼光、世俗的看法并不重要,自己的内心感觉最重要。人应该将有价值的东西引入自己的生命。至少,让自己活成一个自在、健康的人,这是作为自然界生命的最基本意、第一意。幼儿为第一意而活,乃至根本不知第一意,更全然不知其他。

武士的精神：在何种程度上可以隐忍而何种程度上不能受辱，在何种程度上要约束自己的情感而何种程度上须态度鲜明不容置辩，在何种程度上有所为有所不为，而何种程度上须知其不可为而为之。

减少文字，而多增加符号和图像的观想，以断除知性的分别心，和内心的实相取得联系。

当我们心中缺乏对生命中最亲近的那两个人的敬意（如山的父亲，如水的母亲），大概我们对遇见的其他人、事、物也很难生起真正的敬意。而对人生缺乏敬意，就等于对人生的轻视。

转河沙秽土成清净法界。

※

深夜读经，读到的是字，但也不仅仅是字。字化开流动、无处不及，发出光与热。不舍得入睡。

休息读几页书。连续三天不读书人会觉得干涸，甚至觉得有些面目可憎……

早上点一支几年前在东京买的香，盒子上是手工粘贴的三层雅致色纸。认真制作，细腻心意，古雅审美，这样的物品才能在被使用时真正滋养他人。人也许很容易去盲目购物，却很少关注自身与物品之间的真正关系。

与其热衷填塞粗陋的欲望,不如去进行精湛美好的创造更能增进意识。

独自看《罗马》。放映厅稀稀拉拉十个人不到。电影结束后大家没有走,听着细微音效若有若无,仿佛旁观导演梦境与记忆的余韵。突然觉得美妙极了。影片恍若没有什么情节,重点在镜头移动、视觉、听觉、调度。往事被艺术过滤之后,情感与命运的破碎、变化、残酷、痛楚也被溶解、转化,而成为时间行程中柔美与静谧的一部分。

字幕结束时出现一句:愿世间和谐友爱。

据说资金大部分都用于复原七十年代导演记忆中的街区。谁没有儿时回忆。能这样拍电影真是太爽快了。

按照禅定角度,孤身攀岩的 Alex 以及其他的一切不惜为之丧命的户外冒险者,乐此不疲的原因并不是对结果的执着,以及满足征服欲或证明自己的冲动,这些都太小儿科。他们在这个过程中因为专注和超越杂念带来的宁静,足够享受到与本源融为一体的满足与巨大空灵。

这是一种极致到无法表达的神醉。日常人是难以理解的,因为没有亲身经验。

人缺乏的不是学习的能力,而是爱的匮乏。这种爱,不是无觉知的污染的情爱关系,而是活泉般的存在。填满自己,再流向他人。

※

仔细想来，人生安排的每一个阶段，种种困难、变化，背后都有深刻的寓意。为了考验我们的生命，这股意志的力量强大。必须是个勇敢的人，才能被推动着穿过这片夜色中黑茫茫的森林。大海在前面。这条路要走完，才能靠近它，跃入。

生活已很艰难，时间短暂，无常随时袭击。即便这样，很多人仍常觉得自己是不会老也不会死的。如果人真心愿意去面对自己会老、会死的现实，也许会用另外一种方式生活。而不是住在自我的监牢里自欺欺人。

自在而快乐的人，要先粉碎掉太多东西。这是对限制重重的肉身的挑战。人依靠是否具有勇气而产生区别。

内心和谐，才能不怎么需要他人，并给身边的人带去优美和益处。因自身缺乏而渴求，会损伤彼此。

人与人之间是同等能量相吸。如果有个魔般的爱人与你纠斗，一定反省自己的心里，有一部分魔性未除。

※

这几天听课，结束后回答读者提问。问题累积到四千条，我只能回答其中的一两百条。但会持之以恒。上次与友聊天，他说他在教绘画课，在不断被提问中感觉学习了很多。我也是这种感受。感谢陌生人敞开自己。在大量的我执烦恼当中，是共同去修习无我及空性观的途径。在这些各式各样的问题当中可以看见清明，"烦恼即菩提"。

只是生活中没有三言两语可以解决的问题。所谓来自他人的建议、看法，最后都没有自我教育、自控、自身实践来得重要。没有一劳永逸，也没有轻而易举。

有些问题真诚而苦楚，但我没有更多精力，只能逐渐地勉力地多做回复。

见谅了。

之前的问答将结集成《心的千问》出版。

※

她与朋友结伴远行。戴了一只儿童手表电话。我对她说，虽然是出去旅行，也不能给她手机和 iPad，想让她专心看风景、画画，而不是被电子产品吸引心力分散。零花钱给得也不多，一两百，不能随便买东西，要剩一些回来。她都答应。

又对她说，和同住的朋友在一起，记得使用洗手间后打扫干净，礼让，多照顾和帮助别人，不事事想着自己。有机会帮大家做事。她也同意。

第一天抵达，给我打了十个电话。后来每天打一个。什么事都跟我说一说。她想念我，我也想念她。独自反省很多事。晚上想给她写封书信。

在我与她之间，应该始终保持这种情感的正向联结和精神支持。我要尽到责任。

她在快乐地旅行，阿姨去郊外帮忙。发现单身生活不容易。我对世俗生活没有依傍，少有热情。也许因为生活中的日常内容纯度不够高。

她是我的平衡器和镇定剂。她不在身边，我会成为一个写作、抽烟、瞎逛、看视频、失眠、吃零食、吊儿郎当的人。成为没有她之前的模样。

> 每天细雨蒙蒙，湖里的岛被烟雾笼罩。山峰一个叠一个，有深有浅，暗淡无光。岛屿上树林丛丛，一片朦胧的深绿色。湖上的波纹慢慢地扩张，时间般的纹理，前进无止。天上的云快速移动，有的却与其他的云彩滚动。乌压压的一片天，有的地方露出一点光芒。山消失了，除了山和浅灰色，都无影无踪。闪电照亮整个湖面和群山。雷声尖锐无比，像是吓唬你的小孩，我被吓得半死，雨的声音吞没整个世界。整个世界消失了。伸手只是白茫茫的一片雾。雨像水晶珠帘似的从天宫里散落下来。过了一会儿，一束白光像纱帘一样从天上慢慢飘下来，可是雨还是未停。岛也变得若隐若现，沉重的雨声也清脆和小了许多。湖面上少了许多声息。雨点小了，雨也快停了。

她十一岁的日记。

※

大风呼啸,照样出门看中医。

吃过三轮药方,感觉壮实一些。最近一直在调理气血问题。之前对身体没有照顾且消耗精气神的日子太久,到了一定时候,肉身发出信号。像地球负载着人类的损耗拖累,当它想保护自己,也会发出信号,以此让人类被动地消停下来。肉身相同。

这一段时间它因此得到足够的照顾、休息与关注。

读了一些关于健康及身体的讯息。这个阶段,结合自身,刚好把健康与肉身的相关主题探索一轮。把技巧与观念互相结合并实践。医者,先医自己,再医他人。疗愈肉身的同时,其实是在疗愈内在。

意志力过强是危险的,触探不到伤害的底线。只有身体给出明确的信号,才开始关注与照顾它的需求。

中医和修道之路一样艰难,主要是充满歧途,鱼龙混杂,因为尝试探索而耗费精力、时间、经济。那么,西医之路和绝对的物质现实主义就显得理性、简洁而有效吗。也不是。凡涉及身心整体、内外的,无一不是危险而复杂的综合工程。最重要的仍是自身的启动。年龄到了转折期,身体开始有变化与显示,也许需要结清前半生的意思。学习,净化,清理,疗愈,是新起点。

对待劳损不适,不是去对抗,而是保持观察,感受各种经验。随顺它的变化起伏。这种观察与随顺,很重要。中医或西医最终不能起决定性作用。而要通过运动、练功、功课,培育正气、阳气,逐渐去恢复与调整。有坚持的信念。

晚上朋友打来电话，提出两个建议：一、不能意志力太强；二、庸俗一些地生活，而非太上进。她说，中医和修行一样，是改命。人要改命多难。她说得都对。人自有其命中轨道，不容易脱离。有些事做不到。想起来一些作者的书曾带来很多帮助，但他们有些是四五十岁死的，酗酒，疾病，或其他。

回头再看，如果没有这两项，也不会是现在的我。可能是另外模样的我。所谓业力病，有时是明知应该如何，却做不到。事实上，人能够做好的，或越做越好的，也是业力范围里的内容。按照电影《心灵奇旅》的说法，是选择来地球时已经确认的配置。

积极努力之余，发生的所有事情都接受。

人若真能吃吃喝喝埋头赚钱觉得开心满足过完一生，再能够无病无痛，也许不错。一些人就是这样过完。但若逐渐深入觉知，会吸引到各种考验而督促晋级。触目惊心，如履薄冰。

三四天高强度阅读，今天读完最后一页。晚上打坐，感受不一样。喝一碗生磨核桃糊，准备早睡。朋友问我，如果你没书读会怎么办。我说，户外，走路，旅行。但是现在身体休养，暂时不能出门旅行，大风冬天也不适合户外，只有读书。读累了做功课，养兰花。

缜密而优雅的理论表达需要专注的理解力。读了一会头疼。缓一缓。我的头脑着迷于深度智识，像吃过纯度太高的食物，其他的很难令心觉得满足与兴奋。有点危险。晚上以静坐放松休息。

一些本应对人类帮助极大的讯息，在书店里几乎买不到。人们缺乏正确而深刻的方式去观察与认识自己。这些书，是五十年前的资讯。当时作者就已说到，人们几乎是在以一种病态的方式，故意地忽略或轻视那些可以帮助到人的观念。

※

昨天梦见去寺院，沿着石头台阶，每一个台阶都有一条眼镜蛇一般的扁扁脑袋如花朵的蛇，抬着头静静地盘在那里。梦见小姑娘，她有些长大了，我说让妈妈抱抱，她跑开，走在前面，十分淘气。

朋友对我说，你一年估计能看一千本书，我呢，一年把一本书读了一千遍。当然我一年读不到一千本书，大部分书我已经不读了。现在的状况是，感兴趣的几个门类和作者，反复读，来回读。

卖掉上千本书，它们并非没有价值只是对我而言已没有作用。像小时候玩过的八音盒，放着也可以，最好是给有兴趣的人继续玩。

也许朋友认为人不需要读太多书。我赞同花一年时间把一本书读一千遍，也许不止一千遍。那是经文。我是个写作者，输出需要先输入，输入之后去消化、萃取，用生命经验和认知与它们互相验证，然后输出感受。

所有的写作、阅读行为无非是在传承真理。没有什么新发明。只是在用自己的方式去进行表达和传播。真理的表达不局限于一类或一个区域。了解与学习愈多，愈加可以扫除偏见。

偏见的源头通常是不了解。或不足够了解。

什么是真正的慈悲。我们带给他人的是平静快乐还是污染破坏。我们付出了多少又期待回报多少。我们是否尝试去理解牺牲、承诺的意义。

※

预感以后写新作的时间会减少。我不觉得自己是一个标准作者，虚构几个故事编些人物情节不痛不痒地就写出一本。从来也不是这样干活。我并没有那种以写作为生存工具的技巧。写作独立于我的生活。生活第一重要。其后才有写作对生活的萃取。

这意味着我的工作方式，要经历好几年的身心萃取才能写一本新书。

在视频、影像占主流的现在，却比以往更喜欢读书。感受到文字比视频、影像长久、深远的特质，以及阅读对人的精神系统所发生的作用。阅读需要经过学习、训练，持续深入。理解力提高，文字背后的含义才能清楚洞明。像一簇火焰久久地发出亮光……此时，阅读的乐趣才会发生。

一本相印之书值得反复、经年阅读，每一次读都是常新。

"这些文字，是一种攀登雪峰的超越，清冷、纯净至透明的文字，寒凉之气侵入肌骨，几乎没有了尘世的气息、人的气息，寂静安宁。从随笔到短篇、长篇，体现了一种隐匿的激情。但她的小说有时太理性。有人说，比她自己更豁得出去的人，才会更理解她。"

※

母爱可以被美化吗。我觉得世上从来没有完美的母亲,完美的母爱。事实上,真正的母爱都夹杂着疲惫、愧疚、悲伤、艰辛、愤怒、孤独感等各种情绪。没有被好好爱过的女性们很难成为可以去爱的母亲,除非能够反省、自我教育以及一直在学习……否则母爱与男女关系一样,也会控制与占有当道,以失望与远离收场。

※

某事故,除去经济、社会因素,至少有一半原因是在于对陌生人缺乏一种共情、理解、体谅与慈悲。如果都只为自己想、不为对方想,人与人的立场不一,负面情绪与对立反应不受自我管理,冲突、嗔恨、互相激发的戾气由此而生,会造成悲剧。对他人,一念之善,一念之后退,一念之彼此怜悯多么重要。

真正明白自身之苦,才会体悟他人之苦、众生之苦。

※

和小姑娘在大屋安安静静过一天。

她看书、做作业、和补习老师视频、画漫画、写诗。我做饭,她帮我清理厨房和洗碗。楼上楼下叫一声都能听见。我对她说，你叫妈妈的声音还跟五六岁时一样。不知道你二十岁时叫妈妈会是什么声音。我心想，也许听到依然觉得那是一个五六岁女孩的声音。

我在厨房做面包，熬中药，做面。一心一意养身体，书也几乎不看。只是听着寂静。偶尔有清脆鸟声。屋里的兰花安安静静。中午出去散步走一走，路上无人。午睡时，她在读诗集，给我念了两首长诗。她内心纯真，几乎不对世事感兴趣。不看电视。这有助于她的精神发展，还是小女童的内心。不觉得孤独。夜色黑下来，听到她在二楼独自朗诵。

这几年一切旅行都有限制。今天看到朋友发的几句：喜生阳，动生阳，慈生阳，心刚百病起，念柔万邪熄。对朋友说，我的心刚强。其实一直在试图降服刚强的心，即便有些推进，之前的种子依然要结果。最好离开北京去村庄里住一阵，身体才能彻底恢复。

早上下雨，风雨无阻寒暑无别，撑伞出去快速步行三公里。广阔无人，雨中荒凉。想起住在瑞士乡下时，每一幢大屋相距甚远，孑然独立于草坡或山路旁边，遗世独立的生活环境。他们劈柴、推着童车带孩子散步、跑步去古老森林、在家阅读绘画弹钢琴、与朋友有时聚会，这样生活。那段日子一直留在印象里。

都是人类，都有贪嗔痴，都有生活困境。但人与人之间的生活方式与价值观毕竟还是有区别。现在我差不多有百分之三十与那段日子相同。空旷无人，独立自处。常人难以持续的寂静，却给了我太多启发的回响。在大屋整理东西、做饭、洗衣服、喝茶、发呆。早晚出门散步，做功课。

今天问她，你觉得寂寞吗。她说，并没有。与世隔绝，内心平静。我说，也可以请好朋友来家里开派对，她摇头说不需要。她有这份成年人也未必具有的独处能力，也是一个老灵魂来着。除了上网络补习课，听大学的西方文论课程，闲暇时，她津津有味、执迷不悟地穿小珠子做手工，把极微小的珠子做成花瓣再做成花朵……专注而喜乐地进入定境。

沉浸在某种沉寂无声的波涛之中。这是寂静才能给予的清空。想想最近这段时间很少消费。没有餐厅电影院冰激凌，很少见到人。对她说，我们住在山上洞穴里。

小姑娘在大屋里自己睡。每天早上醒来去她房间，挤进她的被窝躺一会儿。人之天性，最爱的都是孩子。这是被设定的程序，否则儿童们无法顺利成人。恐怕任何关系都达不到这种程序设定的天真自然，但也仅局限于父母对孩子。孩子对父母，是另一套规则。

离开她房间之后，梳洗，煨桑，喝淡盐水，服药，出门去河边。路口见到一只喜鹊衔着捡来的碎树枝，飞到在槐树上搭建起来的窝。它辛辛苦苦搭了漂亮而结实的窝，准备生产与哺育。放下树枝。它蹲在窝里大声叫着，也许是注意到我的观察。内心发送六字真言赠予它。

这样的日子难得，安安静静与时间同在。仿佛在一片波涛缓缓滑动的大海中，独自游着……也许是某种特意的安排。否则我是个不知道如何在体力与精神的消耗中找到边界的人。坚持与忍耐如果越界，会伤害自己。

到了这个年龄，这个安排对我说，停一停，调整好身心。后面还有道路。

身体在转折期的各种状况，强迫停下来休息。想起过往，几乎都是奔波、劳碌、颠沛流离、写作，再难的地方也去了，再深的难过也吞咽消化了。彻底休息下来的日子，以前从未有过。这次，足够认认真真想清楚许多事。

信任是，把问题托付给自然的趋向，不试图掌控或打断，也不心生怀疑。

更爱自己一些。也更柔软而沉着地爱别人。

※

读经一天。以前读不懂的地方，现在感觉有读懂。

华丽繁复，层层递进，刨根究底，逻辑周密。像埃及出现莫名其妙的雄壮金字塔，佛经到底如何由肉身凡人记录、流传下来的，背后也有其他，诸位向佛陀发起连珠炮提问的菩萨，都是资深的角度精确、不屈不挠的优秀访问者……的确，学会如何发问，并且追问不休太重要了。

粪秽无论是增多一些或减少一些，终不能使粪秽变成香洁的……比喻，也是服了。

晚上散步看见大圆月，周围有一大团虹光。用海盐泡澡，早睡。明日能否五点起。早上先一个小时户外运动，上午干点活，中午小睡，下午读书，晚上静坐，早起早睡。珍惜回城前的一周隐居。

及时行乐是，把当下的行动和感受提炼出纯度。不判断，不设限，不焦虑，不怨憎。投入而充分，活出这一刻的天真。如果有了这样的心得，人便可以尝试一切开放的事情，体验种种幻象。

当人们议论，这个人死了，那个人死了，但不知道有没有想过，其实每个人都会死。只是自己不能够知道目前处在哪个坐标点……还有人连死都不能提，觉得不吉利，最好埋头当鸵鸟。我们对死亡缺乏一种尊重。以前唐望说，惩罚淘气不可管教的孩子最好的方法是带他去看死人。然后让一个陌生人狠狠揍他一顿。

睡前和朋友聊几句。她说以前做心理社区的工作，认识到人表达自己的能量，倾听与承受对肉体与精神也是一种考验。我说我了解。因为我经常是个倾听者。倾听其实是很重要的治愈。类似善行。我随时都愿意做一些。

※

碰到一个有趣人。

他帮我拔罐扎针，手摸到我的腿和脚，说，你做过什么运动了，这样结实，和其他人不一样。我说，以前走过很多路。他说，你看，人做过的事情都会留下痕迹。他让助手过来摸我的小腿，说，这肌肉多实沉。他说，你的身体底子很好，心脏健康，总司令官很健康。唯一的问题是情绪。你不能太理性，明白，现在需要回到糊涂。糊涂是一种境界。作为医生我给你的建议，打扮得漂漂亮亮，经常开心，多笑笑，做一些庸俗热闹的事情，谈恋爱。身体肯定都能好。

说，有福报的人谈恋爱会有灵魂伴侣，福报差的才是那种肉体之欢。但你知道人为什么要谈恋爱吗。谈恋爱其实是救人。又说，不能总喜欢那种精神性的高处的美，人世间残缺也要下来看一看。那是另一种美。

拔罐之后，欣赏一下，说，拔罐拔得好单说，重要的还能拔出艺术感。今天拔的是巴洛克风格。我笑得不行。他说，你看，你现在这样笑，是心里发出来的笑声，甜美。以后经常这样笑。

按摩头部的时候，他问我，你感觉地狱在哪里。我说，地狱大概不用死了再去，很多人活着就在经受地狱。身体、心，都有地狱体验。他说，我和你想的一样。有时候我想人活着就是在地狱里，人死了才能走。你看一些人走得很快，很早。他说，糟了，我们可能道破天机。

他说，现在不喜欢讲课，喜欢一线临床。讲课一大堆人，也不知道听了之后多少人会懂。临床，至少见一个帮助一个，真正让对方好起来。我说，是的，都是活生生个体，每一个背后都有自己的历史和来路。

他让我想起以前碰见过的那种人，话里有密码，需要人迅速接应。接应了，他会喜欢讲。

他说，人特别要警惕利诱。所有的事都会养成习惯。诱惑背后基本上都有危险。有些表面看起来很好的事我也不会去做。有一次和人喝酒喝得半醉，我说，宁可变回一个傻瓜。一无所知的人说不定能真正成道。我们懂的都太多了，都是障碍。

他说,明天你会觉得疲惫,只管睡觉。他又重复,记得喝酒吃肉,别再吃海鲜。我说,你让我喝酒,那是晚上喝吗。他说,想喝就喝,随时来一杯。不用提前炒几个菜。抽烟呢,看得出来你不是身体需要,只是情绪需要。情绪需要可以抽几根。但烟对胃不好。咖啡对心脏好,目前你血少,以后再喝。茶只喝炭火烤过的。单枞,岩茶,炭烤的乌龙,那种芳香很足的茶,可以行气,也要少喝。多吃点甜食。

穿大衣时他还在对我说话。是爱说话的阳气十足的男人。

我回到家想想也不知道喝什么酒。朋友前几天送来自酿的米酒,觉得困乏,喝了两小杯,睡一会。不知为什么,见完他很想诵经。诵了一会。

※

家里昨天四个孩子过来做客,睡榻榻米,今天又来一个。吃完晚饭,和群里同修约好一起打坐,一个小时结束后反倒有了精神。开始做面包。做着做着饿了,打开一个罐头。吃完洗澡。又是很晚睡下。

朋友的孩子,一个十岁女孩,来家里住过几次,即便在一堆孩子当中她也显得很特别。爱与人交流,很感性,有感情,经常说出奇思怪想而又认真坦诚。早上一堆孩子吃早餐,我问他们,昨天睡得好吗,做梦了吗。只有她兴高采烈地讲述自己的梦境。见到大人有什么需求,也会立刻察觉,帮忙。

一次,她认真地取出一颗糖果给我,说,我很喜欢你。我说,我也喜欢你，我们抱一下。她高高兴兴张开手臂。一次她在我家住过之后要告别，默默用硬卡纸做了礼物送我，画了一幅佛陀像。我在厨房做面包，她特意走过来看看，跟我聊几句。很少见到这样不认生、不拘谨、不设限的孩子。有一种感情与真诚。

今天跟她妈妈聊天，我说，你以后要付出很多精力照顾这个孩子，她有灵性，跟大多人不一样。不要让她的灵性受到伤害或扭曲。她的特质现在已很明显，只会按照这种特质长大、去生活。想想成年以后，这种灵性如何还能继续保留或发展，这是艰难的任务。而且比上什么大学做什么工作之类，都重要得多。

※

关于禅。那些战战兢兢、小心谨慎地琢磨它、参拜它、议论它，想征服它而开悟的人，应该是走错路了。禅没有路，它是一种象征。

好的作品里都是内气流动。如同好画好字，看到的也满满都是气。

早上醒来，心里廓然茫茫，像雪后旷野。只有两个声音，说，这个世界确实是这种样子。它是这样，无法言说的，悲欣交集的。此时就进入空洞隧道。

站在悬崖顶上的临渊一眼。

※

　　当我在人潮拥挤的地铁里，在车水马龙的大街上，我知道我的心在默默地向一切众生散发慈爱：愿大家无敌意、无危险。无精神的痛苦，无身体的痛苦。愿大家保持快乐。

　　当我静坐的时候，我知道我的心在默默地向一切众生散发慈爱：愿大家无敌意、无危险。无精神的痛苦，无身体的痛苦。愿大家保持快乐。

　　当我看见天空中的飞鸟，水里的小鱼，或是一个陌生人和我擦肩而过，我的心都在默默地散发慈爱：愿你无敌意、无危险。无精神的痛苦，无身体的痛苦。愿你保持快乐。

一段温柔的祈祷文。

※

　　小姑娘受邀为内文搭配十幅插图的小故事书已出版。文字作者翻译了一本英国诗集，之前也想邀请她配插图。彼此没有见过面，多次邮件来往中，其温柔善良优雅之措辞令人愿意合作。对小姑娘来说，一次开启很重要，也是所谓的缘起。

　　创作并不是仅仅有才华就可以，需要坚定、恒心。快满十三岁，拿到人生第一笔绘画稿费。

得到一个高级电动缝纫机，高兴极了。她为这些事物吸引，我也放任她玩耍。她说，妈妈，你和别的妈妈太不一样。我说，怎么不一样。她说，你会让我做一些特别的事情，有些事别的妈妈绝对不会让孩子做。她指的是我会让她尝试一下各种事的滋味。

她说，还有，你是完全散养的。我说，那散养是让你快乐还是不快乐，你觉得好吗。她吸口气，说，简直太棒了，非常好。我说，散养你，是为了让你自己去培养自律和独立。

话痨司机与我聊天，讲述大量日常细节。比如，有一段时间没有任何消息的司机，他认为一般就是出事死了。公交车站附近大量停泊的出租车，是司机结束工作之后坐公共汽车，回去很远的家里。一些人去机场不管路况怎样，命令司机必须五分钟赶到。而有些人拒绝付费。司机们习惯去解决一日三餐的肉饼店、小吃铺都被关闭，现在没地方吃饭……诸如此类。我耐心听着。

人世生活诸多艰辛。多出门走走，听人说话。

修补好的杯子回来。用了好几年的老杯，想来它也懂得我的情意。杯子勉强能补上，人的肉身或人与人之间的感情，很少能这样补上。只有事先万般爱惜与小心。

※

什么样的道理都能够在书中学到。自我教育可以持续一生。

黄昏时新认识的朋友闪送过来墨脱茶叶，我说一定尝尝。

反省、祈祷、静止、净化。试图去疗愈自己与他人。疗愈自然与地球的能量。疗愈与外界、他人之间的关系。处理好自己的生活与内心。不给他人与世界带去更多的破坏与麻烦。

即将过去的一年。

净化内心及过往的业力痕迹。这里面包括很多心灵部分的内容。暂时停止复杂和创造性的工作。把精力放在对身心的关照与清理当中。有了更多的时间读书。学习一些深远的内容。为阿赖耶识下载更多资料或恢复更多的记忆。

除此之外，珍惜那些生活中看起来简单而日常的片刻。处理身体上的一些问题。

也许是到了转折点的年龄，之前度过的那些桀骜不驯的活力过于强盛的生活，经历过的艰苦的旅行、动荡的恋爱、消耗心神的写作以及在四十多年的人生中，被强行克服的劳累，和强烈的情绪的压抑，悲伤、哀痛、孤独、愤怒……所有身口意留下的痕迹，一一结出果实。这是一种业力轨道。

这些印记，并不会因为这几年的读书学习、修习用功以及过着的一种简单而自知的生活而抵消。就像曾经播下的一颗芒草的种子，在其后即便改变浇灌或培育的方式，仍不可能转变成玫瑰。

唯一的方式，接受生长出来的芒草，割掉它们，烧掉种子，净化土地。种下更多玫瑰的种子。

※

一篇小故事要撑成电视剧,自然要加塞大量编造。重要的饱含哲思与情感的长篇作品,没有可能被改编出来。《夏摩山谷》这种对人有益的信念题材目前看起来更需要时间。几个早期情爱小故事被一改再改。

顺其自然,把一切交付于未来。

某同行评论我的文字,认为我最大的问题,是把一些重要的有深度的话随随便便抛掷出来。而且不拘形式,过于坦诚。

※

在郊外居所时,时常去观看一条河流。

河流从秋天的碧波荡漾,到寒冬的冰封水面,映衬岸边荒凉野性的白杨树林,一条木质栈道,寂静的远景,对我有一种莫名的吸引力。与世隔绝的气氛,是在城市中心的嘈杂和浑浊之中无法感受的。开阔,寂寥。

站在栈道上凝望冰河,听到它白茫茫厚冰之下水流窜动、挤压。偶尔发出沉闷的一声钝响。一种虽然孤身一人却从不觉得孤独的喜乐。

到处走走,再写几本书,好好去爱。时间无多,活得清楚明白。这样不耽误正事。

朋友说，今年虽然是不好的一年，但他决定每天诵《入菩萨行论》三遍，觉得过得很好。我说，你日诵三遍对别人产生了什么益处。朋友说，貌似只对一个人产生了益处，对方也开始每天诵一遍。我说，那对你自己呢。朋友说，这个不好说。益处可能需要五年甚或十年才会显示出来。

我们又聊了一会别的。朋友说，很多人平时看起来乐呵呵的挺好，一到麻烦时候就知道每个人的底处。看人怎么处理和面对麻烦或困难的时候，就知道对方真正的为人。我心想，还是尽量避免去考验别人。人经受不了考验。能够乐呵呵的没有什么不好。何必强迫对方图穷匕首见。

不过人需要精进的朋友，要避免只关注世俗目标或懒惰的朋友。朋友日诵三遍经文在三个月后终于感动到我。之前我觉得经文读过、思维过就可以，不太注重反复诵。但我们会受到身边朋友的影响。对方是有变化的。这种变化有说服力，无形并且直接。

如果杂事忙完，也想规定出一个时间正式开始。选出一部经日积月累，诵上一定数量。

有时去喝茶坐坐的一家卖白玉的店铺，看店的女子把一串黄白玉种颜色并不白润的珠子养得亮光闪闪。她说如果闲来无事，静静坐着，用丝布慢慢摩擦玉珠。虽然不是昂贵的好玉，摩擦久了便闪烁出温润而清透的光亮。

想起曾经买过一块很好的白玉，一直放在抽屉中，忘记拿出来欣赏一眼，更不用说细细把玩、用心抚摸。对物品或人的心态一样，数量与新鲜感并不重要。重要的是爱惜与温柔。

※

来看我的朋友，一落桌就会自顾自说起来。说完一堆话，高高兴兴回家。我基本上已不主动社交，生活中只剩下几个时不时会想起我，提出要来喝茶和见面的朋友。

像一面沉寂的大湖，只有那些愿意时不时往大湖里扔几个石头玩耍的人，才会留下来继续做我的朋友。

现实中的人们谈论世俗之事，即便高级到艺术话题，心仍是有隔膜而彼此无法真诚。只有涉及生命最真实的那一层，哪怕平时几乎如同陌生人，也会很快心心相印一般。大概因为这是生命最究竟的话题。

朋友叮嘱，再过五年左右，女性身体会逐渐进入断水断电的状态，这几年要注意保持身体体温、末梢温度，让气血流通。明白她的意思。我也是这么想的。

这几年要花一些时间精力去调整身心，住在与自然相近的地方，控制饮食，注意空气、食物、饮水的清洁。保持单纯，无杂念，减少思虑和不必要的脑力及精力消耗。平静接受现实。

唯愿无事常相见。珍贵的是老友、善友。有些朋友时间长了就跟亲戚一样。那天和朋友聊天，说，珍惜之类也无用，人与人不是靠喜欢或发力来维持的。仔细想想，只有缘分两字。

一直记得妈妈从小就告诉我的一个交友之道，对方给了你五分，务必要还回去八分。也就是回报总是要比从对方那里得到的多一些。

※

此生的旅程有始终。下一次旅途会在哪里开始,如何开始,无法猜测与想象。只有一件事确定无疑,这是一个人的旅程。不管多少次,不管多少遍,人只与内在意识同在。

对于世界呈现出来的各种面相,也是这个"我"的内心态度与视野,与物质世界互相折射所呈现出来的镜像。对需要持续生长的内在意识来说,与外界互相折射的所有经验,无论好坏,都有其特别的意义。

只有能够识别和萃取这些经验,内在意识才能由此升级。这是生命之旅程的重要性。借由内在意识的升级,破除镜像,得到解缚。

什么是最重要的。什么是不重要的。什么是不曾在意过的,什么是被疏漏的。什么是犯过的不曾被积聚和彰显过的错误。什么是因果。什么是不应该去做而已做,什么是应该去做而未做。什么需要被放下,又是什么需要被承认与完成。

愤怒中如何冷静,恐惧中如何放松,孤独时如何去爱,病弱时如何治愈,匮乏时如何创造,破碎时如何重建。

※

"有一张照片,你站在园林院落一隅,青石子铺地,白墙青瓦,虬枝老干在怪石嶙峋中，旁边森竹细细。你穿着麻衫布裤平底鞋，脸上已有倦容老态，但眼神明洁，如湖波秋水，盯着绿植掩映的青苔看。我觉得美艳不可方物，呈现出了另一种状态。我猜是在江南的园林，这张照片的场景看上去熟悉。有着回到一处的欣喜。

如今你写作，烈火烧尽成了沃野良田，战场埋名覆盖青松翠柏。你已没有非表达不可的事物，也已彻底地原谅自己、纠正错误、允许自己行走生活。你的文字，像是一场盛大的分享。不再有隐忍与克制，布道的同时，也把文字彻底说尽。"

※

我们死去很多次之后，又再遇见，这是爱。当然这相遇不会仅仅是为了快乐。

人生由无数个瞬间汇流而成。只有一小部分瞬间是闪光的，超越的。为了那些时刻，有人付出长久的孤独、哀伤、忍耐与等待。只为在某个瞬间中碎裂。

痛苦是觉知的火焰，发着亮光。接近它最深处的仁慈。

虽然物质世界充满限制，还是尽量地做些什么。重要的是让自己完整。如果感受过生命的完整性，这一趟就有意义。生命的完整性来自于，感受过真正的爱，见过真正的美，历经过悲伤，明白了慈悲。

※

当现实以某种强烈的方式爆破，人的着眼点除了向外，也应向内观察。想一想，生命运作方式是否符合自然之道，是否与外界、万物达成平衡与互惠，伤害多还是建设多，欲望是否无节制，心中是否缺少对生死的深思。

不管人身份如何，死亡有各种各样的方式获取人。人不知道会何时死，怎么死。这是生死无常的实相。

在横扫地球的瘟疫疾病面前，一切虚假繁荣平息，世界按下暂停键。人在孤独、恐慌、不可见、不可测之中，被迫回到内在层面。

绝对寂静中，无须特意做什么事。感觉进入山洞闭关，周围一切是无人之境。午后小睡十几分钟。读书到黄昏。买了一只给过路的野鸟喂食的米桶，装上小米放在阳台上。不知道飞鸟会不会注意到。一周后看看米有没有少。

傍晚去河边，冰块声音小一些。在老树下习拳数遍，热汗渗出，大衣脱掉，穿毛衣也不觉得冷。感觉浑身打通、打透，往回走。

每天凌晨如果五点不起来，时间基本上不够用。

早上的冰河，冰块窜动碰撞的闷响声尤其剧烈，不时在耳边突然爆发。内侧融化的水塘，露出荷叶与红鱼，难得它们冰层下度过一冬。原来夏天还能看到荷花。

书稿的出版，来自读者内心有期待的意愿。这是一种召唤。早上突然想到的，人内心的期待与召唤虽然无形，力量却很大。

书不介意争议是非，它需要给予落地生根的感动，为心地播下久远的种子。书是桥梁，为了让人借此过渡。

我的工作方式是，要经历好几年的身心萃取才能写一本新书。年轻时萃取的强度大，内容物比较杂。年龄增大则速度变慢，萃取深度与纯度有增加。量变少。好像超市加工蜂蜜罐装品很容易，高山悬崖上的野生蜂窝千辛万苦搞下来，只是一盘。

大抵上还会再写一个长篇或中短篇故事集。

河边那些巨大而荒废的宅子，有几处亮起零星灯火。常来观察，有一种灵感。这条冰河以后想写在书里。水流在冰块下顶撞，发出沉闷的咕咚声。有一年远方看冰川，听到冰裂和冰块掉入水中的声音，也是这样无中生有的空灵。

答案来临的时候，有可能问题早已不复存在。

※

"这些书里出现过的男人，各有各的不同，各有各的作用，又都无法身心合一，得到永恒的幸福。

你笔下的角色，追求一段关系，却毫不在意关系本身，只求能映照自身的完满和残缺。这么说感觉颇为自私，但仔细一想，何尝不是最理想的爱。如果我们只追求自我圆满，而非将许多虚妄和幻想附加在对方身上,这确实是对一段关系最好的保护。然而在无常即圆满的世间,想要遇见这样一个对方,要付出巨大的能量。

这两年,你清理的速度较快了。不知为什么,感觉有点告别的意思。心里有些不安的感觉。"

※

经书说,这是神性意识的一个游戏,目的是为了捉迷藏,让你"找到自己"。因为神性在一切有形之中放置了它的碎片。

但这个游戏过于复杂和漫长,宇宙神性看起来无聊而寂寞。它缺乏对照就看不见自己的存在吗。

这一两年真是考验人的忍耐与耐力,好像防空洞里人挤人,必须小心地呼吸与等待。

有人在电话里说起她的病痛,说,总有那么几天我感觉自己不在人世。

分配更多时间给内部观想、磕大头与静坐。尽可能多的散步。疾病是整体性、综合性、长期性的呈现,也可以说是业力之果实。

生活本身会让我们真正安静下来。

※

地铁上,坐在身边的年轻男子,面目清秀,一直低头在手机上玩游戏。这个游戏观察了一会,不用动脑也没什么逻辑,就是随机变化偶然命中。不管积累多长时间,它不建设任何东西。但他长时间这般投入,一定从中获得了释放。

这种暂时隔绝杂想和思流的陷入,对日常人来说是放松。也包括看电视。能暂时阻隔思想,对人来说就是放松。书中,弟子对阿姜查说,一些西方艺术家画画,他们在创作过程中也许是某种禅定。阿姜查的答复是一个怪笑。

※

晚上回到旅馆,她在窗边坐着默默哭,泪流满面。我说,你怎么了,是思念他们吗。她说,不是,我非常想念这两天去拜过的两尊大文殊,他们太美了,我忘不掉。还有早上去绕殿时那些拿着佛珠的老人,想起他们觉得很感动。我说,文殊也不会忘记你的。

晚上和寺院格西告别。他对我说一些话,说很多。大意是让我必须知道自己是珍贵的,要很爱自己,因为自己身上有宝贝。而不能想怎么样都可以。当时我想,他怎么知道我心里是有消极、颓废、自毁这样的情绪。这在年轻时候特别严重。现在毕竟还是在往平静的方向走。

小姑娘成长得很快。天未亮跟着我去煨桑、绕殿，帮忙厨房做饭，和很多僧人在一起吃饭聊天时，安安静静坐着相当耐心，听我们说话并发表意见。她对这些氛围有天然的适应力。接下来我们要继续走。只可惜冰雪天气，天寒地冻。

元旦去一个村庄。

※

她说，穿着我寄给她的西服去孩子学校参加活动。说，这些年你让我与孩子觉得幸福。

这也是我想对她说的话。只是不好意思表达。

问候远方的朋友，最近如何度过。朋友回答我，诵经，干活，与母亲聊天，去山上走路，有时做饭，晒太阳，喝茶。今天继续劈柴。这段时间劈的柴足够母亲一年使用。

他说，我过得很好。没有多余的烦恼。

除夕，洗头换衣，略涂一些口红，穿一条黑色有金线的羊毛半身裙，暗色有金属丝的上衣。喜欢波希米亚或五六十年代嬉皮士风格的衣服。二十几岁时也喜欢，现在这种兴趣又复返。街上人车稀少，地铁站的人更少。去郊外看望一位老人。晚上搭别人的车回到城里。

没有看春节联欢晚会，没有吃年夜饭。也没有回去看望妈妈。

每年的春节会触动内心阴影。这个节日给潜意识带来一些抵触。只是随着年岁渐长，逐渐能适应以愿意的方式度过。不再受外界规则给予的捆绑。

大年初一独自在家里斋戒。

※

记忆越来越近。这是人确切的在世界的时间变少。

老去的标志，知道有些事只能是为自己而做，为告别、回归而做。时间无多，完成今生任务是唯一迫切的事。不再是年轻力壮时或许为了期待、谋求、证明、欲望、表达以及他人的赞同在做。

现在更需要进阶的净化与完成，带着整体意识为更开阔的视野去做。

大理和拉萨。如果没有高原反应，在拉萨更好。人不会觉得孤单，内心有依靠。这是一个有根源有能量场的地方。大理有山有水，清闲舒适，但缺少一种群体性的精神活动。如果精神没有成为生活的重心，人就不能得到生命的结晶。不过是拖延与虚耗。

散步时，对朋友说，想去有古老森林的地方。朋友说，有一个地方有古老森林，不过后来被大量砍伐。那被砍掉的树桩上可以搭帐篷。

今天发生的事，安徽的小松树盆景运到。买了五个花盆、五株兰花。

※

我们无法抑制一部分人的愚蠢自大傲慢。因为人类的生存息息相关,管理好自己很重要。

管理与净化个体的身语意,能对集体产生无形影响(虽然也许历时长久)。这也是彼此共存的责任。相比起随众波动,徒劳无功,清醒的个人认知与实践能带给自己与他人更多帮助。做点实际而力所能及的事。

所有冲突只有两个源头,一、对实相的无知、不能理解。二、心的不净,滋生各种情绪,猜测、嗔怒、悲伤。

建立净观如此重要。

※

从云南订的松茸,切片后放小瓷锅炖汤,只需清水,两根虫草,一些盐,滋味清爽鲜美。

青稞粥,用酥油、盐、牦牛肉碎煮。这是真正的拉萨味道。

早晨起来发现深夜下过细雪。功课后去河边,虽有寒意但仍挡不住春天气息。时节自有规则。每天刚起来的两小时很重要。路边树上到处搭满喜鹊窝,河面灰雁飞翔。

一年四季，日日持续，会有回响。

老先生的书写得好。一样讲法，却有与众不同的优雅与正统风范。怎么说呢，就是非常非常的优雅，非常非常的端正。有些学问僧写书是幽默、精准、敏锐或深邃，老先生的字里行间是优雅与端正。如同明月光。

藏人说，死亡如同从奶油团里抽出一根毛发。大意是，死亡是与现实物质世界丝毫不沾染，光溜溜什么也带不走。并且奶油团中会留下一个空洞。一整天都在想这个比喻。

写作者如果光凭喜好写点东西，也不难。如果与读者之间有情感、精神上的链接，很难放下他们。

上午河边回来，看见大屋，想起《春宴》里庆长在飞机上的梦。在小说里写过的事，有些在几年或一段时间后会成为现实。务必要小心。如果重新写一个长篇，考虑周全结局。为书中人物找到合适归宿地。有点像设计程序。

※

"我租了一个海边的小别墅，每天游泳，看书，听着海浪的声音睡觉。"

※

在人世间活着，一边与无常共存，一边在实际发生的每一个对境每一件事里面，尽最大努力扩展心量。理解与接纳各种各样的人，各种各样的事，过关斩将，处理好情绪与心念。反复平衡贪嗔痴慢疑。去反省，去净化。这是每一天都需要面对的功课。

不是去寺院才能修行，有上师才算修行。或者必须取得什么大法才称为修行。不掉入心的圈套就是大清醒。以生活本身去修正、修理、修炼这颗心，修行就在发生。

是否可以容纳下各种人，各种事。

是否无执念。

是否可以快速平衡情绪。

是否常常心生惭愧、怜悯。

是否愿意让他人快乐，而不是增加对方的麻烦与苦恼。

是否常心有戚戚然，一种柔软、纯净的悲伤。

是否愿意原谅任何人。前提是你能够真正"看见"对方与自己。

※

"在我心里的你还一直是个少女……我希望大家都喜欢你。但是我又不喜欢你被太多人喜欢。"

白发、皱纹已露出迹象。不是少年时瘦削而倔强的那个人。岁月不饶人。像一朵花，还没来得及让人细细欣赏，就要谢了。

※

他说，孩子，尤其是聪慧敏感的孩子会与母亲同心同德。所以你一定要在她面前把自己打扮得鲜艳漂亮，活出真正的感情。情，是一个人看到喜欢东西的那种愉悦，那种心动。如果不心动，就只是责任。爱是责任。但人间难得的是情。

※

"屏住一口气，静心观望。人心里暗藏的意念踏实即可。"

远方一友常赠我良言，此为善友。今日读他作诗：谁说人生平淡，梦中眨眼，心泉美感，日日清新。

旧年临别之际，幸与禅师一聚。听到讲法觉得心净。

印象最深是他说，般若极为理性。他说，现代的人几乎没有清净的定力，人需要克制自我。一生若不修行，即便是孔子，也会说"老而不死是贼"。修行人几乎不怎么变样，总是一种样子。大概他们情绪很少。

※

即便世间难以修补，克制意念，保持清醒与理性，简单生活，与自己的身心同在。

为那些真实、珍贵、神圣、有信念的事物而活。

假设还有十年的时间，你会用来做什么，会希望如何度过。

能否无所畏惧地去爱。把每一天都当作最后一天来过。

※

在所有真正的有深度的恋爱体验中（而不是逢场作戏或半真半假），人的实践感是真切的，深刻的，真枪实弹的。需要探索、触摸自己的心理边界，他人的心理边界。在恋爱中，彼此撤掉社会身份与交际距离，是两个真实生命之间的碰撞。

此交会，试探出彼此内心所有的漏洞、匮乏、阴暗面以及试图隐藏和回避的一切陈年创伤。试探出羞耻与痛苦。甚至让心魔显形。

这是爱与黑暗的不可分割性。它们无法隔离。

这些生命试探，无法示现于社会秩序之前。在文学作品中创作，或者表达，也会被给予嘲讽、讥笑、贬损、压制。是特定社会气氛之下的人群的心理投射。害怕照见内心，回避真情实感。是某种软弱与心力的无能。

情爱与人性、人心最为相关，以小见大，是一个人类命题。情爱题材在欧洲的文学及导演中挖掘深刻，立意严肃，并且多层面阐述与表达，因为人群关注心、情感以及人类普遍性命题。而不是以秩序、虚伪道德面具、人云亦云，遮掩内心之魔。

在极度世俗化欲望之下，情爱被变异成俗世交易的工具。而不是去探索心灵秘密最为直接的道路。

只有投入而诚实地恋爱，而又没有被其中的冲突与创痛压垮的人，或者说，没有被心魔及对方的心魔打垮的人，才会以情爱为道获得个人力量。

※

保持正面心态，保有觉知，这比任何事都难。

"始终不能放弃觉知。哪怕与克里希纳共舞。"

※

"梦里,去你的大屋喝茶。你改变了屋内陈设,大面墙纸挂着几幅字画,都是禅意高妙的字。笔力潇洒,略带沧桑感,需要慢慢品悟。茶桌边放一尊铜造像,是度母,开脸在笑,很大,大概一米高。我问你,你怎么想到在正对面放这么大一尊佛像,喝茶凝望,静坐相对。佛像还有个柜子,木质温暖,老款造型。有一排柜子门用玉石镶嵌,雕刻出隐约菩萨相,似笑非笑意味深远。好像《夏摩山谷》书里那个旅馆的房门气息,梦境中一下子想起那位在房中禅坐而去的女主角雀缇。柜子中间放满一排法器,摆得整整齐齐。海螺超大,洁白,水晶透明澄澈。有一件古老铜法器瞬间唤醒我的记忆,想拿起来触碰一下又止住了。

梦到你数次。那一次在山顶古寺,拾级而上的台阶,开满的莲花,如幻似真。第一次梦里去你家,完全是上次见面后相续的情境。你小佛龛里点的那盏酥油灯还在跳动……"

※

作者珍在去世之前的八个月,口述完成最后一本书。这本书和系列中的任何一本都不同。死亡逼近,痛苦缠身,被孤独与恐慌夹击,瘫痪在床,因此,这本书的表述有前所未有的温柔、优雅、热烈和深情。这种表述会让人心里生起很大的感动与哀伤。

翻译也已竭尽所能。这些复杂和深奥的表述很难找到贴切的中文。

有时句式因为太冗长而错乱。

这是一种地球之外的视角，若能体会表述的真意，有助于理解事物更深的本质。

"在健康问题显现之前，几乎永远有一个自尊或表达的丧失。这丧失可能发生在环境本身，在社会情况的改变里。"作者说听到对方这样说，感到一种"很大的悲伤"。

我读到这里，也感受到了。

几乎人类的痛苦都来自于爱、情感、愉悦、信任的匮乏。

按照作者的意思，生命是自己有所选择，愿意来体验一些经历。这也是西方灵性学惯有的论调，即自己决定来体验。这些作者大多认为自己是管道，负责接收讯息。瘫痪、早逝。即便在最痛苦的阶段，他们仍甘愿被当作工具使用。

这套书几年前去台北看见正版，又厚又重，背了三本回来。表述相对复杂艰涩。前几年读几页还是放下，繁体字密密麻麻，词意需要高度的理解逻辑。巨大的功课。最近读完系列的最后一本，感觉能理解了。把之前的书又翻出来。三四天高强度阅读。

作者去世很早。

"身体永远试着疗愈它自己，而甚至最复杂的关系都试着解套。在所有的疾病背后，都有表达的需要。"

※

早上吃完饭和小姑娘去河边散步。对她说昨天睡前我仔细读了两个人的一些新闻与资料。一个能够赚钱到近千亿的山西富商,后来入狱二十年;一个父母残疾家境贫困的孩子,成为网红后被榨干商业价值又扔回了农村。

我说了一些想法,探讨深处的问题。现在我们能够交流这些,她也都认真思考。富与贫穷差异悬殊,人之命运高低起伏,怎不令人感慨。以及背后隐藏的严重的社会问题。

她说,你怎么喜欢看这些了。我说,社会与人类的问题我们都应该关心,至少有了解,这样才会有深入认识。其实你应该知道,一个人的命运中如果没有特别的眷顾,都是茫茫飞絮,随波逐流,身不由己。环境与人群里有特别恶的东西,包括一些貌似让你成功、富裕的表面与形式的诱饵。以及一些画大饼说假话的人。这些都需要人有一种特别的眷顾。

所谓特别的眷顾,也就是古人所说的学习真理,以清醒正直处事,安贫乐道,秉性有贵格。再没有其他了。

※

"好几次想起你提到的冰冻的河,河水初融时,冰块碰击的声响。我所住的地方离海边近,不过是港湾,照理说不能听到海浪声,可我时常在夜里会觉得听到一阵阵的海浪声。当感觉到我们的生命与自然里一些永恒的事物联系在一起，就很安心。"

来信中的一段。

※

看到读者提到二十年的阅读心生感触。

从二十多岁写到现在，我从不避讳谈论生老病死，也不回避肉身无常。相反，深切地去思省与体验这生命的过程，让人产生谦卑、宁静、明晰与精进。而不是去遮掩自己的人生暗面。或勉强维持肉身青春。

《夏摩山谷》带来源头般的稳定支持。没有任何偏见或攻击能够带给它一点点损毁。作为饱受争议的作者，明白写作需要忍辱的铠甲，始终不能失去真诚而开放的勇气。感受到所有内心旅途的汇总，带给我的个人生命的支持。我也知道这本书会给其他很多人带去支持。

这一两年一直在以功课、学习在净化整理与修复自己，有了时间去持续专注地阅读，学习真正重要和有效的知识。也见到身边各种变故与生灭。世间脆危，人生无常，需要简化与提炼人生。只做最重要的一些事，留更多时间给爱的人。

真正重要的事情其实很少，不过三五件。值得去付出爱的人很多，应该关切更多人的内心与共同命运。

人的精力、时间都已不能再浪费。心灵之道随着年龄增加则越发珍贵。作者十年八年才出版一本作品，觉得这样固然很酷。但我依然很精进。只因充分认知到，人生可用来健康写作的十年八年并没有很多次。是可数、有限的。

有人说，一位作者能尽情写作的时间是四十岁之前，之后无论如何都会受到身体拖累。

之前有位朋友告诉过我期限，所以我知道自己不会写到很老的时候。我有完成任务的期限。身体糟糕的时候，问自己，你完成了吗。觉得基本完成。哪怕是百分之七十，并没有到百分之一百。

不算特别努力，但该做的都做了。任何时候回途没有牵挂。

二十年写了近二十本书，动用了长篇、中短篇、散文杂文、采访、摄影等各种形式，也算是充分地使用着写作。起初，写作出发于自己的心，也只为自己的心。后来，写作出发于更多人的心，也为了更多人的心。即便到最后，这一切都会归于空性。如同河流进入大海。

关乎内心建设与个体成长，写作是值得尊重与虔敬的工作方式。

长篇小说能够完整构建与呈现写作者的世界观、价值观。它仍是核心表达工具。

动中的不变，不变中的万变。雪后荷花塘，看完一个轮回。夏天的荷花香气还在心里。

保持清醒的喜悦与平静。看到生活中重要的与不重要的区分，学习自处，懂得什么是思念、感恩与珍惜。在生死的现实中，深深地去感受每一个瞬间的显示。

终究会慢慢地看到，世间是一场梦。

想和喜欢的人喝杯茶，天涯海角，看一眼雪山。

-终-

※

拉萨雅鲁藏布江的渡船,现在已经没有了。2004年去的时候坐过一趟。

※

午间小睡,在意识中看到自己未来老去的样子。最近在额头上有两根头发全白,其他的还是漆黑如常。看着这一刻心里平静。然后醒了。有时觉得肉身之中的这个意识从未改变过,一如少年有知时。

人会老是很好的事,像花会谢,任何事有个过程是很好的。不变多恐怖,谁愿意做一朵塑胶花。想起去看一个朋友,第一次见面,他在阳光下看我,说,你的脸多柔和,像个婴儿。我知道那是因为脸老了,眼角下垂,眼神宁静。开始透露出容纳一切的表情。

"飞雪有声,惟在竹间最雅。"刚在书中看到说,雪落在不同地方,唯有落在竹叶上的声音最雅。晚上就听到微妙雅音。早上走到湖边去看了看冰雪。水漫上栈道,与枯树一起冰冻。方圆无人,独自欢欣。

每个醒来的一天,都需要心存感谢。踏实、平静、高高兴兴。最终,这个看到的世界是"有魔力的、壮丽的、庄严的"。

夏天的荷花香气,冬日的满湖冰雪。世间发生的一切都容纳。变

蓝色冰川。无人之境。2020 年 1 月。

万物与我，都是唯一源泉的分身。

分身生灭变幻，是它永恒的嬉戏。

找到自己，它说。

然后在源泉中忘却自己。